U0164109

中國古典詩文 (三) 現地考論

陳友冰 著

目　錄

前　言

　　金代詩論家元好問曾經感嘆：「韓詩杜筆愁來讀，倩似麻姑癢處搔。」的確，研讀中國古典優秀詩文，猶如飲美酒，能使人微醺，從而通體舒暢、寵辱偕忘，產生一種難以言傳的美妙感受。余為束髮小生時，師長們圍爐夜話，曾不止一次聽他們發過這類感慨。於是，我就像個初獵者，惶惶地跟在前輩後面，偷偷地接近這塊大林莽，學著窺虎豹猨猊們出沒之跡、來往之蹤。然後荷槍實彈、扣動扳機，隨著砰然轟響，一發引羽。六十年代中期，當我的第一篇鑑賞文字——《李白〈蜀道難〉短札》出現在《光明日報》「文學遺產」專欄時，其熱烈興奮，實難以言傳。三十年後，我依然能覺出當時怦然的心跳。

　　大學畢業後我在高校執教，有兩件事觸發了我對中國古典文學研究新的思考：一是看到年輕學子為文時常固守一法，反覆一辭，以致輾轉相襲而不知借鑑古代優秀之作，乃守崑山而無佩玉，臨淵潭而不知獲珠；二是看到八十年代中期的一些評論文字，缺乏扎實的文化功底，只知一味地尋搐新名詞，搜羅新標籤，貼在中國古代作家、作品之上，似乎這樣就有了新突破，就有了時代感。當然，我這並不是反對

在中國古代文學研究中引入新的方法論，相反倒認為這是改革傳統研究方式之必需，但這必須符合古代作家、作品的本來面目，必須建立在對其人和作品深入了解和把握的基礎上。為此，從八十年代後期，我從三個方面對中國古典詩文進行一些基礎性的分析和研究工作，擬出三種專書：

一是《鑑賞篇》。這些年詩文鑑賞的集子乃至辭典出了不少，這對古詩文普及和大眾化當然有所推動，但也嫌過多太濫。為有別於此，對鑑賞書籍中照例應有的注釋、作者介紹乃至詩文背景一概略去，而專論其章法結構、構思技巧，並著重討論作者為了突出其題旨和實現其創作意圖，在材料的選擇和表達上採用了哪些手法，有哪些異於別人和他篇的特長。

一是《比較篇》。即在鑑賞的基礎上比較，把一些題材相同但表現手法不同，或手法相同但題材、意趣相異的作品放在一起加以比較。比較的範圍以中國古代年代作品中同一題材、同一體裁者為主，因為這更能看出兩者在處理上的不同手法或高下，旁及一些現代、外國的作家作品，以及雕塑、音樂、繪畫等其他藝術門類。這對擴大學生的視野，加深他們對教材的理解、提高寫作水準，以及幫助教師處理教材，改變傳統的教學模式，我想會有一定的幫助的。為了引起師生乃整個社會對古典文學比較研究和教學的重視，《比較篇》前有一專論，分述開展中國古典文學比較研究和教學的意義，比較的對象、方法等問題。

三是《實考篇》。即對古詩文中涉及的地點和作者行狀

進行實地的考察。如對王安石〈遊褒禪山記〉中的褒禪山，蘇軾〈石鍾山記〉中的石鍾山，李白〈望天門山〉和〈贈汪倫〉中的天門山和桃花潭，〈孔雀東南飛〉的發生地潛山小吏港以及敕勒川、鸛雀樓、宣州謝朓樓、望江雷池、和州陋室等，考察中再結合當地方志、有關典籍及傳說、口碑進行辨析，力求弄清真相，糾正歷代以訛傳訛之誤。如王安石的〈遊褒禪山記〉實際上涉及到三座山：褒山、華陽山和馬山，遊記中所說的褒禪山寺在褒山，前洞在華陽山，後洞卻在馬山。再如李白〈贈汪倫〉中的「忽聞岸上踏歌聲」中的「踏歌」；〈望天門山〉中的「碧水東流」是「至此回」，〈登鸛雀樓〉的樓址在不在永濟縣城，在不在縣城的城門上，通過實考，都有了個明確的答案，當然也加深了對詩意、文意的理解。

　　西元 1999 年 9 月，我應臺灣中央研究院中國文哲所的邀請，來臺作為期四個月的學術訪問。在此期間，同萬卷樓圖書股份有限出版公司梁錦興先生，董事、成功大學中文系教授張高評教授，《國文天地》總編劉渼教授談到我的這番學術初衷，得到了他們的支援和鼓勵，決定出版這個研究系列。攜帶來臺的前兩種《中國古典詩文・鑑賞篇》和《中國古典詩文・比較篇》隨即付印，伴著二十一世紀的晨曦面世。第三種《中國古典詩文・現地考論》因需要一批現地的圖片和史地資料，在臺無法搜集，只能暫且擱置。西元 2001 年 6 月，應中國文哲研究所和臺灣大學的邀請，再次來臺任半年客座，方有時間和條件了此最後一個心願。這個

系列出版之際，又蒙海內外著名書法家汪中教授題簽，唐代文學專家楊承祖教授為《中國古典詩文‧鑑賞篇》作序，這都使我深深感受到兩岸學者間的深厚情誼，以及學術前輩對晚輩的獎掖厚愛。

　　陳友冰　西元2002年元旦於臺北中央研究院文哲研究所

〈敕勒歌〉小劄

〈敕勒歌〉的民族歸屬

〈敕勒歌〉是哪個民族的歌？這個問題本來很簡單，自然是敕勒族的民歌，但由於這首民歌在演唱過程中語種的演變和史料上的不同記載，這個本來很簡單的問題變得很複雜：有的說是敕勒族的民歌（大陸初中「語文」課本）；有的說是鮮卑族的民間歌詞（劉大杰《中國文學發展史》）；還有的說是蒙古族的一首歌，歌詞是蒙古語（臺灣小學「國語」課本，國立編譯館第十一冊第十三課）。造成如此不同的判斷可能與下面三個因素有關：

第一，源自一些史籍的不同記載或人們對史籍的不同理解。影響對〈敕勒歌〉民族屬性判斷的主要有兩種史料，一是《魏書·高車傳》：「高車，蓋古赤狄之餘種也。初號為狄歷，北方以為敕勒，諸夏以為高車、丁零。其語略與匈奴同而時有小異，或云其先匈奴之甥也。」說〈敕勒歌〉是蒙古族的一首歌，歌詞是蒙古語，可能與這段史料有關。這段史料雖提到敕勒與匈奴的關係，但也明確地指出兩者無論在血緣上或語言上是不同的：語言上是略同又時有小異，血緣

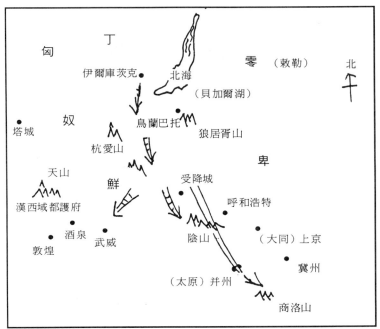

丁

匈　　　　　　　　　零　（敕勒）　　北

伊爾庫茨克　●　北海

（貝加爾湖）

奴　　　　　烏蘭巴托

塔城　●　　　　　　　　狼居胥山

杭愛山　　　　　　　卑

天山　　　　鮮

漢西域都護府　　　　　受降城

　　　　　　　　　　　呼和浩特

酒泉　　　　　　　陰山

敦煌　　武威　　　　　　　（大同）上京

　　　　　　　　　　　　　冀州

（太原）并州

商洛山

▲兩漢─北朝　　敕勒遷徙分布示意圖

　　上是匈奴外甥則為推測之詞。即使是匈奴的親外甥，血緣上
仍是兩個不同的民族。讀過《漢書》的都知道，烏孫王、南
匈奴單于皆自稱是漢天子的外甥，而他們也確是劉細君或王
昭君的後人，但任何人也不把他們混同於漢人。

　　另一種則是《樂府記》中關於〈敕勒歌〉的一段記載：
「北齊神武（即高歡，追諡為神武帝，引者注）攻周玉壁
（今山西稷山縣西南），士卒死者十四、五，神武恚憤疾發。
周王下令曰：「高歡鼠子，親犯玉壁，劍弩一發，元凶自
斃！」神武聞之，勉坐以安士眾，悉引諸貴，使斛律金唱

〈敕勒（歌）〉，神武自和之。其歌本鮮卑語，易為齊言，故其句長短不齊。」這段記載提到〈敕勒歌〉「本鮮卑語」主要是解釋律金用齊言（漢語）歌唱時，歌詞為什麼會「長短不齊」的原因，並不意在追溯〈敕勒歌〉的本源，或強調其本來的民族屬性。有的論者即從「本鮮卑語」而得出「是鮮卑族的民間歌詞」這一結論。其實用鮮卑語歌唱的與鮮卑族的民歌是兩回事，就像陝北民歌〈信天遊〉在延邊是用朝鮮語歌唱，在大涼山是用苗語歌唱，但卻不會改變它是漢族民歌這一屬性。附帶言及，《樂府廣題》中這段記載是很粗疏的，很多問題並不是本源，如把高歡稱作北齊神武帝率眾攻周玉壁就是如此。高歡攻玉壁城是在西元546年，此時北齊政權尚未建立，高歡表面的身分還是東魏的統帥。由於這次攻城受挫，七萬多將士死於疆場，高歡本人也中弩，第二年正月即病逝。四年後（550）他的次子高洋才取代東魏的孝靜帝元善建立北齊政權，直到此時，高歡才被追諡為神武帝。而在玉壁與高歡對立的宇文覺此時也非「周王」，而是西魏的軍事統帥，直到北齊政權建立七年之後的西元557年，他才取代西魏恭帝拓跋廓建立北周王朝，也才有「周王」一說。由此看來，這段記載很多用後來的情況來稱代以前之事，所以說〈敕勒歌〉「本鮮卑語」而不稱其本源是敕勒族民歌，也並非沒有這種可能。那麼，敕勒族的民歌載高歡時代為什麼不用本民族的語言歌唱，而要改用鮮卑語或漢語來歌唱呢？這就與第二個因素——當時的社會環境有關。東魏這個王朝，它的民族主要由漢族和鮮卑族構成。但

因皇帝是鮮卑族的拓跋氏，所以應以鮮卑人為主。高歡雖是漢人，但已鮮卑化，他能說鮮卑語，而且自稱是鮮卑人。敕勒族是個少數族，又剛依附不久，它的語言不會進入主流社會，所以〈敕勒歌〉易為鮮卑語是很自然的事，就像現在很多維吾爾族、傣族的民歌如〈阿拉爾汗〉、〈潑水歌〉是用漢語歌唱一樣。但漢人畢竟是東魏社會的主要組成部分，高歡又是漢人，所以在他執掌實權，無須再討好鮮卑皇帝，並需要爭取境內漢人支持時，自然會恢復其漢人面目，〈敕勒歌〉由「鮮卑語」再「易為齊言」亦是順應了這一潮流。所以〈敕勒歌〉由敕勒語一變而為鮮卑語，再變為漢語，與當時的社會環境不無關係。

第三，與〈敕勒歌〉的語言形式有關。丁零的古音為 tieng ling，敕勒的古音為 t'iak-lak，據日本人羽田亨的考證，這些譯音的原文應當是 tŭrk，即突厥（tŭrk ŭt），屬於土耳其語系（見日本人小川環樹〈敕勒之歌——它原來語言在文學史上的意義〉，載《北京大學學報》1982 年 1），而鮮卑語亦屬於土耳其語系，所以敕勒語與鮮卑語屬於同一語系，前面所引的《魏書‧高車傳》「其語略與匈奴同而時有小異」也證明了這一點。因此，《樂府廣題》所云「其歌詞本為鮮卑語」可能即出於此。

〈敕勒歌〉的作者

這又是一個異常混亂的問題，至少有四種說法：一種認為是北齊斛律金所作，從南宋王灼《碧雞漫志》起，至清王

夫之、沈德潛皆持此說；第二種認為是北齊高歡帳下樂人所作，今人何白松即持此說；第三種認為是斛律金之子斛律明月所作，清人袁枚即持此說；第四種認為是斛律光父子合作。首先，這首歌不是北齊時代產物，而在東魏甚至北魏時代就已產生，這在本文前引《樂府廣題》那段記載可作證，那段記載並未提到高歡帳下樂人作〈敕勒歌〉一事，只說高歡要斛律金唱〈敕勒歌〉，自己和唱。其目的是為了在敗軍之際安定人心，那麼，高歡一定知道，這首歌詞高昂壯美，鼓舞人心，不然他就不會在這種場合指名要斛律金唱這首歌，可見這首歌原來就已流傳而非斛律金即席創作，斛律金一唱，高歡立即能和也足以證明這一點。另外，從斛律金的文學修養來看，也沒有創作〈敕勒歌〉的可能。斛律金是個武人，其「高祖倍侯利，以壯勇名塞表，道武時率戶內附，賜爵孟都公」，斛律金曾依附破六韓拔陵的六鎮起義軍而獲王號，降魏後受第二領民酋長（第一領民酋長為其兄斛律平）。他原名阿六敦，由於「性質直，不識文字」，任領民後在文書上簽個名字都感到困難，為簡便記，便把「阿六敦」改名為「金」（因阿六敦在維吾爾語中為 altun，即「黃金」之意）；一個連自己名字都不會寫的人，要創作這樣一首詩風高古、聲律兼美的〈敕勒歌〉，恐怕是件不可能的事。那麼，會不會是其子斛律明月創作的呢？這完全是清代袁枚的想像之詞，他所依據的《山谷題跋》中的有關記載是黃庭堅的誤記，宋人洪邁對這段記載早做過辨正，這裡不再贅述。至於父子合作之說，則是既承認此詩不可能出自不通文墨的

斛律光之手，又想兼顧此詩為斛律金所唱和這一事實，所採取的折衷之說。在找到充分證據之前，我想只能按宋人郭茂倩的處理辦法，把它定為無名氏之作，或者說是首民歌。

〈敕勒歌〉的產生時代

前面已提到〈敕勒歌〉的產生定在北齊之前，但「前」到什麼時候呢？這就需要回溯一下敕勒這個民族的遷徙史。敕勒在先秦時代是北方一個強大的民族，史籍稱之為赤狄、丁零或丁靈，當時居住在北海，即今俄羅斯貝加爾湖一帶，兩漢時期，趁匈奴、鮮卑的遷移或勢弱而逐漸南下至狼居胥山和祁連山一帶。西晉以後改稱敕勒或鐵勒，因他們造的車「車輪高大，輻數至多」，所以又叫高車族。南北朝時期，中原戰亂，已強大起來的敕勒族乘機南侵。西元 383 年，南遷的敕勒人翟斌趁苻堅在淝水戰敗起兵攻秦，西元 388 年，其子翟遼在滑臺（今河南滑縣）建立魏，史稱翟魏，為北方的五胡十六國之一，西元 392 年為後燕所滅。西元四世紀末五世紀初，拓跋燾逐漸統一了北方，強大起來的北魏對南侵的敕勒人前後發動了九次戰爭，最後一次是在神䴥二年（429）「遣左僕射安原將萬騎襲之，高車部迎降者數十萬落」（《資治通鑑》卷 121）。拓跋燾將歸降的敕勒人分置於漠南三處：一是隴西的秦川、涼州一帶；二是河套地區，經陰山直到代郡；三是河北、山西及河南商洛地區。〈敕勒歌〉所詠歌的正是第二塊遷徙處。時間當在北魏太武帝拓跋燾大規模安置歸降的敕勒人之後，即神䴥三年（430），下限則在東

魏孝靜武帝武定四年（546）之前。因為這一年即高歡率眾
攻玉壁城，斛律金唱〈敕勒歌〉之時。

〈敕勒歌〉的史學和文學價值

　　〈敕勒歌〉雖然是一篇文學作品，卻有著巨大的史學價
值，它是中國境內民族之間由爭鬥到交融的歷史見證，也為
上層統治者的民族政策提供了正面的借鑑。拓跋燾擊敗敕勒
後，北魏上層對如何處置歸降的幾十萬敕勒人曾有過激烈的
爭論。匈奴上層貴族以敕勒部鎮撫使劉潔為首，主張嚴懲，
並要把俘虜「籍沒為奴」；魏主拓跋燾則主「安撫」，把他
們安置在從隴西秦涼諸州到陰山代郡沿邊一帶，甚至把少量
的敕勒人遷徙到被劉潔等人稱為將導致「腹心之禍」的河
北、河南商洛一帶。並尊重敕勒人「放散日久」的遊牧習
性，「賜穀」、「賜衣服」，「歲給廩食」（《魏書・太武
紀》）。而被遷徙的敕勒人一開始也不習慣內地生活，不斷地
發生暴亂反抗。遷徙後的第二年即神麚四年「敕勒數千騎
叛，北走，潔（即劉潔，引者注）追討之，走者無食，相枕
而死」。一年後的四月，「敕勒萬餘落復叛走，魏王使尚書
封鐵追討滅之」（《資治通鑑》卷121）。正是在魏主安撫與
追討的雙重手段下，安置於遷徙地的敕勒人才漸漸賓服下
來。由於他們的辛勤開發，陰山腳下才變成水肥草美的好牧
場。到了孝文帝、宣武帝時代，居住在陰山腳下的敕勒人不
但不再需要「賜穀」、「賜衣服」，「歲給廩食」，而且每年
向朝廷大量「獻貢」，到處「氈皮委積」，以致北魏民間「馬

及牛羊遂至於賤」。據《北史·高車傳》載,當時五部高車合聚祭天時,「眾至數萬,大會走馬,殺牲遊繞,歌吟忻忻。其俗稱自前世以來,無盛於此」。這首〈敕勒歌〉,也許就產生在這「歌吟忻忻」之中。從「復叛走」到「歌吟忻忻」,這是一個民族間由不相容到契合、交融的過程。這個過程能否發生,進展得是快是慢,統治者的民族政策和駕馭手段將起關鍵作用。所以說,〈敕勒歌〉在中華民族史上有著巨大的價值。

〈敕勒歌〉在文學史上的價值也不可低估。它第一次以詩的形式歌頌了祖國的北疆,激起人們對少數民族聚居之地的激賞之情。在唐代王昌齡、岑參等雄渾奔放的邊塞詩出現之前,在詩的國度裡,我國的西北邊陲一直是以大漠窮秋、塞風苦寒的面貌出現的,也似乎一直與孤城落日、戍樓刁斗的戰亂生活聯繫在一起。這個調子,大概從我國第一部詩歌集——《詩經》就定下來了:《小雅·采薇》中所描繪的獫狁之地是「雨雪霏霏」,行役之人是「載饑載渴」,塞北似乎是一個荒涼苦寒的畏途。漢魏時代陳琳的〈飲馬長城窟行〉、曹操的〈苦寒行〉等,更是把北方與苦寒、戰亂、悲傷畫上了等號,幾乎成了同義語。但〈敕勒歌〉所描繪的卻是一種既開闊壯美又和平安定的北國風光:這裡地勢平坦、水草豐茂、生活安定、牛羊肥壯。這是另一種邊塞,和以往的描繪完全是截然不同的基調、不同的風格,這對盛唐邊塞詩有啟發和先導的作用。另外,這是首敕勒族的民歌,卻受到包括漢民族在內的境內多個民族的讚揚和傳唱。王灼認為

兩漢之後，只有「〈敕勒歌〉暨韓退之〈十琴操〉近古」（《碧雞漫志》），沈德潛則稱讚它與另一首少數民族歌謠〈哥舒歌〉「同是天籟」（《唐詩別裁》）。金代少數民族詩人元好問則指出它與漢文化之間的關係：「慷慨歌謠不絕傳，穹廬一曲本天然。中州千古英雄氣，也到陰山敕勒川」。它在流傳的過程中，由敕勒語變為「鮮卑語」，再變為「齊言」。所有這些都說明一首優秀的詩作，它是民族的財富，也是各民族的共同財富，也將為全人類所共同擁有。民族文學之間，是相互影響也是相滲透的。

關於詩句、詩意的理解

關於詩句的理解：臺灣的小學《國語》課本把敕勒川說成一條河，這似有誤。「川」可以訓成「河流」，也可以解成「平地、平川」，這裡以後者為是。中國以「川」作為地名的，有的與水有關，如洛川、輞川；有的則與水無關，只表示這裡是平地或通道，如銀川、走馬川等。另外，這部教材把「風吹草低見牛羊」的「草」解釋成野草，也不夠確切，應當說是「牧草」，再具體一點則應是「白草」或「芨芨草」，這是內蒙古大草原特有的一種牧草，也是這裡的牛羊格外肥壯的主要原因之一。

關於詩意的理解：這首詩的內容、基調和風格前面已多處提及，這裡只想說一下此詩出色的布局。從空間布局來看：構圖之中有上部的「陰山」、「天似穹廬」、「天蒼蒼」，下部的「敕勒川」、「野茫茫」和草地上的牛羊。上下

部有區分，更是渾融成一個整體，這是形成此詩蒼莽壯闊風格的主要原因之一。在動靜關係上：山、川、穹廬是靜物；風吹、草低、牛羊則是動態，做到動靜相承，使畫面既具有穩定感，以象徵生活的和平安定；又富有生命的活力，象徵著這個遊牧民族的開朗和豪邁。在虛實處理上：天、川、穹廬、草、牛羊等都是實景，是在畫面之中；生活在其間並創造了如此富裕安定生活的敕勒人則是虛像，是在畫面之外，需要我們去體悟、想像。作品以實寫虛，寫實是為了寫虛。就是畫面中的草和牛羊也有著一層辯證關係：草比牛羊高——明寫這裡水肥草茂；風在這裡是動因：風吹草伏，牛羊盡現——這是暗寫牛羊肥壯、和平富庶。明寫是手段，暗寫是目的，是主旨所在，寫明是為了襯暗。單就構圖、布局這點來說，〈敕勒歌〉也不愧是流傳千古的名篇。

〈桃花源記〉散考

本文試對以下三個問題進行考辨：

第一，桃花源的生活原型在何處？

第二，桃花源的理想藍圖究竟是怎樣產生的？

第三，桃花源理想的思想價值和社會意義何在？

黟縣、湖南兩桃源

今日與陶淵明〈桃花源記〉有關的地點主要有兩處：一是安徽省黟縣的樵貴谷，一是湖南省桃源縣的綠蘿山。

黟縣春秋時屬吳國，戰國時屬楚，秦統一中國後，在此置黟縣（因此縣在黟山——即今黃山之南），距今已有兩千多年歷史，縣城的城隍山上曾出土有春秋文物，另據《黟縣三志》記載：清同治年間，在縣北宏村「東三里地，名橫山，水沖崖壞，石碣出焉，考篆文乃秦代物」。文約十條款，二百餘字，但因年代久遠，具體字跡已經模糊難識，所以說此地是〈桃花源記〉中秦人避亂之所，也並非空穴來風，現在此地已被國家文物局定為戰國時期文化遺址，傳說中的桃花源在黟縣北五十里的樵貴谷，人稱「小桃源」。李白曾寫詩詠讚過此地，並把它渲染成世外仙境：「黟縣小桃

源，煙霞百里間。地多靈草木，人尚古衣冠」①。南宋穆祝
編撰的《方輿攬勝》則首次把此地與秦人避亂聯繫起來：
「樵貴谷，在（黟）縣北，昔土人入山，行七日，至一穴，
豁然，周三十里，中有十餘家，云是秦人入此避地。」這裡
記錄的也許是當地的傳說，可能是對陶淵明〈桃花源記〉的
附會。今日的漳溪邊仍存有漁人問訊的「漁亭」，壁立於懸
崖之上的「桃源洞」以及崖下的「五柳舍」。西元 1995 年，
黟縣宏村出土一塊古碑，上面篆書的「黟縣桃源社」五字依
稀可辨。看來即使是傳說、附會，流傳的時間也較為久遠。

　　據當地學者考證：陶淵明歸隱後東遊，也曾到過黟縣桃
源。其路線是由彭澤沿鄱陽湖東下達黟縣境內，再沿昌江一
路觀賞向北達今日的黟縣城口──漁亭。再循溪水向北達
樵貴谷，觀賞這一相傳秦人避亂之地。然後翻過羊棧嶺，沿
丹陽古道（漢時黟縣屬丹陽郡），經烏石船渡入青陽，再由
錢溪的梅根港沿長江西溯返九江回彭澤②。支持這一推斷的
除了這裡的地形、風景與陶淵明筆下的〈桃花源記〉極為相
似外，西元 1992 年在黟縣發現了陶淵明次子陶俟的後裔及
《陶氏宗譜》；另外，西元 1994 年，在與黟縣比鄰的黃山區
烏石鄉，發現了一塊古碑，碑名為《重修羊棧嶺碑記》，作
者是清乾隆年間翰林院編修，當時「提督江南安徽學政」徐
立綱在乾隆四十六年（1781）所撰。碑記中寫道他在這一年

---

① 〈小桃源〉，王琦《李太白全集》。
② 胡時濱、舒育玲《宏村》，黃山書社 1995 年版，11 ～ 12 頁。

的初夏，因檢查徽郡鄉試，「自宣州藍石黾迤邐而南，道由羊棧嶺，蓋徽北界之衝要也。危峰峭壁，突兀雲霄，盤盤焉，隆隆焉，若鬼獸之出沒，不可名狀」③。徐氏即是自江北的安慶渡江至宣城，再翻羊棧嶺達徽界（黟縣為徽州六縣之一，引者注），正是推斷中的陶淵明返鄉的路線。上述兩點似增加了此推斷的可信度。

李白以後，歷代詩人對此桃源皆有詠歌，如孫抗的〈桃源〉：「洞裡栽桃不記時，人間秦晉是耶非？落花滿地青春老，千載漁郎去不歸。」孫抗，字和叔，北宋嘉祐年間進士，黟縣古築村人，歷任大理寺丞、江南西路提點刑獄、廣西轉運使、尚書工部郎中等職，與王安石交往甚厚，多有詩文唱和。孫抗死後，王安石為撰墓誌銘。有《工都文集》和《映雪齋詩集》傳世。清人俞正燮、劉大櫆、姚鼐、汪承恩等也都有詠歌黟縣及桃花源的詩篇，其中汪承恩的〈桃花源〉詩寫道：「百里桃源小洞天，垂髫黃髮樂怡然。釣臺孤印深潭月，石墨濃磨半嶺煙。景物重煩陶令記，風光遠勝太元前。但愁地仄人蕃遮，何處仙山許改遷。」直接把此地認作是陶淵明所作的〈桃花源記〉原址。汪承恩，清中葉黟縣宏村人。據《黟縣志》載，道光年間宏村舉行「崇文會」，汪的〈南湖〉詩奪魁，從其中的「頹崖落日摩秦碣，古寺昏鐘弔宋儒」等詩句來看，也屬桐城復古詩文一流。

傳說中的〈桃花源記〉另一個發生地是在湖南桃源縣的

---

③該碑現藏於黟縣文化館。

▲湖南桃源縣桃花源

綠蘿山。綠蘿山在桃源縣南十五里，山下有綠蘿潭，漁人常在此垂釣。《水經注》上是這樣介紹的：「綠蘿山頹岩臨水，懸蘿釣渚；漁詠幽谷，浮響若鐘。」沿綠蘿潭乘舟往西即入綠蘿江，沿江往西南前行約三十里，有座山叫桃花山。山高約五里，廣三十二里，山腰有洞曰桃源洞，「洞口石壁峭立，縱橫丈餘，雙扉宛然，終古長閉，橫鐫『秦人古洞』四大字……泉從洞左瀉下，兩峰之間，大旱不涸……兩山之間有天然橋橫架泉上，曰遇仙橋。泉從橋下過，至亭下匯為小潭曰桃花潭。伏流南折行三里，至桃花溪，入沅水，是為桃花後洞，相傳為漁郎鼓棹處也」④。王維、劉禹錫、韓愈、蘇軾皆認為此地即是陶淵明〈桃花源記〉中的桃花源，皆各有詩詠歌。王維詩曰〈桃源行〉；劉禹錫為〈桃源行〉和〈遊桃源一百韻〉；韓愈為〈桃源圖〉；蘇軾為〈桃源詩並序〉。明代的袁宏道遊桃源洞時，對桃源洞一帶有著細緻而精彩的描繪：「綠蘿山如削成，……水潭綠見底，至白馬江，山益狹，水益束，雲奔石怒，一江皆飛沫，山南即避秦

④《常德府志》引〈桃源洞志〉。

處。上桃花溪百步……得桃花觀……觀前為馳道……截馳道
而南，入桃花洞，無所有，惟石磴百級，蒼塞高大若有人
焉，而不可即」⑤。從中亦不難看出陶淵明〈桃花源記〉的
影子。

桃源設想究竟是怎樣產生的？

自陶淵明之後，對桃源設想基本上有兩種看法：一種認
為是實有其事，桃花源確是秦人或楚人⑥的避亂之所，〈桃
花源記〉就是如實地記錄了漁人的所見所聞。唐宋以來，不
少文人持這種看法。這又可分為兩類：一類認為桃花源在秦
以後已成仙境，漁人是偶一涉跡，後人卻是可望而不可即
的。其代表是唐代的王維和劉禹錫。王維在〈桃源行〉中把
桃源人說或是「初因避地去人間，更向成仙遂不還」。而後
人則是「春來遍是桃花水，不辨仙源何處尋」。劉禹錫在
〈桃源行〉和〈遊桃源一百韻〉中，也是把桃花源描繪成一
個無法再至的仙境。所謂「揮手一來故，故溪無處覓」，
「有路在壺中，無人知地脈」，而漁人是「俗人毛骨驚仙子，
爭來致詞何至此？筵羞石髓勸客餐，燈爇松脂留客宿」⑦。
桃源人過的完全是一種神仙生活了。第二類是認為桃花源雖
實有其地，但並不是什麼仙境，只是因為其地僻險，與世隔

---

⑤袁宏道〈遊桃源記〉，見《袁中郎集》。

⑥見宋方回〈桃源行〉，轉引自錢仲書《宋詩選注》，321 頁。

⑦《劉禹錫集》，上海人民出版社 1978 年版，209 頁。

絕，所以居民生活安定，心地善良。這類主張的代表人物是韓愈和蘇軾。韓愈認為桃源根本不是什麼仙境，只是因險遠而被秦人選中的避亂之所：「神仙有無何渺茫，桃源之說甚荒唐」，「世俗哪知偽與真，至今傳者武陵人」⑧。蘇軾則根據〈桃花源記並序〉中所描繪的居民生活乃是一種世俗生活，證明桃源不是仙境，因此桃源居民也就不是活了五百多歲的秦人，而是秦人的後代了：「世傳桃源事多過其實。考淵明所記，止言先世避秦亂來此，則漁人所見似是其子孫，非秦人不死者也，又云殺雞作食，豈有仙而殺者乎？」⑨他並且舉了自己家鄉為例：「蜀青城山老人村，有五世孫者，道極險遠，生不識鹽醯，而溪中多枸杞，根如龍蛇，飲其水故壽，近歲道稍通，漸能致五味，而壽益衰，蓋其比也」。他的結論是「天地間若此者甚眾，不獨桃源」。桃源並不是仙境，只是由於與世隔絕，和平安定，故居者長壽。

　　對桃源設想的另一種態度是認為桃源根本不存在，它只不過是作者虛構的一種理想境界，通過這個境界來表達作者的政治理想和社會理想。這種看法也可分為兩類：一類是認為他藉桃源避秦寓自己避劉宋，以此表白他忠於晉室，不肯屈身於劉裕的政治立場。這種說法以南宋洪邁、陸游為代表。洪邁說：「然竊意桃源之事以避秦為言，至云『無論魏

---

⑧《韓昌黎集》「桃源圖」。

⑨王文浩《蘇詩編注集成》「桃源詩序」。

⑩洪邁《容齋隨筆》。

晉」乃寓意於劉裕，託之秦，藉以為喻耳」⑩。陸游在〈書陶靖節桃花源詩後〉中寫道：「寄奴談笑取秦燕，愚智皆知晉鼎遷。獨為桃源人所傳，因應不仕義熙年」。另一類是認為桃源設想並不局限於對某一事件的態度，而是集中反映了作者追慕往古、鄙棄現實的人生態度。宋以後，持此觀點者甚多。如元吳師道說桃源寄託詩人慨慕羲皇古道之心，清邱嘉穗認為詩人是要「於污濁世界中另闢一天地」⑪，近代的梁啟超乾脆認為它是「唐以前的第一篇小說」，是在描繪一個「東方的烏托邦」，而「後人或拿來附會神仙，或討論它的地方年代，真是癡人前說不得夢」⑫。

我認為，把桃源說成是紀實或仙境，固然是不可取之說，把它說成是詩人忠於晉室不肯屈身於劉裕的政治表白，也顯得拘泥和狹隘，而且也與詩序的內容相連。因〈桃花源詩並序〉中說得很明白：「不知有漢，無論魏晉」，「春蠶收長絲，秋熟靡王稅」。不但否定了魏晉，甚至連王權，連剝削制度的本身也予以否定，因此說它是忠於晉室的表白，當然也是無稽之談了。但是，如果僅僅把此詩說成是詩人的純粹虛構和想像，也還失之偏頗。我認為桃花源是種設想，但它卻不是憑空臆造出來的，這其中有歷史和現實的影子，它是詩人晚年在歷盡戰亂之苦和飽經生活折磨之後，對自己的畢生理想，採用浪漫主義的手法加以概括和總結的詩篇。

⑪邱嘉穗《東山草堂陶詩箋》。
⑫梁啟超《飲冰室文集·陶淵明》。

它既對現實有著強烈的批判、否定作用,又反映了包括作者在內的當時人們對美好生活的追求和嚮往,這個設想的產生有以下幾個方面的因素:

第一,受傳統的「樂土」思想的影響。在我國第一部民歌集《詩經》中,就有像《魏風·碩鼠》那樣的詩章,表達人民不滿於當權者的壓迫剝削,去追求「爰得我值」的「樂土」、「樂郊」的社會理想。只不過這個理想沒有〈桃花源記〉中那樣具體和形象罷了。另外關於遠古社會的傳說,在先秦諸子中也有不少記載,儒家的「大道之行也,天下為公,選賢與能,講信修睦,故人不獨親其親,不獨子其子,使老有所終,壯有所用,幼有所長,鰥寡孤獨廢疾者皆有所養;男有分,女有歸。貨,惡其棄於地,不必藏於己;力,惡其不出於身也,不必為己;是故謀閉而不興,盜竊亂賊而不作,故外戶而不閉,是謂大同」⑬的關於大同世界的設想;法家的「神農之世,男耕而食,婦織而衣,刑政不用而治,甲兵不起而王」等關於上古之世的描述⑭;道家的「素樸而民性得」的上古「至德之世」。這些關於上古之世的記敘和描寫,對常常追懷葛天氏之民,所謂「愚生三季後,慨然念黃虞」⑮的陶淵明無疑是有很大吸引力的。

第二,當時的一些社會學說以及傳說也給桃源設想以很

---

⑬ 《禮記·禮運篇》。

⑭ 〈畫策〉,見高亨譯注《商君書》,中華書局 1974 年版,126 頁。

⑮ 〈馬蹄篇〉,見王先謙《莊子集解》,中華書局 1981 年版,104 頁。

大的啟發。

在陶淵明之前的阮籍，寫了〈大人先生傳〉，提出「無君而庶物定，無臣而萬事理」，稍後一點的鮑敬言在〈無君論〉中更提出「有司設則百姓困，奉上厚則下民貧」，這對陶淵明在〈桃花源記〉提出的「春蠶收長絲，秋熟靡王稅」的無君主張，顯然是提供了參考來源。另外當時的一些民間傳說也為桃源的設想提供了藍本，宋劉義慶《幽明錄》記載了劉晨、阮肇入山採藥遇仙的故事：「後漢永平中，劉晨、阮肇入山採藥，失道行數里，至溪滸遇二女，顏色絕麗，邀劉阮至其家，食以胡麻飯止宿，行夫婦禮。後求去，指示原路，至家子孫已七世矣，欲還女家，不復獲路，天臺人廟祀之。」《幽明錄》成書在陶之後，但其中記載的故事卻是在魏晉時代流傳的。這個傳說中提到的失道、賜食、返家、尋訪、不復獲路等情節，已同〈桃花源記〉很相似了。更直接啟發了陶淵明桃源設想的，大概是同代人劉驎之的故事了。關於劉驎之的傳說，《晉書》上是這樣記載的：「劉驎之，字子驥，南陽人，好遊山澤，嘗採藥至衡山，深入忘返，見有一澗水，水南有二石囷，一囷閉，一囷開，水深廣不得過，欲還失道，遇伐弓人問徑，僅得還家，或說囷中皆仙方靈藥諸雜物，驎之欲更尋索，終不復知處也。」[16]陶淵明在〈桃花源記〉中，不但借用了其中的若干情節，甚至把劉驎之本人也直接記入了序中：「南陽劉子驥，高尚士也，聞之

---

[16]《晉書‧隱逸傳‧劉驎之傳》。

欣然規往，未果尋病終，後遂無問津者」。可見作者受此事的影響之深了。

第三，當時由於土地兼併的加劇，人民大量的逃亡，出現了「堡塢」這種社會結構，這就為陶淵明的桃源設想提供了現實的依據。

東晉末年，世家大族大量兼併土地，失去土地的農民一是逃往山林深處，暫求生存之所；二是糾合家族鄉黨，屯聚堡塢之中，躬耕自食，共同抵禦外部敵人，並拒納王稅。當時的歷史典籍中有不少關於這方面的記載。《三國志·魏志·田疇傳》載田疇等人為避亂「遂入徐無山中……百姓歸之，數年間至五千餘家」。《藝文類聚》引《晉中興書》關於郗鑒的記載云：「中原喪亂，鄉人共推郗鑒為主，與千家俱避於魯國嶧山。」《晉書·庾袞傳》載：「袞乃率及同族及庶族，保於禹山。」

另外，從陶淵明所生活的江州地區及相鄰的荊州地區來說，當時也是處於極度的動亂之中。義熙八年（412）劉毅上表反映「江州以一隅之地，當逆順之衝。自桓玄以來，驅蹙殘敗。至乃男不被養，女無匹對，逃亡去就，不避幽深」[17]。荊州地區也是如此，義熙十一年，劉裕的〈下書〉中云：「此州積弊，事故相仍。民疲田蕪，杼軸空匱。加以舊章乖昧，事役繁苦，童耄奪養，老稚服戎，空戶從役，或越

---

[17] 《晉書·劉毅傳》。

[18] 《宋書·武帝紀》。

紳應召。」⑱老人幼童無衣無食，還要去充當兵役，這當然
要引起青壯大量逃亡。《宋書・荊州蠻傳》就記載劉宋初年
這一帶人民向五溪蠻族地區逃亡的情形：「宋民賦役嚴苦，
貧者不復堪命，多逃亡入蠻。」

上面歷史記載中提及的苛重賦稅、兵役，促使陶淵明設
想一個「秋熟靡王稅」的世外桃源，而那個無路可通、王命
不至的桃花源，當然也是「逃亡去就，不避幽深」的江荊人
民逃避兵役賦稅的最理想的處所。

第四，陶淵明晚年的勞動實踐和田園理想，為桃源理想
的繪製準備了主觀條件。

這篇詩文是陶淵明晚年的作品，王瑤先生把它定在宋武
帝永初二年（421），時陶淵明五十七歲。眾所周知，陶淵明
除去幾年仕途生涯，他在農村幾乎生活了一輩子。他親自參
加勞動，所謂「晨興理荒穢，帶月荷鋤歸」；與當地的群眾
友好往來，所謂「鄰曲時時來，抗言談在昔」，「相見無雜
言，但道桑麻長」⑲。長期的農村生活和勞動實踐，使他對
人民的疾苦和願望定然有所了解並產生共鳴，特別是他晚
年，社會更加動亂，他的生活也漸漸惡化到了衣單身寒、斷
酒絕糧的境地，「凄厲歲云暮，擁褐曝前軒」，「傾壺絕餘
瀝，窺灶不見煙。」⑳社會的動盪，政治上的攘奪，農村的
貧困，徭役的繁重，當然促使這位身受其苦的詩人去思索怎

---

⑲〈歸園田居〉，見《陶淵明集》，中華書局 1979 年版，40 頁。
⑳《詠貧士》，同⑲，132 頁。

樣才能夠擺脫，能否出現一個沒有壓迫、沒有剝削、人人勞動、平等自由的人間樂土。所以桃源理想是作者對當時社會現狀的否定，也是作者長期勞動實踐和田園生活理想的必然結晶。孫靜說：「陶淵明用幻境為漁人創造出一個『世外桃源』，同樣通過理想化的作用為自己創造一個『世外桃源』，二者的精神是一致的。」⑳這話是有一定道理的。

由此看來，陶淵明的桃花源理想確實不是憑空的想像和杜撰，其中有歷史的淵源，也有現實的基礎，更有著作者的生活環境和晚年的遭遇的影響。

桃源設想的社會意義究竟是什麼？

對桃源設想的社會意義，歷來就有不同的看法。近年來，主要的看法有以下三類：

第一類持肯定態度。或是認為這一作品的意義就在於「它提出了沒有君主、沒有剝削壓迫、人人勞動、自食其力、人人平等的社會理想」㉒，或是認為「陶淵明提出的桃花源式社會理想是對統治者的公開挑戰」，「反映了人民在長期戰亂和殘酷剝削中所形成的反封建思想」㉓。有的則對桃源設想進行無保留地讚揚：「桃源設想有重大意義，它反

⑳〈談陶淵明田園詩的浪漫主義〉，《北京大學學報》1980年4期。
㉒李華《陶淵明詩文選》，人民文學出版社1981年版72頁。
㉓何世華〈陶淵明評價中的幾個問題〉，《四川師院學報》1980年3期。

映東晉那個戰亂年代生活在人間地獄的廣大群眾要求擺脫痛苦現實，以及他們嚮往和平勞動、安定生活的美好願望，為人們在封建社會的漫漫長夜裡點燃一支希望的火炬⋯⋯鼓舞人們為探索新的社會制度而繼續奮鬥」㉔。

　　第二類觀點與第一類正相反，對桃源設想的社會意義基本持否定態度，他們認為「像桃花源中這樣沒有君臣、沒有賦稅而又保持小生產的個體經濟，在封建社會條件下只能是空想，而這種空想有可能引導人們不通過階級鬥爭去幻想找到一個桃花源式社會，對人們會起一種麻醉作用，這種空想又是以復古形式表示出來的⋯⋯因而有可能引導人們向後看，而不是向前看」㉕。

　　第三類是折衷前面兩種觀點，認為桃源設想有值得肯定的一面，也有應該批判的一面。「應該肯定的，是他反剝削、反壓迫，希望產生一個理想社會，而這種社會正符合於農民的願望；需要加以批判的，是他對於怎樣到達這種理想社會，採取了消極逃避的方法，打算在一個杳無人煙、與世隔絕的地方，來建造這樣一個社會」㉗。

　　我認為，桃源設想在當時來說是一種很大膽、也很傑出的設想，它是對封建地租剝削制度的否定，也是對當時現存

㉔鍾優民《陶淵明論集》，湖南人民出版社1981年版，123頁。

㉕十三院校《中國文學史》，江蘇人民出版社1978年版，212頁。

㉗任訪秋〈桃花源記的思想體裁和寫作方法〉，見《中國古典文學論集》，河南人民出版社1981年版，49頁。

社會秩序的挑戰，它的進步意義就在於陶淵明之前，雖然有
眾多的思想家和大量的文學作品表示了對人民的同情和對現
存制度的反抗，但究竟用怎樣的社會來代替現存制度，這種
勞動人民的「理想國」和「樂土」究竟是一幅什麼樣的藍
圖？大家都沒有涉及，而陶淵明則第一個如此形象而又如此
具體地描繪出了這樣一個沒有剝削、沒有壓迫、大家勞動、
和平幸福的理想社會圖畫。更為可貴的是在這幅圖畫中，沒
有封建地主階級建立的國家：「不知有漢，無論魏晉」；沒
有封建制度中主要剝削方式的地租剝削：「春蠶收長絲，秋
熟靡王稅」。這在當時是一種相當大膽、相當解放的設想。
它實際上是間接地告訴我們，封建君主制度是造成人民不幸
和苦難的根源，人民反抗封建地租剝削是天然合理的。因此
在某種程度上，它是人民在長期遭受戰亂和殘酷剝削中所形
成的反封建思想的形象反映。

為了證實上述論點，下面對一些持否定桃源設想的主要
觀點略加分析。

一是認為桃源設想是在「追慕往古」，是「復古主義的
東西，是開歷史的倒車」。我認為，把復古等同於開歷史倒
車，這並不符合中國古代文學史的實際。在中國古代的文學
運動中，復古的主張不一定意味著開倒車，相反倒是一面革
新的旗幟，陳子昂的復古主張，韓愈、柳宗元、歐陽修等人
的古文運動，明代歸有光等人的唐宋派，都可證明這一點。
他們的頌古是為了非今，是人們反抗現實的一種手段。陶淵
明對理想社會的追求，也正是通過這種仰慕往古的形式表現

出來的。在他看來，春秋以前的三代是一種理想社會，是值得仰慕的，所謂「愚生三季後，慨然念黃虞」㉘；而春秋以後，尤其是秦以後，則是一種禮樂絕響的亂世，所謂「洙泗輟微響，漂流逮狂秦」㉙。所以他在〈桃花源記〉中把村民說成是「避秦」，在詩中說「嬴氏亂天紀，賢者避其世」，並通過村民之口斷然說「不知有漢，無論魏晉」。可見作者仰慕往古的真正意圖是鄙棄現世，是對動亂而又昏暗的東晉現實的否定，因此並不是在開歷史的倒車，而是在客觀上引起人們對現存制度的憎惡之感。

　　為了理清「復古」與開歷史倒車之間的界限，我們還可以把〈桃花源記〉與同時代的張湛在《列子‧湯問》中所描繪的「終北國」作一比較。「終北國」與「桃花源」，在追慕往古，主張沒有君臣，沒有爭奪，與世隔絕，和平安寧等方面，兩者是相似的。但「桃花源」是以現實生活作為他的基點的：源內有「良田美池桑竹之屬，阡陌交通，雞犬相聞，其中往來種作，男女衣著，悉如外人」，他們同外人一樣要吃飯，要穿衣，而這一切都是靠自己的勞動來獲得，同現實生活並沒有什麼兩樣，只不過從中剜去了作者所厭惡的封建政權和剝削制度。因此，它是一種在復古的外衣下加以理想化了的現實生活。而「終北國」的人卻是「不耕不稼」，「不織不衣」，只靠天賜的「神瀵」作為生活資料，這

㉘〈贈羊長史〉，《陶淵明集》，64 頁。
㉙〈飲酒〉，《陶淵明集》，86 頁。

種不勞而獲的懶漢哲學，實際上是魏晉時代士族地主寄生生活的反映，這才是在復古的旗幟下公然開歷史的倒車。

否定「桃源設想」進步性的第二個觀點，是認為這種理想是老子「小國寡民」理想的再現，因而是對歷史的反動。從表面上看，〈桃花源記〉中所描寫的「阡陌交通，雞犬相聞」，與老子主張的「鄰國相望，雞犬之聲相聞，民至老死不相往來」㉚，似有相似之處，但如仔細加以辨析，即可看出兩者的明顯不同。老子是主張不要器械、舟車、文字，是要毀滅文明，是讓人民回復到蒙昧和簡陋的上古社會中去，是在主張愚民；而〈桃花源記〉中所描繪的卻是一個和平、富庶、人民勤勞而又能友好相處的文明社會。這裡「土地平曠，屋舍儼然」，人民富庶而勤勞，「有良田美池桑竹之屬」，對外來者好客而友好，「便要還家，設酒殺雞作食」，「村中聞有此人，咸來問訊」。這同老子描繪的「小國寡民」、「老死不相往來」是兩種完全不同的社會，兩者完全不同的精神狀態。

我認為，如果說〈桃花源記〉中有老子思想影響的話，那也不是「小國寡民」的社會理想，而是老子的那些否定君權的政治觀和清靜無為的倫理觀。例如「民之饑，以其上食稅之多；民之難治，以其上之有為」，「見素抱樸，少私寡欲」，「禍莫大於不知足，咎莫大於欲得」㉛。這些主張對

———————————

㉚見老子《道德經》八十章。

㉛見老子《道德經》十五章、十九章、四十九章。

東晉時期動亂的政治局面和士族們貪得無厭的占有欲，無疑
是一種有力的思想批判武器。而上述的這些有進步意義的觀
點，在桃源設想中倒是可以找出明顯的例證來的。

懷寧「小吏港」與〈孔雀東南飛〉

　　我曾在安徽省潛山縣小吏港一帶,就漢樂府民歌〈孔雀東南飛〉的民間傳說進行了一些考察,發現這齣愛情悲劇儘管距今已一千七百多年,但它仍深深地銘刻在當地百姓的心中,流傳於耆老婦孺之口。通過考察,感到當地流傳的一些民間傳說及小吏港周圍的一些遺跡,對正確理解〈孔雀東南飛〉的詩義、澄清一些疑點是有幫助的。因此特公諸同好並就正於高明。

關於〈孔雀東南飛〉的民間傳說及遺址

　　安徽潛山縣的梅城鎮,是漢末廬江郡的府治所在地。這是一座秀麗而古老的山城。潛水從它的西面緩緩流過,皖河的支流梅水又流經它的城東門。在它西北二十五公里處,即是有名的天柱山,它的東南面則是低矮的丘陵和坡地。出梅城鎮東門,沿清澈的梅水往南走五里左右,便是林木蔥蘢的焦家莊,傳說中的劉蘭芝、焦仲卿愛情悲劇就發生在這裡。據當地傳說:漢末這裡住著一個財主叫焦八叉,焦八叉早年病故,留下一子一女,子名焦仲卿,女名焦月英,由寡妻焦夫人撫養成人。仲卿成年後,就在廬江郡府內當差,並娶了

離家不遠的劉家山劉大的妹妹劉蘭芝為妻。劉大是個出名的潑皮，在街上開了個山貨行，蘭芝和她母親住在離鎮不遠的鄉下。蘭芝知書達理，勤快賢慧，與焦仲卿成親後，夫妻間相處甚得，不料卻得不到婆婆的歡心。焦母千方百計逼迫兒子休棄蘭芝。蘭芝被休後，乃兄又逼其另嫁，蘭芝不從，徑投劉家山前草塘自盡。焦仲卿聞其凶訊後，也上吊而死。蘭芝死後，劉大便將蘭芝屍體抬到焦家尋釁鬧事，焦母痛子憂禍，也一命嗚呼。仲卿之妹焦月英出面請族人斡旋，並出於對兄嫂的同情，要求將兩人合葬。劉大在接受錢財後，又迫於鄉親們的壓力，只好答應合葬，但提出一個條件：既不准葬在焦氏祖塋，也不准葬在劉家祖塋，於是眾人合議就葬在焦、劉二莊中間，距兩家大

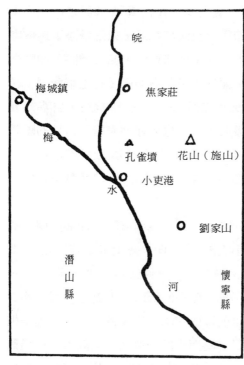

▲小吏港一帶地理位置圖

約皆五里的今日小吏港背後的高坡上。合葬時，焦、劉二莊的年輕媳婦們都來鏟土培墳，並在周圍種上松柏。每年三月三，皆來墳前踏青祭奠，稱之為「上孔雀墳」，以表示她們對這對青年男女婚姻悲劇的深深同情。這就是流傳在今天潛山一帶關於〈孔雀東南飛〉民間傳說的大致情節，不難看出與漢樂府〈孔雀東南飛〉的情節基本相同，只是多了一些詩中沒有的細節和人物（如焦仲卿之妹焦月英等），大概是民間藝人在漢樂府基礎上加工的結果。當地的地方戲廬劇（又稱「倒七戲」）中也有個劇目叫〈孔雀墳〉，據說是清道光年間傳下來的本子，情節與此也大體相近，只是增添了焦仲卿與劉蘭芝之間大量對唱，抒情意味更濃，結尾增添了仲卿與蘭芝魂魄相聚的情節，顯然也是對漢樂府〈孔雀東南飛〉結尾「枝枝相覆蓋，葉葉相交通」、「中有雙飛鳥，自名為鴛鴦」的進一步想像和發展，當然也更好地表達了百姓的願望和希求。另外，據當地人介紹，上孔雀墳的習俗也延續至今，而且這天還要在戲臺上唱〈孔雀墳〉，這座戲臺也因此得名為「孔雀臺」。

從焦家莊沿梅水向南走五里，就到傳說中仲卿與蘭芝的合葬處了。此處叫「小吏港」，又叫「焦吏港」，皆因焦仲卿而得名，因〈孔雀東南飛〉上說焦仲卿是「廬江府小吏」，而當地又是「焦」、「小」音近，所以「小吏港」與「焦吏港」混稱。此地在晉以前屬廬江郡，現屬懷寧縣。這裡是梅水與皖河之交會處，又是皖西南的一個商業集散地，交通兼有水陸之便，商業上頗為繁榮，傳說中劉大的山貨行就開設

在這裡。小吏港的南端有個高大的戲臺,這就是「孔雀
臺」。從殘存的碑文可知,此臺初建於唐末,原是個土臺,
是周圍鄉民為紀念蘭芝夫婦的唱戲之所。元朝時在臺上加蓋
了竹棚,明永樂年間加以擴建,改為磚木結構的兩層樓臺;
到了清康熙年間又加修葺。西元 1966 年「文化大革命」
中,這座戲臺被當作「四舊」橫掃,戲臺被毀,殘存的梁柱
也被人盜去,連樓前的石碑也被抬到油坊作壓榨之用。今日
我所見到的「孔雀臺」,只剩下廊柱下的幾個石礎,以及橫
陳在瓦礫之中的幾塊石條,其中一塊即是被打斷的康熙年間
重修孔雀臺的「孔雀臺碑記」,但已只殘存下端的三分之
一,由於幾百年的風霜剝蝕,文字大都潰滅莫認,只有落款
處的「康熙二□□年」等字依稀可辨。據當地耆老介紹,這
座孔雀臺高三丈餘,上有綠色琉璃瓦,金頂銅簪、飛閣流
丹,十分壯觀。整個建築呈品字形,中間為主臺,約四平方
丈,供演出之用,兩側為廂房,供演員化妝、住宿之用。前
面為一廣場,約三畝大小,據介紹,每年三月三祭孔雀墳
時,這裡唱戲三天,商家也趁機舉辦廟會,演出時四鄉男女
輻輳,不但廣場上擠滿了人,連前面的坡地、南面梅水邊的
沙灘上也站滿了人。從孔雀臺往西南,今小吏鄉糧站後的高
坡上,即是焦仲卿和劉蘭芝的合葬墓,當地人稱「孔雀
墳」。孔雀墳今已蕩然無存,只有一小阜孤然塊處於平蕪之
上,四周青草萋萋,荊棘塞途,與〈孔雀東南飛〉中所描繪
的「東西植松柏,左右植梧桐」的美麗環境相比,已相距很
遠了。今人在小阜上用磚石砌一墳圈,上堆黃土,前立一石

碑，鐫有「漢焦仲卿、劉蘭芝之墓」，碑上焦、劉二人名字
並排，從石料和字跡來看，鐫立的時間不久，大概是「文革」
以後為招攬旅遊者而造的「新骨董」，只是周圍的環境還未
來得及修葺整治。從小吏港往南再走五里，就到了劉蘭芝的
娘家劉家山。劉家山是個不大的村莊，現仍以劉姓居多。有
關劉蘭芝的傳說或遺跡，已湮沒無聞。

由此對〈孔雀東南飛〉有關疑點的推斷

〈孔雀東南飛〉這部最長的中國古典敘事詩問世以來，
歷代學者對此詩的創作時代以及一些詩意的解釋都存在分
歧。而對〈孔雀東南飛〉發生地的現地考察，有助於對其中
一些分歧的解決，並對另一些歷代認為不成問題的問題，產
生一些新的想法，下面略舉幾例。

㈠關於此詩的寫作年代

漢樂府〈孔雀東南飛〉詩前有序：「漢末建安中，廬江
府小吏焦仲卿妻劉氏，為仲卿母所遣。自誓不嫁，其家逼
之，乃投水而死，仲卿聞之，亦自縊於庭樹。時人傷之，為
詩云爾」。序中對此詩的寫作時間，說得很明確：「漢末建
安中……時人傷之，為詩云爾」。但後代學者研究此詩時，
認為詩中的「青廬」、「龍子幡」等是南北朝時才有的，從
而推斷此詩是南北朝時的作品①。其實，這個推斷是很不確
切的，因為「青廬」和「龍子幡」不一定到南北朝時才有，

①《漢樂府論文集》，人民文學出版社。

前人已有專論②。即使是南北朝時才有，也不能將詩中的個別物件作為判斷這首詩歌尤其是民歌產生時代的主要依據。因為民歌在流傳過程中，會得到不斷地加工改造，有所增刪的。就像南北朝時的民歌〈木蘭詩〉一樣，其中的「萬里赴戎機」至「壯士十年歸」六句，就明顯有後來文人加工的痕跡，我們同樣不能用這六句作為判定〈木蘭詩〉產生時代的主要依據。另外，從上述的民間傳說中，也能為此詩作於漢末提供點佐證。在民間傳說中此事發生於潛山縣梅城鎮，而〈孔雀東南飛〉的「序」中稱廬江府。按廬江郡的郡治，漢初在今廬江縣一百二十里處的舒城③，漢末才徙於今天潛山縣的梅城鎮。而小吏港在西周時屬舒國，從兩漢到西晉時皆屬廬江郡。因此從傳說中故事的發生地梅城鎮的隸屬來看，有可能發生於漢末；從仲卿與蘭芝的合葬地小吏港的隸屬來看，時間則可擴大至從兩漢到西晉，但不會發生於南北朝時期。其中又以發生於漢末的可能性最大。因此相信詩前的「序」所說的「漢末建安中」，反倒沒錯。

㈡「兩家求合葬，合葬華山旁」的華山究竟是虛指還是實指

宋人郭茂倩在《樂府詩集》中認為這是借用南朝樂府

---

②見《漢詩研究》「焦仲卿辯證六──青廬不始於北朝，龍子幡亦為漢制條」。

③見廬江中學藏《廬江縣志‧山川條》。

〈華山畿〉傳說中的地名，來喻仲卿和蘭芝的生死相依④，因此華山是虛指。聞一多先生則認為是實指，華山即「盧江郡小山名」⑤。余冠英先生則進一步推測為「也許是安徽省舒城縣南二十五里的華蓋山」⑥。我認為聞、余兩先生推測為實指，是很有見地的。因為〈華山畿〉雖也是個殉情故事，卻發生在南朝宋少帝時，而〈孔雀東南飛〉的故事卻發生在前，不可能借用後來故事中的地名。但從實地考察的情況來看，兩位先生之說也還有需要訂正之處。我以為詩中所說的「華山」就是當地的「花山」。花山，又叫施山，是個竹木茂密的小山，位於小吏港的東北。傳說中的仲卿夫婦孔雀墳就在花山西南約六里的高坡上，所以詩中說「合葬華山旁」，在措辭上是很準確的。至於說華山就是「花山」，其理由有二：

第一，據《唐韻古音》：「花字自南北朝以上不見於書，晉以下書中間用」，可見在南北朝以前，凡是「花」字皆作「華」，「華山」亦即「花山」（如此條成立，亦可作為〈孔雀東南飛〉是西晉前而不可能是南北朝時作品的另一佐證）。

第二，盧江郡在東漢時屬揚州刺史部，同屬揚州刺史部

④郭茂倩《樂府詩集》卷46引《古今樂錄》，中華書局1977年版，669頁。

⑤聞一多《樂府詩箋》。

⑥余冠英選注《樂府詩選》，人民文學出版社1954年版，74頁。

的九江郡內有座褒禪山（今含山縣褒山鄉境內）又叫華山，但北宋的王安石在遊山時，卻從山上的古碑上發現此山並不叫「華山」而是「花山」，從而發表了一段為學者不可不深思而慎取的宏論，這段記敘和議論見於他那篇名文〈遊褒禪山記〉。由此可知，即使到了宋代，至少九江郡一帶人「華」、「花」仍可混讀，那麼當年同屬揚州刺史部的廬江郡人，是有可能將「花山」寫成「華山」的。

三對「孔雀東南飛、五里一徘徊」的新解

　　各家注本對此的解釋幾乎是一致的，認為此二句是以鳥起興，「言孔雀向東南飛去，但因顧戀它的配偶，所以走不了幾里就徘徊不前」（余冠英《樂府詩選》）。聞一多先生在《風詩類鈔》中還引〈艷歌何嘗行〉和〈襄陽樂〉、偽〈蘇武詩〉等，來證明這是漢樂府中的常用手法⑦。我認為這些解釋都是不錯的。但對照我在小吏港一帶考察的情況，覺得這兩句的詩意似乎不止於此：孔雀為什麼向東南飛而不是向西北飛呢？聞一多先生作為例證的〈艷歌何嘗行〉就是西北飛：「飛來雙黃鵠，連翩西北馳」。我以為這與孔雀墳所在的地理位置有關。正如前所述，仲卿夫婦的合葬墓在焦、劉二家之間的華山西南，它距焦家莊與劉家山俱是五里，而兩莊均在孔雀墳之東。所以「孔雀東南飛，五里一徘徊」兩句不只是起興、虛指（當然含有這種作用），也是實指，即仲

---

⑦同⑤。

卿夫妻對故園的眷戀，再引伸下去，是否含有他們生前的別
離、互相的探望、追逐、哀怨等等的回顧因素？這種虛實兼
有的手法在古典詩歌中也不乏其例，只是沒有親臨實地，其
中實指的成分容易被忽略罷了。如李白的樂府詩〈將進酒〉
的開頭：「君不見黃河之水天上來，奔流到海不復回」，人
們多解為起興，以水流不返比喻人生逝去難以再年輕，與下
句「君不見高堂明鏡悲白髮，朝如青絲暮成雪」相呼應，這
是不錯的。但此句也是實指，因李白此時正與高適、杜甫二
人同遊梁宋，遊憩於「古歌吹臺」（紀念古代樂聖師曠而
建），此臺位於黃河南岸邊的高坡上，臨水而建的一排樓
臺，所以李白此時把酒臨風，面對黃河東去而生的實感，並
非僅是起興。後人為紀念李白、高適、杜甫三人同遊，遂在
此臺上建「三賢祠」，祠內正門的照壁上，即是清人草書的
這首〈將進酒〉。也許有人以為這種解釋過實，有點膠柱鼓
瑟，但任何民間故事的產生總多少帶有地域的特徵，而民間
故事經過文人加工、昇華為優秀名著時，也總擺脫不了現實
的基礎。

㈣對「徘徊庭樹下，自掛東南枝」的新解

　　宋人郭茂倩的《樂府詩集》及近當代的一些漢魏六朝詩
選本，在此句下皆無注釋，大概以為詩義淺近，不注自明。
參照前面所述的民間傳說，我以為「自掛東南枝」一句亦大
有深意。因蘭芝的家鄉在焦家的東南，仲卿聞變後曾在庭樹
下徘徊，他很可能在向東南方眺望，為蘭芝的殉情而哀傷、

▲花山下焦仲卿、劉蘭芝合葬的孔雀墳

默禱，而後又忠貞自誓，下決心拋捨老母，向著蘭芝殉情的方向，追著蘭芝的腳步而去。仲卿用「自掛東南枝」實踐了與蘭芝「黃泉下相見，勿違今日言」的生前盟誓，也與開篇的「孔雀東南飛，五里一裴徊」，和下文的「中有雙飛鳥，自名為鴛鴦。仰頭相向鳴，夜夜達五更」形成了前後呼應，因此在情節上和結構上都是點睛之筆。據《吳越春秋》所載：伍子胥在被迫自殺時，曾向吳王夫差要求把頭顱掛在姑蘇城的東門（今胥門）城樓上，說是要親眼看到越王句踐的部隊由此入城。我以為，這兩個傳說在手法上有相似之處。

(五)難句析疑

〈孔雀東南飛〉中有一些疑難字句，古往今來解說紛

紜，現將有關疑義試加考辨，藉以就正於高明：

阿母謂府吏，何乃太區區

陳沆《詩比興箋》認為：區區是小貌，指焦母認為仲卿心胸過於狹隘。語文課本中即採用此說，認為指「見識小」。

聞一多《樂府詩箋》認為：區區猶慤慤，愚也，即固執，愚執之意。

馮沅君《中國歷代詩歌選》從聞一多說，又引伸慤慤為「太認真」。

我認為在本詩中，「區區」解為「小」似不確，而以釋為「執著」、「迂拘」之意較妥，其理由是：

1.「區區」在古漢語中可與「驅驅」通假⑧，解為「辛苦」之義，而「執著」、「迂拘」都含有辛苦的引伸義，後面詩句中的「感君區區懷」，亦是把「辛苦」之義引伸為「執著不懈」。如果把「區區」解為「小、少」，引伸為「狹隘」，這樣後面的詩句「感君區區懷」就扞格難通。

2.在古典文學中，「區區」訓為「小、少」雖不乏其例，但大都見於散文之中，如「然秦以區區之地，致萬乘之

---

⑧張相《詩詞曲語詞彙釋・區區》。

⑨賈誼〈過秦論〉，《古代散文選》上冊，人民教育出版社。

尊」⑨，而在詩詞中，大都解為辛苦執著，如：

草草臨盟誓，區區務富強。

——李商隱〈贈王經映〉

富貴功名皆由命，何必區區僕僕。

——范成大《詠嚴徯子陵釣臺》

小生區區千里而來，只為小姐這門親事。

——曲《㑳梅香》

從以上兩點來看，「區區」在上句中似應解為「執著」，意思是阿母對焦仲卿訓斥道：（在對劉蘭芝的感情上）你太迂執，太想不開了。

便可白公姥，及時相遣歸。
幸可廣問訊，不得便相許。
登即相許和，便可作婚姻。

以上三組詩中的「相」都是副詞，具體作何解，課文中未注。按副詞的一般用法，一是用在動詞之前作「互相」、「遞相」解⑩。作「互相」解如：

————————————

⑩楊樹達《詞詮·相》。

四人相視而笑

——《莊子‧大宗師》

父子相夷則惡矣

——《孟子‧離婁》

作「遞相」解如：

前後相隨

——《老子》

父子相傳，此漢之約也

——《史記‧魏其武安侯列傳》

二是可以活用為時間副詞，作「即將」解⑪如：

相將乘一葉，夜下蒼梧灘

——蘇軾〈藤州江上夜起對月〉

掛帆未了青泥過，轉眼相將玉笱邊

——楊萬里〈十五日明發石口遇順風〉

---

⑪張相《詩詞曲語詞彙釋‧云將》。

但在本詩的上述三組詩句中，無論是解作「互相」、「遞相」，還是活用作時間副詞「即將」都覺不妥，而以解作人稱代詞較為合適。因為在古漢語中，副詞「相」活用為人稱代詞也是較為常見的。活用為第一人稱代詞的如：

> 吾始與公為刎頸交，今王與耳旦暮且死，而公擁兵數萬，不肯相救。
>
> ——《史記·張耳陳餘列傳》

> 本是同根生，相煎何太急
>
> ——《世說新語·文學》

「便可白公姥，及時相遣歸」的「相」即屬此種類型，用來稱代蘭芝本人。意思是說：你可以去告訴婆母，趁早打發我回去吧。

副詞「相」也可以活用為第二人稱代詞，如：

> 子敬，孤持鞍下馬相迎，足以顯卿未？
>
> ——《三國志·魯肅傳》

> 汝知悔過伏罪，今一切相赦。
>
> ——《後漢書·馮魴傳》

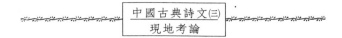

「幸可廣問訊，不得便相許」的「相」即屬此類，用來稱代縣令所遣的媒人，意思是說：請你向其他方面多多打聽，我這裡不能答應你。

副詞「相」亦可活用為第三人稱代詞，如：

> 穆居家數年，在朝諸公多有相推薦者。
>
> ——《後漢書·朱穆傳》

> 生子無以相活，率皆不舉。
>
> ——《三國志·鄭渾傳》

「登即相許和，便可作婚姻」的「相」即屬此類，用來指代太守派來的媒人，意思是說：哥哥可以馬上答應他，能夠成親了。

> 著我繡裌裙，事事四五通。

關於此句的詮釋，基本上有兩種意見：一種認為是詩序錯亂，這兩句應在「耳著明月璫」之後⑫，其理由是：既然說是事事四五通，就不止一事，理應包括後面的躡履、戴簪、著衣諸事，而且論次序下床應先著鞋，然後再梳頭、換衣，最後著裙，故這兩句應在「耳著明月璫」等句之後。另

⑫余冠英《樂府詩選》，人民文學出版社1954年版，67、71頁。

一種意見認為詩序並沒有錯亂，這只是詩歌的倒裝用法，先總承結局，再倒敘經過⑬。語文課本中此段詩序的編排即採用此說。

我認為從情理上說，第一種說法是有一定道理的，但無論是郭茂倩的《樂府詩集》還是徐陵的《玉臺新詠》，這幾句詩都是這樣的排列順序，找不出錯簡的證據。況且後說亦屬可通，用這種倒裝手法，在古詩文中亦不乏此例，如李白〈古風三十四〉即是如此。但如採用這種說法，那麼詩中「事事四五通」下就應該用冒號，課本中既用句號又不注明文句錯亂，就顯得有點自相矛盾了。

另外，從內容上看，在六句詩中首先強調「事事四五通」至少可以起到以下三方面的作用：其一，極力渲染蘭芝在被遣前仍刻意修飾，以此來反襯她在惡勢力面前不願俯首乞憐的倔強性格。其二，強調她對一衣一飾著而復脫，是要藉此延遲離別時刻的到來，表現了蘭芝不忍離去但又不得不去的痛苦矛盾心情。其三，蘭芝對一衣一飾、反覆穿戴數遍而不得妥帖，活畫出蘭芝在同仲卿離別時極度的心煩意亂之狀。

小姑始扶床，今日被驅遣

郭茂倩《樂府詩集》各刻本皆無此二句（只有徐乃昌的《札記》提到康熙年間有個清刻本有此二句），元刻本左克明

---

⑬李因篤《漢詩音注》。

的《古樂府》，宋刻本《玉臺新詠》亦無之。後來的各選本對此二句的處理基本採取以下三種辦法：

一是在正文中以小字補出。如余冠英先生的《樂府詩選》在「新婦初來時」句下以小字補明：「此句下本有『小姑始扶床，今日被驅遣』兩句」。

二是在後面注釋中說明，如朱東潤先生《中國歷代文學作品選》即用此法。

三是收入正文，不加任何說明。如沈德潛《古詩源》即是如此，語文課本中亦用此法。

細尋詩意，如無此二句自然顯得文意斷闕，突兀生硬；但如加上這兩句，文意雖然完備了，句式也顯得流暢了，卻又帶來了新的問題：蘭芝從十七歲出嫁到二十歲被遣歸，這中間不過兩三年，在兩三年內說一個女孩由「始扶床」變成「如我長」似乎有點不近情理。有人說「這是詩人誇張的手法，不宜過於拘泥於時間觀念」。這也似乎不大能說服人，因為這是個敘述性的句子，在敘述性的句子中加上於情理難通、與事實相違的誇張，而且這個誇張又是最早版本中所沒有的，所以用誇張說也很難解釋得通。筆者懷疑這兩句可能為後人所加，因為唐代詩人顧況所寫的〈棄婦吟〉中有四句詩：「新婦初來時，小姑始扶床。今日被驅遣，小姑如我長。」是否有人覺得這樣文意順暢一些，或者不自覺地錯抄錯讀到〈孔雀東南飛〉中去了。

媒人去數日，尋遣丞請還。

> 說有蘭家女，承籍有宦官。

　　這節詩是全詩中疑義最多的地方，曾引起學術界廣泛爭論，至今亦未圓滿解決。爭論的焦點集中在丞是縣丞還是郡丞，誰來遣丞，蘭家女指的是誰這幾個問題上。大致有以下幾種解釋：

　　1.認為遣丞的主語是縣令，丞為縣丞「縣令因事而遣丞請於太守也」。「還」，是指縣丞請示太守之後又回到縣中⑭。蘭家女，是指另一蘭姓的姑娘。「說有」二句應解為縣丞向縣令建議另向蘭家求婚，言蘭家承籍宦官，比劉家門第更好。因縣丞已受太守委託，恐怕縣令不愉快，所以替他另說一門親⑮。

　　2.認為遣丞的主語是縣令，丞為郡丞。「遣丞」二句是指太守派郡丞前往劉家求婚⑯。蘭家女，指的就是蘭芝。「說有」二句是郡丞在劉家轉述太守告訴他的話，這兩句話原是太守說的，郡丞代為轉告⑰。

　　3.認為「說有」二句是縣丞在向太守請示時附帶談起的。「云有第五郎」兩句是太守的答詞，同意去聯姻了。於是派縣丞為媒，又讓府中的主簿一道去傳話，見了蘭芝母親就直說太守家有求親之意云云⑱。

---

⑭清・聞人倓《古詩箋》。

⑮同⑫。

⑯⑰朱東潤主編《中國歷代文學作品選》第二冊。

　　語文課本在注釋中認為這段文字有脫漏或錯誤，無法解釋清楚。但我認為既選為課文，就有必要把這段詩意向學生交代清楚，因此就必須折衷舊說，從中析出較如人意的解釋來。筆者比較以上幾種說法，覺得丞似應為縣丞，是受縣令差遣去郡，在郡又受主簿委託替太守第五子提親。所以回縣後就逕往劉家，對蘭母當面奉承一番，後又把太守之子吹噓一通，極盡拉縴撮合之能事。這樣解釋的理由是：

　　1.如果說丞為郡丞，「主簿通語言」就不好解釋。因據《西漢會要》：一郡之長為郡守（景帝時改名太守），秩二千石，郡丞為副職，秩六百石，主簿為郡縣的屬官，掌文書簿籍。同守一郡的正副二職，其中一人有事要託對方，不當面相求而讓下屬轉告，似與情理相違。

　　2.如果說丞為郡丞，遣丞者為太守，那麼「請還」二字也不好解釋。因為郡丞從郡來縣，就不應說「還」，另外「請」字也無著落。

　　3.據《列子‧說符篇》張湛注：「凡人物不知出生者謂之蘭也」。據此可知「蘭」並不是指蘭姓，而是對陌生女子的泛稱。況且在古代民歌中，特別是民歌的對話中，涉及人名時多不稱對方姓氏，如〈木蘭詩〉「同行十二載，不知木蘭是女郎」，並不提木蘭姓氏；〈陌上桑〉中「羅敷年幾何，二十尚不足」，亦不提羅敷姓秦。〈木蘭詩〉、〈陌上桑〉

⑱傅庚生〈孔雀東南飛，疑義相與析〉，見《文學評論》1961年1期。

與〈孔雀東南飛〉同為樂府民歌，寫作年代又相近。因此從樂府民歌的口語習慣來看，蘭家女釋為蘭芝姑娘較妥。

4.有人認為如把蘭家女釋為蘭芝姑娘，下句「承籍有宦官」就不好解釋，因劉家並未為官作宦。我認為這兩句是媒人說的，對媒人說的話不可太當真。「說有」這一段詩皆是虛指，一連六句描摹媒人怎樣從寒暄入手，或奉承女家，或吹噓男家，將保媒拉縴的媒人本色和神氣活現的官媒派頭渲染得淋漓盡致，然後筆鋒一轉，用「直說太守家」數語把此番前來的真意道出。這樣一虛一實、一前一後，成為很好的章法。

〈登鸛雀樓〉小考

關於詩題及樓址

　　現在大陸或臺灣有的課本及教師用書將詩題寫成〈登鸛鵲樓〉，似不妥。因鸛雀樓在黃河故道旁，鸛鳥以魚蝦為食，故棲息於其上。鵲又叫山雀或喜鵲，是生長於山間樹叢中的小鳥，身體大部分為黑色，肩和背部呈白色，以昆蟲為食，因此，此鳥不會棲息到黃河邊。如果說這是詞組合上的復義偏指，也難以解釋得通，因為最早選錄此詩的是唐人芮挺章的《國秀集》，題為〈登樓〉。從宋人李昉等的《文苑英華》起，計有功的《唐詩紀事》、洪邁的《萬首唐人絕句》皆作〈登鸛雀樓〉。

　　關於鸛雀樓址，也有幾種不同的說法：一說在「山西省蒲縣西南」（臺灣《國語教學指引》三上第五冊）；一說在「蒲州西南城上，樓有三層，因常有鸛雀樓其上，故名，後被水沖垮」（張燕瑾《唐詩選析》，23頁）；一說在「山西永濟縣西南城上」（大陸人民教育出版社《語文教學參考資料》；一說在「蒲州，也就是現在的山西省運城縣」（李之光《古代詩歌選》，52頁）。這幾種說法皆不夠準確或有

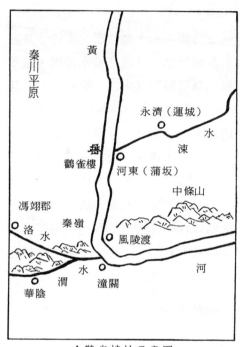

▲鸛雀樓址示意圖

誤。首先蒲州不是蒲縣。蒲州置於北周明帝二年（558），唐玄宗開元二十一年改為河東道（治所在蒲城），下轄十三個縣，蒲縣亦是轄縣之一。蒲縣在隋以前叫蒲子縣，隋文帝大業二年改稱蒲縣，金興定五年升格為州，元復改為縣一直至今。同樣，永濟縣與蒲州也不是一回事。唐時蒲州升為河東道，永濟是其屬縣，明時蒲州復為州，清時稱府，永濟仍是其轄縣，州治、府治皆在蒲坂。進入五十年代後，蒲坂一度劃歸運城縣管轄，後來又歸永濟縣管轄，現在是永濟縣下一個鄉，距縣城約二十里左右，所以說，鸛雀樓在運城縣或永濟縣城皆事出有因又都不確，準確地說，應在蒲州即今日之蒲坂西邊的黃河故道旁，當地的方志對此有明確的記載，《永濟縣志》云：「鸛雀樓在郡城西南黃河中高阜處，時有鸛鳥樓其上，遂得名」；《蒲州府志》則更為

具體：「舊址在城西河州渚上」。

既然鸛雀樓是在黃河邊的州渚上，為什麼注家皆認為它在城上呢？（至於既說它在城樓上，又說它被水沖垮，這更是一種想當然之詞。）我以為這與對《大清一統志》有關記載的誤解有關。《大清一統志》在「山西蒲州府」條下記云：「鸛雀樓在府城西南城上。《舊志》：舊樓在郡城西南黃河中高阜處，時有鸛雀棲其上，遂名。後為河流沖沒，即城角樓為匾以存其跡」。這段話的本意是說，鸛雀樓原在蒲州西南黃河邊的高坡上，因黃河改道將此樓沖毀。人們便在府城西南的城樓上掛一塊匾以作存念。有的先生只看開頭一句，便成了鸛雀樓在府城西南城上，至於後來便是輾轉相抄，以訛傳訛了。

關於作者

誰是〈登鸛雀樓〉詩的作者，至少有四種說法：一是為王之渙作，宋李昉等人的《文苑英華》首次將此詩歸於王之渙名下，蘅塘退士的《唐詩三百首》，高步瀛的《唐宋詩舉要》，馮沅君的《中國詩史》，大陸和臺灣的國語、語文課本皆沿用此說；二是盛唐處士朱斌作，芮挺章的《國秀集》首持此說，明人趙宦光《萬人唐詩絕句》、鍾惺《唐詩歸》沿用；三是王文奐，宋人沈括《夢溪筆談》、阮閱《詩話總龜》、彭乘《墨客揮犀》皆主其說；四是詩僧暢當，宋人洪邁《萬首唐詩絕句》作此說。

我以為這四種說法裡，可能性最大的是朱斌，最小的則

是王之渙。其理由有三:一是最早的一本唐詩選集——唐太學生芮挺章選的《國秀集》,即把這首詩記為處士朱斌作。《國秀集》成書於天寶三年,比殷璠的《河嶽英靈集》還早八年,共收了從開元元年到天寶三年這三十一年間盛唐優秀詩作二百三十篇。據靳能的《唐故文安郡文安縣太原王府君墓誌銘並序》:王之渙「以天寶元年二月二十四日遘疾,終於官舍,春秋五十有五」(見傅璇琮《唐代詩人叢考》)。那麼,《國秀集》的成書年代距王之渙去世僅兩年。王之渙當時詩名很高:「歌從軍,吟出塞,曒兮極關山明月之思,蕭兮得易水寒風之聲,傳乎樂章,布在人口。」據唐人孟棨《本事詩》載的旗亭畫壁故事,時人對他詩歌的喜愛甚至超過高適和王昌齡。如果〈登鸛雀樓〉確是王之渙所作,與他同時代的芮挺章似無可能把這位名詩人如此出名之詩錯記在沒沒無聞的「處士朱斌」名下。而且在今存的十種唐人的唐詩選本中,僅有芮挺章的《國秀集》選了此詩,殷璠的《河嶽英靈集》、姚合的《極玄集》等選了李白、王維、高適、王昌齡等與王之渙同時代的名家,詩作上百首,皆未選此詩。宋人王安石的《唐百家詩選》、金元好問的《唐詩鼓吹》、元方回的《瀛奎律髓》,亦未選此詩,這也可作為該詩作者並非名家的一個反證。二是北宋司馬光的《司馬溫公詩話》中,有段關於〈登鸛雀樓〉作者的記載:「唐之中葉,文章特盛。其姓名湮沒,不傳於世者甚眾。如河中府鸛雀樓有王文奐、暢諸二詩。暢諸詩曰:『迴臨飛鳥上,高出塵世間。天勢圍平野,河流入斷山。』王詩曰:『白日

依山盡，黃河入海流。欲窮千里目，更上一層樓。』二人皆當時賢士所不數，如後人善詩名者豈能及之哉」。這則筆記說得很明確，王文奐是個「當時賢士所不數」的無名之輩，以致「其姓名湮沒，不傳於世」，絕不是像有人所解釋的那樣：王文奐是王之渙的筆誤。唐代是個詩歌大普及的時代，販夫、戍卒、倡優、樂工都愛詩，也都有可能突發出一兩首傳世之作，這樣的事例不勝枚舉，朱斌或王文奐所作的〈登鸛雀樓〉大概就屬於這一類情況。三是最早把〈登鸛雀樓〉收在王之渙名下的是李昉等人編纂的《文苑英華》。《文苑英華》是宋代四大類書之一，由於出自眾人之手，又加上成書倉卒、卷帙浩繁，所以舛誤很多。南宋彭淑年的《文苑英華辨證》、清人勞格的《辨證拾遺》都是在做此書的辨偽勘誤。當然，我們不能因《文苑英華》中有誤，就據此指實〈登鸛雀樓〉的作者一定有誤，但有一點值得我們注意：比李昉等稍後的宋人沈括、彭乘、阮閱在他們的筆記或詩話中，皆把〈登鸛雀樓〉一詩的作者記為王文奐。如沈括的《夢溪筆談》中有以下記載：「河中府鸛雀樓三層，前瞻中條，下瞰大河，唐人留詩者甚多，惟李益、王文奐、暢諸三篇能狀其景。李益詩曰：『鸛雀樓西百尺牆，汀洲雲樹共茫茫。漢家簫鼓隨流水，魏國山河半夕陽。事去千年猶恨速，愁來一日即知長。風煙併在思歸處，遠目非春亦自傷』；王之奐詩曰：（略）；暢諸詩曰：（見前）」。彭乘的《墨客揮犀》和阮閱的《詩話總龜》與此記載相同。這就使我們有理由懷疑，《文苑英華》關於〈登鸛雀樓〉的作者是否將王文

奐誤記成王之渙。

關於詩意的詮釋

其一：詩的首句「白日依山盡」中的「山」究竟指的是哪座山？這涉及到對詩意的理解。如果把「白日依山盡」理解成夕陽沈沒於叢山之中，那這個「山」就應是秦嶺。鸛雀樓的東西方都有山，東南是中條山，西南則是秦嶺，既然是夕陽西下，當然是沒於隔河相望的秦嶺之中，而且這還是冬日的太陽，方會沈沒於西南的地平線上（由此也可推斷詩人登樓的季節應是冬季）。但如果像有人所理解的那樣，白日不是指太陽的本體，而是指明晃晃的日光；「依山盡」也不是夕陽西下，而是指「白茫茫的天光日影，透過縹緲的煙嵐雲氣，在山石間、草木上，燦爛地反射著、炫耀著。隨著深邃的崇陵巨壑向前伸展、伸展，一直到詩人目力的盡頭」（馬家楠〈登鸛雀樓賞析〉），那麼，中條山和秦嶺皆可，那就看詩人在樓上的方位了。現在的問題是：無論是大陸的「語文」課本，還是臺灣的「國語」課本，還是一些唐詩的選本、注本，既把「白日依山盡」解釋成夕陽落於叢山之中，又把此山指實為中條山，這就有誤。產生此誤的原因大概是對我在前面已引用沈括的那則筆記的誤解。沈括在那則筆記中說鸛雀樓「前瞻中條，下瞰大河」，有人就把中條山誤當成「依山盡」之山。其實，沈括說的是「前瞻中條」，與「白日依山盡」並無關係。因為詩人如在樓上的站位是面向東，自然就會「前瞻中條」。臺灣的國小課本教師用書中

有個教學設計，要學生畫一幅畫：詩人站在樓上眺望，看到太陽落到中條山中，黃河在向東奔流。這大概是不了解中條山的位置所致。另外，黃河在此段的流向也不是向東而是向南，因為蒲州位於河套地區的下端。黃河在河套地區，上部是由南向北流，中段是由西向東，下端則折為由北向南，到風陵渡一帶才改向東。所以詩人在樓上看到的黃河流向應是向南。至於詩的結句「更上一層樓」，我以為是詩人打算由第二層登上第三層。因為根據上面所引的沈括等人的記載，鸛雀樓高三層，人們的登覽習慣一般是由下到上，逐層觀賞。這首詩的作者又要窮其千里之目，當然要上第三層——最高層了。宋人王安石有首登塔詩，可作佐證。此詩題為〈登飛來峰〉：「飛來峰上千尋塔，每聞雞鳴見日升。不畏浮雲遮望眼，只緣身在最高層」。大概有抱負的人物都是不登上頂層絕不罷休吧！

其二，關於此詩的價值。這首詩告訴了我們一個生活哲理：只有站得高，才能望得遠；只有更上一層樓，才能窮此千里目。作為年輕的一代，更要不斷登攀，好學上進，這才能進入更高的境界，實現自己的人生理想。對此思想價值，無論是唐詩選本還是兩岸的國語語文課本，皆予以強調，這是很必要的。但我認為，此詩在藝術上及文學史上的價值也不可忽視。首先，這首詩，唐風之中兼有宋意。我們知道，唐詩講求意境的渾融，氣象的闊大，多用誇張想像、描繪之法；宋詩則探求義理，多議論，多哲理的闡發，顯得很深邃。同是看廬山，李白的〈望廬山瀑布〉：「日照香爐生紫

煙,遙看瀑布掛前川。飛流直下三千尺,疑是銀河落九天」,完全是一種想像和誇張,在浪漫的山川描繪之中,展現詩人內在的放蕩不羈的人格和衝決一切的精神力量。宋人蘇軾也有首詠歌廬山的詩,叫〈題西林壁〉:「橫看成嶺側成峰,遠近高低各不同。不識廬山真面目,只緣身在此山中」。其詩的主旨卻在於表現以下的哲理:觀察問題的角度不同,所得出的結論也會不同;事物發生、發展的規律往往是旁觀者清,當局者迷。〈登鸛雀樓〉則兼容了這兩種特質:前面兩句襟山帶河、蒼蒼莽莽,氣勢壯闊而雄渾,後兩句則闡發哲理,傳達一種人生體悟;前兩句為形象描繪,後兩句為議論感慨。這種唐風之中兼有宋意的格調,在中國詩歌發展史上,當然有其獨特地位。

其次,這首詩是實指和虛擬相結合,採用了中國古典詩歌常用的「散點透視」之法。詩中的黃河、群山是眼前的實景,「入海流」和「依山盡」則帶有想像和虛擬的成分,因為太陽並非落入山中,黃河流入大海更是一種推論和遙感,是詩人無法親見的。況且,入海的黃河和落日的西山也不可存於同一畫面之中。前人批評王昌齡的〈從軍行〉「青海長雲暗雪山,孤城遙望玉門關」悖理,理由是青海湖與玉門關相隔一千多里,不可能出現在同一畫面之中,其實,這是不了解中國古典詩人們常移用國畫中的「散點透視」之法,這種跨越空間(有時是超越時間,如「秦時明月漢時關」)的集合,能使畫面的空間感更加廣闊,縱深感更加深邃,詩人要表達的情感當然也就更加激越而奔放,這正是中國古典詩

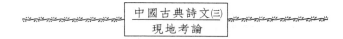

歌獨特的魅力之一。我想，上述這些藝術上的優長，也是
〈登鸛雀樓〉價值構成中極為重要的一個部分。

關於體裁和韻讀

這是首五言絕句，有本《國語科教學指引》認為「早在
漢朝就已出現四句的短詩，當時稱為斷句」，這似乎不確。
「絕句」這一名稱最初見於六朝，亦稱斷句或短句，《南史》
中「宋文帝諸子‧晉熙王昶傳」、「梁簡文帝紀」、「梁宗室
臨川諸惠王宏傳」、「張彪傳」等傳中，開始有「為斷句」、
「作短句詩」、「絕句五篇」、「制詩四絕」這類記載。徐陵
在編《玉臺新詠》時將這類五言四句詩單獨立為一卷，以
「絕句」作為標題，如〈古絕句四首〉、〈吳均絕句四首〉
等，這大概是絕句在文體上最早的獨立成類。對此，徐師曾
的〈文體明辨序〉和羅根澤的〈絕句三源〉都曾有明晰。南
北朝詩人中，絕句寫得最多也最好的當數庾信，他的〈寄王
琳〉、〈重別周尚書〉都是出色的絕句名篇，並對唐律產生
極大的影響。南北朝樂府尤其是南朝樂府也多是五絕。

關於韻讀。臺灣的小學教育注重學生「讀」的訓練，強
調聲律、節奏、誦讀方面的知識傳授，我以為是很好的。但
五絕的節奏應是三個節拍，所謂「仄仄平平仄，平平仄仄
平」，有的教師用書中將五字句設計成「快、慢」兩種節
奏，似不符五絕應有的節律。另外，像「白日依山盡」的
「白日」，「黃河入海流」的「入」，在教學設計上皆為慢
讀，這幾個字古韻中為入聲字，是無法慢讀的。《詩韻集

成》、《詩韻合璧》這類韻書講得很細，也很清楚。在編這
類教師用書，設計韻律、節奏這方面要求時，可以參閱。

涇縣桃花潭與李白〈贈汪倫〉

關於桃花潭

近代注家對〈贈汪倫〉作注，多引自清代的《一統志》：「桃花潭在寧國府涇縣西南一百里，深不可測」。至於潭的具體位置和潭周圍情況，皆語焉不詳。有篇文章甚至斷然說：「千百年來，由於自然條件的變化，這潭到清朝時已經壅塞了」[①]。其實，桃花潭乃是與青弋江相連的一個深潭，江水不枯，此潭焉得壅塞？桃花潭的具體位置是在安徽涇縣南八十里的水冬公社，它的旁邊就是水冬公社的所在地水冬鎮。鎮上有條卵石鋪的狹長而古樸的街道，此街東面盡頭處有一座騎樓，名踏歌樓，是後人為紀念汪倫與李白的交往而建。傳說，李白當年從桃花潭上乘舟而去時，村人汪倫就是在這座樓下踏歌相送的。

踏歌樓的對面就是桃花潭，此潭是與青弋江相連的一個深潭。唐以前叫觀魚潭，更名的原因說法不一，但主要說法有兩種：一說是，該潭周圍的山水美不勝收，又地處幽深之

[①]張炳嘉〈桃花潭水寓深情〉，見《語文報》第16號。

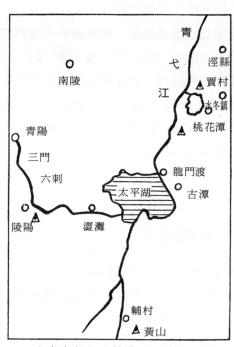

▲李白行程及桃花潭一帶示意圖

所，昔人常見澄泓蒼靄，如入武陵源，故名之；另一說是，此潭附近數十里皆是桃林，夾岸無雜樹，李白來後即景生情，遂命此名。比較起來，後一種說法倒是與李白的性格特徵相吻合的。例如乾元年間，李白與尚書郎張謂飲於江城南湖，席間張謂請李白為南湖命名，李白舉杯酌水，名之為「郎官湖」，並刻石湖側，希望它「與大別山共相磨滅焉」②。李白只要興趣一來，有時不須邀請；也隨即為山水命名。如九華山原名九子山，「李白以九峰有如蓮花削成，遂改為九華山」③。銅陵五松山原無名，李白因見此地有五棵古松，遂命名為五松

---

②李白〈泛沔州城南郎官湖序〉，見《李太白全集》王琦集注本。
③《太平寰宇記·青陽九華山》。

山，並寫了首著名的〈宿五松山下荀媼家〉④。

現在的桃花潭，周圍江水清澈見底，游魚細石，歷歷可見。潭的西側是兩座相連的山崗，北面的叫壘玉墩，墩下即汪倫的居處賈村，南面的叫彩虹崗，兩座山崗都是由頁岩層組成，山體不高，灌木叢生，壘玉墩上有桃數株，灼灼其華，倒映在深得發藍的潭水中，燦然若火。山崗臨江的一面，岩石裸露，千姿百態，很為壯觀。據當地人介紹，在彩虹崗和踏歌樓之間，雨後初霽，常有彩虹橫跨碧潭之上，很富有神奇色彩。

關於汪倫其人

關於汪倫其人，注家一般採用以下幾種說法：持重一點的把他說成是「桃花潭村人」，或「李白在涇縣桃花潭附近村莊結識的一個朋友」。王琦、楊齊賢及古籍出版社的《唐詩一百首》的注本都採取這一說法，有的人則把他說成是「一個隱士」⑤，還有的人把他說成是下層人民，因而這首詩也就反映了「太白對人民親切有情」⑥。我認為要理清汪倫的身分，有兩首詩是不可忽視的。一是《李太白全集》中〈過汪氏別業〉二首⑦，另一首是胡安定的〈石壁〉詩⑧。

─────────

④見清《一統志》；李白詩〈宿五松山下荀媼家〉，見《李太白全集》王琦集注本。

⑤〈李白與桃花潭〉，見《科苑》1982 年 1 期。

⑥劉永濟《唐人絕句精華》〈贈汪倫〉注。

▲桃花潭邊的踏歌臺

〈石壁〉詩的詩序云：「余嘗覽李翰林題〈涇川汪倫別業〉二首，其詞俊逸，欲屬和之。今十月，自新安歷旌德，與仙尉曾公望同遊。石壁蓋勝境也，奇峰對聳，清溪中流，路出半峰，佳秀可愛。傳聞新建汪公所居不遠，掩映溪岫，率類於此。且欲尋訪，迫暮不獲。因思旌川即涇川接境地，而幽勝過之；汪公亦倫之別派也，而儒雅勝之，豈可使諷詠不及於古乎？輒成一首，題於汪公屋壁，雖不及藻飾佳境，比肩英流，庶俾謫仙之詩，不獨專美。」其詩曰：「李白好溪山，浩蕩涇川遊。題詩汪氏壁，聲動桃花洲。英辭逸無繼，

⑦見《李太白全集》第23卷，1066頁。
⑧見《寧國府志‧名人題錄》。

爾來三百秋」。從此序中可看出三個問題：第一，汪倫居處並不甚幽雅。第二，汪倫本人，也不甚儒雅，所以胡安定認為，汪倫的後輩汪公無論在居處的幽雅和為人的儒雅上都勝過他。因此說汪倫是隱士，恐怕是沒有什麼根據的。第三點，也是最重要的一點，就是使我們知道了李白集中的〈過汪氏別業〉二首原題應為〈涇川汪倫別業〉。清代學者王琦很注意這一點，他認為「按太白本集，詩題只云〈過汪氏別業〉，而此序乃云〈題涇川汪倫別業〉，先生非妄言者，又去唐未遠，當必有據」⑨。而從李白的〈涇川汪倫別業〉二首中，我們對汪倫的身分、生活條件就可以有個大致的了解：汪倫的莊園是在山南，面山而居，依山起館，園內還有池臺，很是清幽：「汪生面北阜，池館清且幽」，「隨山起館宇，鑿石營池臺」；園內種有石榴，池內植有荷花：「數枝石榴發，一丈荷花開」。他對遠道而來的貴客李白招待也很熱情，宴席也很豪奢，不但有美酒珍饈，還有歌舞佐酒，而且是通宵達旦：「我來感意氣，槌炰列珍肴」，「永夜達五更，吳歈送瓊杯。酒酣欲起舞，四座歌相催」。因此，從上述幾首詩所描述的情況來看，汪倫既非隱士，亦非下層人民，而是鄉村中較為富有的一個地主。另據清嘉慶年間涇縣《汪氏宗譜》，汪倫曾任涇縣令，解職後閒居於「涇邑之桃花潭」，譜中記載如下：「汪倫，又名鳳林，仁素公之次子也。為唐時知名士，與李青蓮、王輞川諸公相友善，數以詩

⑨《李太白全集》卷34附錄，1568頁。

文往來贈答。青蓮居士尤為莫逆。開元天寶間，公為涇縣令，青蓮往候之，款洽不忍別。公解職後，居涇邑之桃花潭，生子文煥，傳十餘世，有遷常州、麻鎮者。其兄鳳思，曾為歙縣令」。《汪氏宗譜》訂於清嘉慶年間，上述說法，未見於別的書籍記載，僅是孤證，以備一說而已。

關於〈贈汪倫〉一詩的幾個問題

第一，李白為什麼要來涇縣，「李白乘舟將欲行」又行往何處？

對此詩的背景，一般都說成是李白來涇縣遊玩，而對詩的首句，一般也只是從藝術的角度進行分析，或是指出其「起句突兀」，或是讚揚它「語率意真」，至於詩人將往何處，又從何而來，注家大都對此迴避。

關於李白來涇縣的原因，當地有個傳說：天寶末年，李白住在宣城，有次收到涇縣鄉下一個叫汪倫的一封信，信上說我們這裡有十里桃花，還有萬家酒店，請先生一遊。這時李白正在宣城閒居，想到壯志未遂，老大無成，心裡很是憂憤，也正想借酒澆愁，賞景散心，所以接信後就欣然前往，哪知到了涇川後，並未見十里桃花和萬家酒店，心中很是詫異，便問汪倫是怎麼回事。汪倫哈哈大笑說：「十里桃花是借用我們這裡一個深潭之名，萬家酒店是個姓萬的人家開的酒店，因慕君大名，特藉此相邀。」於是李白也拊掌大笑。兩個開朗而又放達的朋友同遊涇川，共賞美酒。臨走時，汪倫贈李白良馬八匹、錦絹十緞並踏歌相送。李白感汪厚意，

寫了有名的〈贈汪倫〉一詩相贈。

　　這當然是個無稽的傳說，但也未嘗沒有些歷史的影子。我認為〈贈汪倫〉這首詩應寫於天寶十三年秋。李白是在遊了銅陵、青陽，沿青弋江南下黃山，途經涇川寫的。其理由如下：

　　㈠王琦考訂的《李太白年譜》載太白在天寶十一年後的行蹤是：「由梁園而曹南，由曹南旋返宣城，然後遊歷江南各處」。在天寶十三年條目下，記載了李白遊銅陵、青陽等地並寫了〈宿五松山下荀媼家〉、〈望九華山贈青陽韋仲堪〉等詩。特別值得一提的是下面兩首詩。

　　一首是〈下陵陽沿高溪、三門、六刺灘〉⑩，詩中寫道：「三門橫峻灘，六刺走波瀾。石驚虎伏起，水狀龍縈盤。」陵陽，在今青陽縣南近百里處，旁有山曰陵陽山，山下有河曰陵陽溪，此河向東南在涇縣境內注入青弋江。看來詩人在達青陽後是沿高溪到陵陽的。在往陵陽的途中經過了三門、六刺等著名的險灘。詩人在到了陵陽後，又順著陵陽河進入涇縣，寫了另一首〈下涇縣陵陽溪至澀灘〉。據清《一統志》：「澀灘在寧國府涇縣西九十五里，怪石峻立，如虎伏龍蟠。」詩中所說的「白波若捲雪，側石不容舠。漁子與舟人，撐折萬張篙」。正是這種情景。過了澀灘，水面豁然開朗，水勢平緩，流入了太平湖（今陳村水庫），越湖再往上就是水冬鎮——汪倫故居附近了。從這個行蹤圖來

---

⑩《李太白全集》卷22，1025頁。

看，李白從銅陵到青陽，再往涇縣的行蹤是較清楚的，只不過王琦在給李編年時，把第一首放到了第二首之後，從行程順序來看，是顛倒了。

（二）李白的〈涇川汪倫別業〉二首中的後一首最後四句是：「日出遠海明，軒車且徘徊。更遊龍潭去，枕石拂莓苔。」是說李白與汪倫在酒宴歌舞、通宵達旦之後，第二天早上本來要告辭了，但為主人的盛情所阻而徘徊不能離去，因而一同去遊龍潭。這與傳說中的同遊涇川是一致的。龍潭，在青弋江與太平湖的交會處，今叫古潭，旁有龍門渡，從渡口南望，即是浩瀚而青碧的太平湖。我認為詩人下一步的遊覽地點即是黃山。路線即由青弋江乘船南下，過龍潭，直達黃山腳下的輔村附近，然後捨舟翻芙蓉嶺，登上黃山主峰之一的光明頂。王琦在《李太白全集》中〈下陵陽沿高溪、三門、六剌灘〉一詩之後，緊接著的就是〈夜泊黃山聞殷十四吳吟〉和〈宿蝦湖〉。其中，「夜泊」二字就是李白從水路達黃山的明證。詩人在黃山遊覽後，早晨從黃山出發，晚上趕到了池州城外的蝦湖，正如詩中所云是「雞鳴發黃山，暝投蝦湖宿」⑪。這樣的編排是很有道理的。

從以上的分析來看，李白來涇縣的背景大致是：他在天寶十三年遊歷江南時，經銅陵、歷青陽，由於受涇川地主汪倫的邀請，他由陵陽溪經澀灘到達水冬賈村，在汪倫莊園稍事盤桓後又乘舟南下，經龍潭，越太平湖而達黃山腳下。

---

⑪《李太白全集》卷22，1026頁。

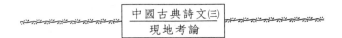

〈贈汪倫〉一詩正是他在臨行時，感謝一位素昧平生的居停主人熱情款待和相送而寫的。

第二，關於這首詩的意境。

這首詩通過一個告別場面反映了朋友之間真摯的感情，它抓住踏歌送別這個獨特的場面，運用感情深於潭水這個新巧的比喻，通過「天然去雕飾」的淺近而率直的語言來進行描摹和詠嘆，因而顯得新穎活潑，很富有民歌風味。

但是，我們在分析這首詩時也要實事求是，不可過飾，以致牽強附會。例如，有篇文章這樣評論此詩：「從全詩的意境來說，也是匠心獨運的。因為他突破了傳統的描寫離情別緒的格調。你看，春光融融，行舟待發，好友踏歌而來，詩人情緒盎然，全詩充滿了熱烈歡樂的氣氛。詩人就是用這樣明朗的色調為我們勾畫了一幅喜劇性的涇川贈別圖。」⑫我認為，描寫好友在分別之際黯然神傷，分別之後深長思念，這恐怕不能算是陳腐老套；同樣地，寫分別時興高采烈，情緒盎然，恐怕也不能算是匠心獨運，突破傳統。這只是兩種各具特色的表現手法罷了，恐怕不能如此地褒此抑彼。不然，我們就不好解釋同是李白所寫的〈沙丘城下寄杜甫〉、〈聞王昌齡左遷龍標遙有此寄〉等詩了。從那「魯酒不可醉，齊歌空復情」的深長懷念中，以及那「我寄愁心與明月，隨君直到夜郎西」的誠摯的感情中，不是明顯地表現了詩人在離別友人後的愁思和別緒嗎？這裡我們能指責它是

---

⑫同1。

因襲了傳統的格調，而沒有匠心獨運嗎？

　　另外，上文的作者為了渲染〈贈汪倫〉在情景交融方面做得很出色，把這首詩的寫作時間也說成是春天，春光融融加上盎然情緒，當然是融情於景了。但這恐怕也屬牽強。因為這首詩的寫作時間應在秋季，這在〈涇川汪倫別業〉二首中說得很清楚：「酒酣益爽氣，為樂不知秋。」（其一）「我行值木落，月苦清猿哀。」（其二）上文的作者大概是由桃花潭而想到桃花，由桃花而聯想到春天，因而產生了春光融融之景與盎然之情交融的誤斷。

從天門山到謝家青山

——李白在當塗一帶的遊歷與詩作

安徽省當塗縣,古稱姑孰,是鑲嵌在長江南岸的一顆明珠,也是扼守長江中游的門戶。境內阡陌縱橫、港汊相連,是有名的魚米之鄉。境西北的采石磯突入大江之中,離南京僅百餘里,是古來兵家必爭之地。南宋的虞允文、明初的常遇春、太平天國的羅大岡,都曾在此與對手惡戰,在歷史上寫下彪炳的一頁。

唐代大詩人李白的一生,更是與當塗結下不解之緣。他自二十五歲第一次經過天門山,到六十一歲終老於大青山,近四十年間數次在當塗盤桓往返,寫下了〈望天門山〉、〈橫江詞六首〉、〈夜泊牛渚〉、〈姑孰十詠〉、〈送當塗趙少府歸長蘆〉、〈遊化成寺〉等五十多首詩文。下面按其行蹤結合當地風物對其要者加以考索。

詠嘆天門險　慨嘆橫江惡

天門山,是東西梁山的合稱。東梁山又稱博望,位於江南當塗縣西南十五公里處;西梁山又名梁山,位於江北和州市境內。兩山夾江,對峙如門,故得此名。天門山山體並不高,西梁山海拔不過100公尺,東梁山僅81公尺,但由於

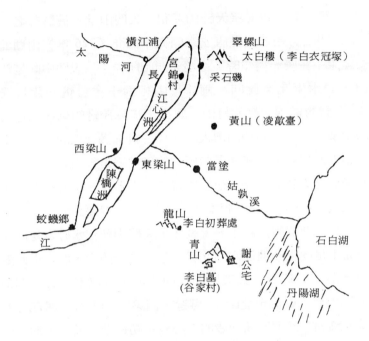

▲李白在當塗示意圖

壁立於大江兩側，勢如斧削，扼守江流，使激怒之江水如離弦之箭直噴於壁上，激起飛雪千堆，因此素有「大江鎖鑰」之稱。南朝時宋孝武帝曾在東西梁山下檢閱水軍，詔立雙闕於二山之上。車騎將軍王玄謨曾在西梁山上築卻月城以屯兵。今日的西梁山的陡壁上猶存東晉王羲之草書的「足振衣」四個大字，東梁山上仍存毀寺的南朝古寺。

李白在往返當塗間曾多次經過天門山，且多有題詠，如「月銜天門曉，霜落牛渚清」（〈獻從叔當塗宰陽冰〉）；「進帆天門山，回首牛渚沒」（〈自金陵溯流過白壁山玩月，達天

門〉）等。其中以〈望天門山〉和〈天門山銘〉最為有名。
《望天門山》是李白在唐玄宗開元十四年（726 年）由湖北
安陸東下金陵、揚州時，途經天門山所作：「天門中斷楚江
開，碧水東流至此回。兩岸青山相對出，孤帆一片日邊
來」。詩的前兩句藉水寫山，顯露出江流磅礡的氣勢和巨大
的衝擊力；後兩句藉山襯人，一片白帆灑滿金色的陽光，青
山相對迎送詩人。無論是前兩句的氣勢還是後兩句的心情，
都是個充滿朝氣、充滿信心的青年詩人形象。至於詩句「碧
水東流至此回」，有的版本作「至北回」，只要到天門山前看
一看，就會覺得此說不妥。誠然，天門山前江水確實是向北
流而不是向東，但江水的北流並不始於天門山，而是從此處
的上游——蕪湖市蛟磯鄉即改向北流，所以不能說天門山
下是「碧水東流至北回」。再者，西梁山山下有一個江心洲
叫陳橋洲，此洲不像一般的江心洲呈紡錘型，而是矩形，由
南而來的江水受阻於幾乎成直角的洲頭而猛折向西北，向西
梁山腳直撲而去，形成一個弧形的大回流。據和州水文資
料，西梁山下江深達 80 公尺，流速每秒 0.7 至 0.8 公尺，漲
水季節每小時流量為 4 ～ 5 萬立方公尺，皆是由這個回流造
成的。所以李白說「碧水東流至此回」是極準確形象的。至
於〈天門山銘〉更是以豐富的想像和誇張的筆調使人傾心拜
服：「西梁博望，關楚濱。夾據洪流，實為吳津。兩坐錯
落，如鯨張鱗……捲沙揚濤，溺馬殺人」。把天門山位在衝
要的地理位置，對峙相望的山體山形，以及由此造成的大江
風濤，都寫得十分形象生動。

　　橫江，在今和州市東南，又名橫江浦，與南岸采石鎮上的驛館——橫江館相對。橫江浦是唐宋時期由江南往中原的主要渡口之一，由於橫江浦與橫江館之間隔著一個江心洲，長江主航道又在靠和州市橫江浦這一側，所以李白無論北上中原還是溯江西上，都要經過橫江浦。橫江浦一帶風波險惡，歷代皆有詠嘆：明代王世貞〈橫江〉云：「越女紅妝隱畫橈，驚破天際雪山搖」；張弼的〈橫江詩〉云：「揚子江頭獨問津，風波如舊客愁新」。李白的六首〈橫江詞〉更是描寫橫江風險濤惡的絕唱，諸如：「白浪如山哪可渡，狂風愁殺峭帆人」（其三），「浙江八月何如此，濤似連山噴雪來」（其四），「驚波一起三山動，公無渡河歸去來」（其六），把橫江一帶風濤的聲威、氣勢以及給人的感受，描繪得無以復加。當然，這也是橫江一帶風濤的真實寫照。橫江一帶是萬里長江除三峽以外風濤最為凶險之處，所謂「牛渚自古險馬當，無風也有三尺浪」。究其原因，一是此處有江心洲，水道狹窄，上有天門山鎖其喉，下有采石磯束其腹。前後阻遏之下，造成水勢湍急而迴旋；二是唐代時此處離長江入海口近，受海潮回湧阻據，更易掀起百尺潮頭。據中國科學院《中國自然地理——歷史自然地理》介紹：唐代長江的入海口在今鎮江一帶，此時的鎮江就叫「海門」，江面寬達20公里，江中有一小山亦稱海門山。今天的橫江浦距長江入海口——吳淞口為397公里，距鎮江132公里，也就是說，今天的入海口距離是唐代的三倍。今天橫江浦一帶江面受海潮的影響，其感應潮差仍有1.328公尺，可以推想當

年的潮差該有多大！所以李白說橫江一帶江面是「一風二日
吹倒山，白浪高於瓦官閣」。瓦官閣在今南京市，距當時的
入海口很近，李白正是把橫江風濤與入海口附近的風浪加以
對比，並予以渲染的。六首〈橫江詞〉中一再提到「海
潮」、「海神」、「海鯨」、「海雲」，也都說明李白也意識到
此處浪高濤狂與海潮回阻大有關係。有的學者把「海神」、
「海鯨」說成是比喻安祿山叛亂，並以此來推斷〈橫江詞〉
的寫作時間，似在望文生義。至於六首〈橫江詞〉的寫作時
間，我以為也不是詹瑛先生推斷的開元十四年（726），李白
遊金陵、揚州後返牛渚時所作，因為我們只要把此詩與〈望
天門山〉、〈夜泊牛渚懷古〉等李白青年時代的詩作稍加比
較，就會發現兩者在風格上、心態上有著明顯的不同：〈望
天門山〉等詩作清新開朗、充滿新鮮活力，對前途也充滿期
待；六首〈橫江詞〉則以「愁殺」等慨歎為基調，以「哪可
渡」、「歸去來」作結局，這不僅是對自然風濤的詠歌，也
含政治風波的慨嘆，這與中唐詩人柳宗元的「驚風亂颭芙蓉
水，密雨斜侵薜荔牆」（〈登柳州城樓寄漳、汀、封、連四州
刺史〉），劉禹錫的「長恨人心不如水，等閒平地起波瀾」
（〈竹枝詞〉），出於同一種構思方式，而且還夾雜著一種人生
疲憊感，所以似是李白晚年居於當塗時所作，具體則似是肅
宗寶應元年（762）。這年李白聽說太尉李光弼要討伐史朝
義，於是他便請纓北上，中途因病折回，不久便病逝於當塗
龍山故室。六首〈橫江詞〉即寫於準備渡江北上之時。如果
此說正確的話，那麼，這六首詩就成為詩人至死不忘國難的

歷史見證，而詩中橫江上險惡的風濤，公無渡河的愁嘆，也就成為詩人坎坷一生「行路難」的歷史總結。

采石騎鯨捉月　終葬謝家青山

采石磯舊屬當塗縣，今劃歸馬鞍山市，在該市西南七公里處。采石磯原名牛渚磯，以傳說中金牛出渚而得名。三國時東吳赤烏年間（239～249），廣濟寺僧掘井得五色石，遂更名為采石磯。采石磯與南京的燕子磯、岳陽的城陵磯並稱為「長江三磯」，而采石磯尤為著名。它前兀於江濱，後環牛渚河，遙對天門山，地勢險峻，江窄水急，為歷代兵家必爭之地。東漢末年，孫策曾在此大破揚州刺史劉繇的牛渚營；東吳名將周瑜、陸遜都在此屯過兵；東晉鎮西將軍謝尚也曾在此築城鎮守。隋開皇元年（581）大將韓擒虎伐陳，以精騎五百由采石渡江直搗金陵；趙匡胤的大將曹彬攻南唐，也是從采石渡江。面對人文薈萃的江山勝處，「一生好入名山遊」的李白當然更是流連忘返，在此寫下了〈夜泊牛渚懷古〉、〈牛渚磯〉等著名篇章。根據地方戲曲和當地傳說，李白因愛采石之美，曾在月夜泛舟於牛渚磯下，乘醉跳入江中捉月，溺死後騎鯨升天。現在磯旁建有「捉月亭」，即由此傳說而來。宋代詞人賀鑄的〈采石〉詩的後四句云：「飄飄翰林主，長嘯弄明月。難訪物外遊，飛雲渺天末」。明代劇作家湯顯祖〈采石山〉詩云：「夕陽千里弄舟還，一片秋聲兩岸山。醉看錦袍如夢渺，月明何限水雲間」，皆是在詠歌此事。湯詩中提到的「錦袍如夢渺」也與當地的傳說有

關：相傳李白酒醉跳江捉月騎鯨而去，浮屍逆流飄至當塗謝家青山。身披之錦袍卻失落江中，被當地漁民打撈上來葬於采石，這就是采石太白祠後的衣冠塚。現在江心洲上有個錦袍村，據說就是當年撈起錦袍的地方。從湯顯祖詩中對此事的詠歌來看，這個傳說至遲在明代中葉就有了。

李白逝世後不久，唐憲宗元和年間（806～820），宣州知州就在采石磯旁的翠螺山下建謫仙樓。此樓宋、明間皆有修葺沿革。到清雍正八年（1730）重建，改名太白樓。後來毀於太平天國之亂。現存的太白樓，是光緒二年（1876）重建的。樓內有太白祠，祠後有太白衣冠塚。此塚原在采石鎮古神霄宮內，西元1962年方遷於太白樓側。唐元和年間此樓初成時，就使這一代成為遊覽勝地，歷代文人墨客慕名而來唱和不絕。白居易、劉禹錫、梅堯臣、陸游、文天祥等皆有題詠。

騎鯨捉月當然是傳說，衣冠塚內錦袍自然也是附會，但李白確是葬在當塗，與天門山、謝公山長存，與牛渚磯、橫江浦共老，其具體地點就在當塗西南的青山腳下。青山又叫謝公山，南齊太守著名詩人謝朓（464～499）曾在此築室居住而得此名。唐天寶十二年（753）敕改「謝公山」，後人又稱「謝家山」。又因東晉大司馬桓溫（312～378）曾葬於此山北麓，故又稱「桓墓山」。到李白歸葬於此山北麓後，又稱「李家山」。青山位於當塗縣城南7.5公里處，主峰海拔372公尺，東西寬約6公里。山體層巒疊嶂，林木蔭翳。謝朓任宣州太守時酷愛此山之美，譽之為「山水都」，

並在山南築室，要與此山共老，這就是謝公宅。後人為了紀
念這位大詩人，就將此宅改為「謝公祠」，至今遺跡猶存。
青山之巔有一亭，名「謝氏山亭」，亭側有一碑曰「第一
山」，為宋代大書法家米芾所書。青山東西側是龍山，東晉
哀帝興寧三年（365），大司馬桓溫鎮守姑孰時，曾在重陽節
與賓客宴於此山。其參軍孟嘉逸興湍飛，帽子被風吹落而不
覺，故此山又稱「落帽山」。李白晚年即隱居於此，並病死
於龍山故宅，初葬亦在龍山東麓。唐人劉全白曾作〈唐故翰
林學士李君碣記〉立於碑前，今不存。李白在龍山隱居時，
逢重陽節亦登高，為後人留下了〈九日〉、〈九日龍山飲〉、
〈九月十日即事〉等詩篇，也曾提到孟嘉落帽之典，如「落
帽醉山月，空歌懷友生」（〈九日〉）「九日龍山飲，黃花笑逐
臣。醉看風落帽，舞愛月留人」（〈九日龍山飲〉）。「一生低
首謝宣城」的李白對謝家山更懷有特殊的感情，生前曾多次
登臨青山，尋訪謝朓遺跡，憑弔謝公故宅，留下了〈謝公
宅〉、〈日夕山中忽然有懷〉、〈遊謝氏山亭〉等著名詩章，
傾吐對謝朓的仰慕和懷念之情。從他在一封信中所說的「宅
近青山，同謝朓公之蛻骨」等語來看，已有長眠青山與謝公
為鄰之願。所以李白去世後，宣歙池觀察使范傳正根據李白
「悅謝家青山」之遺願，將原殯於龍山的李白墓遷至青山，
並立碑撰文。其碑文云：「卜新宅於青山之陽……北倚謝公
山」，為我們留下了李白墓的準確歷史記錄。一千多年來，
青山李白墓可謂歷盡滄桑，隨著世道興隆衰亂，李白墓及墓
前李白祠幾經興廢達 12 次之多。民國 27 年（1938），日本

侵略軍用大炮將太白祠夷為平地，祠內歷代詩文碑刻亦損壞殆盡，是李白墓及周圍建築歷次劫難中最嚴重的一次。現在的李白墓和太白祠是西元1979年文革動亂結束後重修的，並在周圍擴建了占地達50畝的墓園——但願謫仙詩魂從此能永遠安息於謝家青山。

▲當塗青山太白祠，祠後即太白墓園

李白、金喬覺與九華山

　　九華山，這串懸垂於大江之濱的翡翠，位於安徽省青陽縣境內，方圓一百多公里的山體中，聳立著大小山峰九十九座，其中海拔在1000公尺以上的有30多座，最高的十王峰，海拔為1342公尺。九華山原名九子山，據《太平御覽・九華山錄》：因「此山奇秀，高出雲表，峰巒異狀，其數有九，故號九子山焉」。 九華山的西北是滾滾東去的長江，西南則是氣壓五嶽的黃山。九華廁身於大江、名山之間，不但未被其掩邊，相反，歷來卻被李白、劉禹錫、王安石等大詩人和政治家所獨鍾。唐玄宗天寶十三年（754），大詩人李白去江漢訪道途中，在青陽縣令韋權輿處作客，憩於九華山下夏侯迴之堂，見此山「高數千丈，上有九峰如蓮花」，而九子山之名，又「按圖徵名，無所依據」，於是改名為九華山以「傳之將來」，並與韋權輿、高霽等作《改九子山為九華山聯句》以記其事。詩中稱此山是「妙有分二氣，靈山開九華」。並追羨其中「青熒玉樹色，飄渺羽人家」①

---

① 王琦《李太白全集》卷25。另據詹瑛《李白詩文繫年》，疑韋權輿與韋仲堪係同一人，韋仲堪為青陽令。

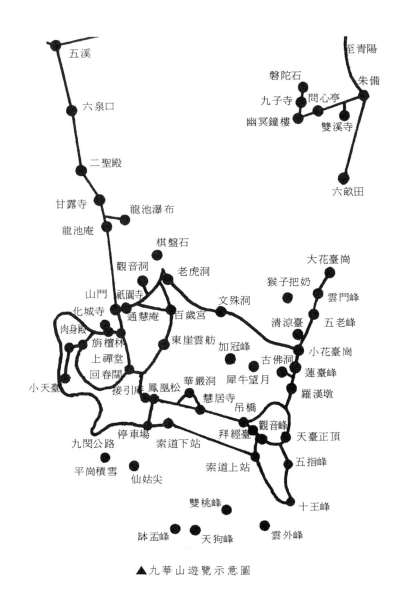

至青陽

磐陀石

朱備

九子寺　問心亭

幽冥鐘樓　　雙溪寺

五溪

六泉口

六畝田

二聖殿

甘露寺　龍池瀑布

龍池庵

棋盤石

大花臺崗

觀音洞　老虎洞

猴子把奶

雲門峰

山門　祇園寺　　文殊洞

清涼臺

五老峰

化城寺　　通慧庵　百歲宮

肉身殿

栴檀林　　東崖雲舫

加冠峰

古佛洞

小花臺崗

上禪堂

回春閣

華嚴洞　犀牛望月

蓮臺峰

小天臺

接引庵　鳳凰松

慧居寺

羅漢墩

吊橋

停車場

拜經臺　觀音峰

天臺正頂

九閔公路　　索道下站

平崗積雪　　仙姑尖

索道上站

五指峰

雙桃峰

十王峰

鉢盂峰　天狗峰

雲外峰

▲九華山遊覽示意圖

的仙境，看來李白已忘了要去江漢訪道，似乎要在九華山求仙了。兩年後，李白在寫贈韋仲堪的詩中，對九華山仍留戀、讚嘆不已：「昔在九江上，遙望九華峰。銀河浮綠水，繡出九芙蓉。」[2]宋代的王安石則在詩中把它誇稱為「楚越千萬山，雄奇此山尊」的「東南第一山」[3]。究其原因，就在於它既有黃山的千峰聳翠，峰奇而石怪的山景，又有江邊崖壑所特有的鳴泉飛瀑、深潭秀溪，更有著黃山、大江所沒有的千年道場、八百佛寺，以及由此而產生的神秘又虔誠的宗教氣氛。既有人間的美景，又有佛國的神聖，有著「香火甲天下」和「東南第一山」的雙重桂冠，這大概是九華山千百年來享譽海內外的主要原因吧！

金喬覺與九華道場

九華山有八百多座寺廟，遍布於一百多平方公里的崇山峻嶺之中。面山有上禪堂，背山有回香閣；嶺上有肉身殿，嶺下有丹檀林；崖內有百歲宮，崖外有紫竹院；山道上有拜經臺，絕壁上有九子塔；狹長的九華街上林立著祇園寺、化城寺、十王殿等十幾座大型廟宇，地藏禪寺則高據於天臺正頂，俯視群峰；溪頭澗邊、緣坡傍崖，則散落著數不勝數的茅篷、精舍、庵堂、修止。至於山中的大大小小洞穴，如地藏洞、華嚴洞、長生洞等，也皆是古往今來僧人的靜修之

---

[2]〈望九華山贈青陽韋仲堪〉。

[3]〈答平甫舟中望九華〉。

地。就像一首僧詩所詠歌的那樣：「塹谷疏鐘傳法語，空山絕壑住僧家」⑷，一進入九華山門，就可聞到雲霧中纏繞著的香煙，就可聽到鳴泉飛瀑中夾著晨鐘暮鼓，就可看到無論是在茂林修竹之中，還是在陡峭的山道之上，那合十膜拜的僧人，和三步一跪、十步一拜虔誠的善男信女。甚至連山上的一草一木、每一個景致，也無不帶上佛教的色彩。如天臺峰上有塊巨石狀類大鵬，名之為「大鵬聽經石」，傳說有大鵬鳥聽地藏菩薩誦經，久久佇立化成巨石；九華街後的神光嶺，亦因嶺上曾出現佛光而得此名，據說佛光中央還顯現地藏菩薩的寶相。九華山內的民居和樓堂館所門窗、屏風、楹梁上的雕刻，牆壁上的繪畫，屋檐、門前的雕塑，也多為佛相或佛教故事。所以說九華山是佛國仙境，香火甲天下，誠不為過。

九華山以佛國仙境飲譽海內外，不僅由於它的寺廟眾多，更由於它的古老和獨特。據史料記載，南朝梁武帝天監二年（503），僧人伏虎南遊至九華，愛此山靈氣，遂在拾寶崖建伏虎庵，從此九華山遂與佛教結緣。唐開元年間，僧人檀號亦在此山結茅苦修。開元末，新羅國王族金喬覺渡海來華，雲遊至九華，見「其土黑壤，其泉甘滑，遂崖棲澗汲，結茅而居焉」⑸。據唐憲宗時費冠卿所作的《九華山化城寺記》，金喬覺為新羅國王子的近屬，為人「項聳骨奇，軀長七尺，而力倍萬夫」，因仰慕佛教，遂落髮為僧。唐玄宗開

⑷釋覺星〈登九華天臺頂〉。

元、天寶年間（713～755）在九華山苦修。初居於九子峰下的地藏洞（又名堆雲洞）內，「終日面壁，跡絕人里」，直到肅宗至德初，當地鄉紳諸葛節等遊山至此，見一老僧在此苦修，「其旁折足鼎中，唯白土少米烹而食之」，眾人大受感動，「投地號泣：『和尚苦行若此，某等深過矣』」。於是眾人集資，在當年檀號的舊址建廟堂，請金喬覺移居此殿。費冠卿〈九華山化城寺記〉描繪建寺時的情景是：「近山之人，聞者四集，伐木築室，煥乎新居……開鑿濾潤，盡成稻田；相水攸瀦為放生池。乃當殿設釋迦文像，左右備飾。次立朱臺，掛蒲牢於其中，立樓門以冠其寺。丹素交彩，層層倚空。崖巒對起於前面，松檜陣橫於後嶺。日月晦明，以增其色，雲霞聚散，而變其狀。松聲猿嘯，相與繼續，都非人間也」⑥。從記中描繪的情景來看，新殿不但氣象莊嚴，周圍也建起了配套設施，而且為解決大師及僧眾的衣食之源，又開闢了一些稻田，為廣弘九華山佛教奠定了物質基礎。到了唐德宗建中年間，大師居處一帶的佛教建築已有相當的規模，大師的新羅國人聽到這個消息後，又「相與渡海，其徒實眾」。建中二年（781），池州太守張岩奏請朝廷賜名「化城寺」，取《法華經》中佛祖化險山為城池之典。唐德宗貞元十年（794），金喬覺圓寂，享年九十九歲。據〈九華山化城寺記〉記載：金喬覺臨終時，「山鳴石隕，寺中扣鐘，無聲墜地」。大師火化，「經三周星，開將入

---

⑤⑥費冠卿〈九華山化城寺記〉。

塔,顏一如活時,異動骨節,若撼金鎖」,眾人方知大師為
地藏菩薩轉世,所以此塔又稱「地藏塔」,塔前所建的大殿
叫「肉身寶殿」,又叫「地藏殿」。於是,九華山的地藏菩薩
又有了個獨特的名字叫金地藏。

▲九華山唐代化城寺內金地藏金身

　　經唐末和五代戰亂,以化城寺為中心的九華山佛教漸次
衰微,宋元時稍振,至明清時達鼎盛階段。明朝洪武、宣
德、萬曆年間屢次賜金重修化城寺,萬曆時還兩次頒賜《藏
經》。當時九華山的寺庵總數超過一百,與五臺山、峨眉
山、普陀山並稱為中國佛教四大名山。清代的康熙、乾隆數
次巡遊江南時,亦多次賜金修葺化城寺,並分別御筆欽賜
「九華聖境」和「芬陀普教」兩塊匾額,其寺廟群除化城寺
外,又形成了百歲宮、甘露寺、東崖寺、祇園寺四大叢林。
到清末,九華山的正規寺廟已達 150 多座,僧 3000 多人,

加上獨自結廬的蓬庵和居士們的善士居，號稱「寺廟八百，僧眾五千」。由於歷代兵火戰亂，唐代所建的化城寺早已蕩然無存，現在寺廟中的山門和藏經樓為明代建築，大雄寶殿和後廳則為清道光年間重建。這些建築除四壁磚牆和瓦頂外，皆為木質結構。梁、柱、檁、椽全部採用閂縫對樺、相互楔咬，不用一顆鐵釘。門楣、斗拱、橫梁上皆鏤有精美的木雕，尤其是大廳的斗拱上，層層疊進雕著九條巨龍，探首向下方的中柱，神態各異，旁有祥雲和瑞蝠穿插其間，是我國傳統木雕中的傑作之一。

化城寺今為九華山文物展覽館，其中收藏各種經卷、佛器、詔書、印璽、書畫一千餘件，有不少屬於稀世珍品。

九華山名震遐邇，不僅在於它的古老悠久，更在於它在中國佛教史中的獨特地位。如上所述，它與五臺山、峨眉山、普陀山並稱為中國佛教四大名山，分別為地藏菩薩、文殊菩薩、普賢菩薩、觀音菩薩的道場。其他三山供奉的都是佛教經典中的原型，唯有九華山供奉的卻是韓國的僧人。一個因仰慕中華文化而不辭辛勞西渡的僧人，又因其虔誠和真知受到寄居國百姓的百代供奉，這在中國佛教史上雖不是唯一，卻是非常典型的。它的意義，已超出了佛學的範疇，在世界文化交流史以及思想史上，皆有普遍的意義。另外，金喬覺的道德意義上的影響也是極其深遠的。今日九華山的一些景點、歷史故事、民間傳說多與他有關聯。《青陽縣志》中記有金喬覺向當地居民吳氏化緣時所寫的一首詩，題為〈酬惠米〉：「棄卻金鑾衲布衣，浮海修身到華西。原身乍

是酉王子，慕道相逢吳用之。未敢叩門求它語，昨叩送米續
晨炊。而今飱食黃精飯，腹飽忘思前日饑。」吳氏名孟光，
字用之，為化城寺施主，經常接濟金喬覺米油⑦。金喬覺此
詩，即表感謝之意，當然也是自我志向的表白。金喬覺與當
地施主之間的友誼和供求關係，代代相傳，形成了一個傳
統，直到西元 1949 年以前，化城寺的執事僧每月還要到吳
氏宗祠去象徵性的領取月米燈油費。九華山的一些景點，如
二聖殿、龍女泉、明眼泉、娘娘塔、地藏洞、東岩雲舫等也
無不與金地藏有關。地藏洞為金喬覺苦修之所，洞在東崖峰
頂，飲用之水須攀藤附葛，下到澗底汲取，十分不便。有
次，金地藏在石上打坐，被一毒蟄，巨痛之間，忽見一美婦
人上前奉藥致歉，說：「小兒無知，願出泉補過」，遂用手
一指，之間坐石中裂，有泉從中汩汩而出，原來這位美婦人
即是《華嚴經》上所說的「無量諸天大龍王」之女，此泉遂
被稱為龍女泉，「龍女獻泉」也就成為九華山的「地藏聖跡」
之一。娘娘塔的傳說是：金喬覺出家來華後，新羅王室發生
內訌，金喬覺父親被殺，母親在兩個家將的幫助下，來到了
九華，見到了兒子，悲喜交加，連哭了三晝夜，哭瞎了雙
眼。金喬覺在化城寺前掘井，讓母親用此泉洗眼，七天七夜
後母親雙眼復明，所以，人們把此泉稱為「明眼泉」。母親
去世後，金喬覺在泉後建塔葬母，此塔遂稱娘娘塔。

⑦見《吳氏家譜》卷12〈吳孟光傳〉。

九華美景與李白詠歌

「雲封天際路，煙鎖梵宮樓」。九華山不但廟多，而且景美。中唐時，和州太守、大詩人劉禹錫來到青陽，見「九峰競秀，神采奇異」，大加嘆服，寫了一首〈九華山歌〉來詠歌，詩前有序，序中說：從前很仰慕華山，認為除此之外無奇；也深愛女几荊山，認為除此之外無秀。今日見到九華山，方懊悔以前的話說得太輕率了⑧。九華山的美景，可分為山水、寺廟、人文三個方面。

山水之美有奇峰怪石、深潭修溪、甘泉飛瀑、雲海佛光。

九華山海拔在1000公尺以上的高峰有30多座，最高為十王峰，海拔1342公尺，其次為七賢峰1337公尺，天臺峰1306米。天臺峰又稱天臺正頂，雖略低於十王峰，但因沿途寺廟眾多，峰頂又是「聖跡」——地藏禪林所在，所以人們往往將它作為九華山的主峰，稱之為「中天世界」，為香客、遊人必到之處，有所謂「不到天臺，九華白來」之說。天臺峰上的捧日亭同泰山的日觀亭、黃山的排雲亭和峨眉山的臥雲亭並稱為觀日四大亭。晨光熹微之際，捧日亭上憑欄遠眺，只見雲海茫茫、充塞天地，九十九峰如星島棋布，在波濤中時隱時現。霎時，天際一線異色，須臾間紅光四射，碩大的紅輪從雲海中推出，君臨於天臺峰前。於是，

⑧《劉賓客集》〈九華山歌（並序）〉。

雲海紛讓退避，山河頓時增輝，九十九峰如繞膝之兒孫，環伺於天臺峰左右；又如誠惶誠恐之臣民，匍匐在赫日的輝煌之中。天臺峰的左面是龍頭峰，傳說九華山是「活的龍脈」，此峰則是龍首，仰向天臺峰，聽金地藏講經說法；天臺峰的右面是龍珠峰，上有一顆滾圓的巨石，為對面龍首所戲之珠；天臺峰的對面即是十王峰，有「十王朝地藏」之說。十王峰下有「大鵬聽經石」，峰西有「木魚石」，不僅形態逼肖，而且帶有上述的佛教色彩。九華山奇特的峰巒還有蓮臺峰、中峰、天門峰、雙峰、石筍峰、清涼臺等。蓮臺峰海拔 1218 公尺，此峰的奇特之處在於它是由五塊巨大的磐石嵌疊而成，狀如五瓣蓮花，因而得此名。五塊巨石下有「四門」，可以通到峰腰的幽深洞窟之中。洞內空曠，涼風習習，可容百人，曾為僧人居所。洞頂有縫隙，狹可容一人，從縫隙中可攀緣至峰頂，頗似頤和園萬壽山內攀頂通道，但有大小巫之別。蓮臺峰北有中峰，因此峰盛開蘭花和各色杜鵑，又稱花臺峰。此峰處於九華山腹心，就像黃山以玉屏樓為界分為前後山一樣，九華山亦以此峰為界，分為南北兩種山體，形態殊異、陰晴各別，所以稱為中峰。古人曾有詩詠歌曰：「一峰天半明朱霞，一峰晦暗招雲車。一峰晴明一峰雨，一峰崛立一峰舞」。從百歲宮遠眺此峰，只見其孤峭凌空，橫亙於天地之間，群峰以此為界，截然南北。如孫武練兵，井然有序。頂西有巨石，形如洪鐘，懸於天地之間。中峰之北有天門峰，海拔 947 公尺，峰體如削，與南面的懸崖夾峙如門。探雲松、蒲團松等古松勁挺於石罅之中，亭亭如

蓋。雲濤如雪浪拍擊著天門，向清涼臺迤邐而去。天門峰異常險峻，至今尚無人登上其頂。天門峰西即清涼臺，此臺高千仞，南北狹長約200公尺，北端險絕處矗一古松，狀若蒲團，似待地藏打坐。佇立臺上，峽谷幽風，撲面而來，真是一片清涼世界。天門峰東有雙峰並峙，這即是有名的雙峰，雙峰的海拔分別為1172公尺和1007公尺，峰體底座相連，上面則如兩把利劍直刺青天，兩山之間形成巨塹，幽深莫測，只聽得松濤陣陣，讓人目眩而心悸。

　　九華山不但峰奇，而且石怪。除了天臺峰上的「大鵬聽經石」外，還有觀音峰上的「觀音石」，十王峰上的「木魚石」，缽盂峰上的「缽盂石」，蓮花峰上的「羅漢曬肚皮」和蠟燭峰上的「猴子拜觀音」等。其中最富於人文價值的是東岩雲舫和棋盤石。東岩雲舫在東峰之巔，其形如舫，頂平闊約200平方公尺。相傳金地藏初來九華時，常晏坐雲舫誦經觀景，故又名晏坐岩。明代的大哲學家王陽明於弘治十四年（1501）春和正德十五年（1520）三月曾兩次來九華，於此岩上端坐與老僧論道。第二次上九華時，「錦衣衛」曾派人在石後盯梢。此後，雲舫後又多了一景曰「錦衣石」，為明代的特務政治立下了恥辱的標記。登上雲舫巨岩，放眼遠眺，東有天柱、五老諸峰羅列，南有天臺、十王、缽盂諸峰環伺，西則神光嶺、肉身殿、化城寺、九華街盡收眼底。北則長江如練，橫於天地。雲霧時而從兩側峽谷之中冉冉升起，充塞於雲舫上下，此時的雲舫恰似艨艟巨艦，航行於浩淼煙波之中。「東岩晏坐」是著名的「十景」之一。棋盤石

在摩空嶺北，高4公尺，上大下小，四面懸空，頂扁平，約九公尺見方，上面刻有棋盤，傳說是南北斗星君在此對弈之所。

九華山不但峰奇石怪，而且洞穴幽深。除了前面提到的地藏洞外，還有華嚴洞、古佛洞、文殊洞、老虎洞、雙峰洞、太極洞、長生洞等千年古洞，均為唐代以來僧人靜修之所。其中的古佛洞和文殊洞皆為雙洞，古佛洞在羅漢峰西北，兩洞相連，一大一小，大者名古佛，小者名圓通，總面積為38平方公尺。頂疊高臺，怪石亂生，洞前有門牆，左側有甘泉，周圍花木扶疏，代有苦行僧居之。文殊洞在書箱峰西，兩洞上小下大。小洞約16平方公尺，主洞約36平方公尺，內供文殊像。從峰南一巨岩裂縫中進入，曲折潛行約7公尺，即達洞口，洞南有一泉，曰文殊泉，味極甘美。雙峰洞在雙峰南麓，洞深30多公尺，最寬處約十丈方圓，是九華山中最大的一處洞穴，清泉即在洞內，所以成為歷代山民避亂之所。

古人曾把九華山比成一巨人，以「天臺為首，化城為腹，五溪為足」⑨。五溪由龍溪、縹溪、舒溪、曹溪、濂溪匯聚而成。五溪是九華山溪、泉、潭、瀑總匯之處，也是總攬九華山色絕佳之地。當年元文宗圖帖睦爾（1328 ～ 1331在位）南巡路過五溪，由此遠眺九華山色，曾不勝感嘆道：「昔年曾見九華圖，為問江南有也無？今日五溪橋上望，畫

---

⑨《九華山志》。

師猶自欠功夫」。「五溪山色」亦是著名的九華十景之一。九華山的溪泉之盛，亦不勝枚舉，甘泉瀑布的數量，遠遠超過黃山、武當、峨眉諸山，更非北方的五臺、泰山、華山能望其項背。名泉除了上面曾提到的雙峰泉、文殊泉、龍女泉、古佛泉外，還有太白泉、美女泉、地藏泉、定心泉、沙彌泉、天池泉、芙蓉泉、碧玉泉、千尺泉、舒姑泉、六泉等二十多處，「九子泉聲」亦是著名的「九華十景」之一。上禪堂西的金沙泉相傳為李白洗硯處，泉旁岩石上的「金沙泉」三字，相傳為李白手書。神光嶺上的地藏泉相傳為建地藏肉身塔時揭石所得，流匯於肉身殿下的龍王池中，水質淳厚，上可浮幣，遊人、香客常投幣其中以卜吉凶。美女泉在回香閣南，因泉眼西南有仙姑尖，故得此名。此泉冬暖夏涼，四季不竭，今回香閣茶社用此泉烹茶以饗遊人，湯色明澈、清香四溢，遠近聞名。六泉在龍溪的上游，中有六孔泉眼，沖沙而出，如吐金蓮。明代常遇春與陳友諒激戰於九華山，掘得此泉以解軍中乾渴，其功不小，被朱元璋敕封為「佛國聖水」。今中外合資的九華山天然礦泉水公司即用此泉水生產「佛國聖水」牌礦泉水，也可算是「古為今用」了。九華山著名的瀑布有桃岩瀑、濯纓瀑、七步泉瀑、百丈岩瀑、龍池瀑等，其下則形成伏龍潭、百丈潭、濯纓潭、飲猿潭、清漪潭等深潭。其中以龍池瀑、桃岩瀑、織錦瀑落差最大、水勢最湧，且瀑、潭輝映，風光最美。桃岩瀑水自桃花沖奔來，在碧桃岩頭飛流而下，落入浮桃澗中，砰然轟響，聲震數里。唐代進士王季文有「懸水落成千丈玉」之句，清人周贇

在《碧桃岩瀑布記》中將此瀑列為「九華第一景」。桃岩瀑下的潭水黝黑，深不可測，西北有一溪與之相接，斗折蛇行，迤邐而去，這就是浮桃澗。相傳宋代名士趙知微曾在碧桃岩下修鍊，其弟子在岩下遍種桃樹，暮春時節，碧桃如玉，他們也不採摘，任碧桃落入澗溪，隨流而去，澗邊山民拾得浮水而來的碧桃，都說是仙家所賜，此澗也因而得名為浮桃澗。龍池瀑又名五龍瀑，其上游為龍溪。龍溪水進入五龍灣後，形成五池、一穴、一潭，前三池水流平緩，後兩池和一穴、一潭則從崖頭跌下，落入龍潭之中。奇特的是，跌落之中，又被伸出的岩石隔斷，使瀑水分為三級，中段則注入石穴之中，逆水噴雪跳玉，高湧數公尺，再跌入龍池之中，池面雪浪翻滾，極為壯觀。織錦瀑在伏龍橋東，下為新建的電站大壩，瀑水從跌落在壩頂，碰玉濺珠之中，化為萬縷銀絲下瀉。

　　九華山的雲海亦與黃山齊名。每年春天和深冬，九華山的峰巒深壑、峽谷幽澗就會升騰起大量的霧氣，形成茫茫的雲海，此時的早、晚和雨雪新霽之後，是觀賞雲海的最佳時刻。觀賞之地點，則以蓮花峰為最佳。此時在蓮花峰俯視，只見日色迷濛，九華諸峰皆淹沒在滾滾雲濤之中，唯有天臺、十王、中峰、雙峰等一千公尺以上的高峰，像霧海孤島，隨波湧浪，蔚為壯觀。九華山也偶有佛光，主要出現在清涼臺一帶，但似不及峨眉山金頂佛光經常和持久。

　　九華山的寺廟景觀，可分為甘露寺、九華街、閔園、天臺四大景區。登九華山有東、北、南三條道，甘露寺景區即

在北路上，這條登山道風景最佳，古跡較多。此景區以甘露寺為中心，有二聖殿、山門以及五溪山六泉、桃岩瀑、龍池瀑、織錦瀑等景觀。甘露寺是九華山四大叢林之一，坐落在半山定心石下。清康熙六年（1667）玉林國師朝禮九華，途經此地，讚曰：「此地山環水繞，若構蘭若，將代有高僧」⑩。時居於伏虎洞的洞安和尚聞之，遂化緣在此建寺。動工前夜，滿山松枝盡掛甘露，故得名甘露寺。乾隆年間，住持優曇開壇傳戒，成為叢林。今存大雄寶殿、配殿、寮房、鐘鼓、碑刻等文物，全寺建築面積3500多平方公尺，為全國重點寺院。九華街景區是九華山寺廟最多也是最集中之處。其中的祇園寺、百歲宮、旃檀林皆為全國重點寺院，九華山最古老的寺廟化城寺則在它的腹心，九華十景之一的「東岩晏坐」也在此景區。祇園寺位於九華街入口處，是九華山四大叢林之一，初建於十六世紀中期，寺名取自佛經上的「祇園精舍」。僧寮內有口銅質大鍋，名「千僧鍋」，西元1933年在該寺舉辦「五百羅漢期」受戒法會，就用它煮飯，由此可見祇園寺當時的規模。大殿東側的藏經樓藏有不少珍稀的佛家典籍。百歲宮是九華山寺廟中最神秘、最引人之處，內中供奉著「應身菩薩」無暇和尚的肉身。無暇和尚法名海玉，明萬曆年間宛平（今北京市）盧溝橋人。24歲在五臺山出家，26歲來九華，直至圓寂，據說活了126歲。無暇晚年發願寫《血經》，每20天刺破舌尖，蘸血寫《華嚴經》

---

⑩清光緒年間重修的《九華山志》。

一篇，前後寫了 38 年，寫成《血經》81 本，現被定為「國
寶」，藏於化城寺的「九華山文物館」。海玉因潛心修鍊，不
與外人相接，所以坐化時並無人知曉，三年以後才被發覺。
眾僧見無暇屍體絲毫未腐、容貌如生時，便作為奇蹟上奏朝
廷。經朝廷特使驗證後，於明崇禎三年（1630）冊封為「應
身菩薩」，並建廟供奉，欽賜廟名為「百歲宮」。 崇禎並手
書「欽賜百歲宮，護國萬年寺」一聯作為該寺門匾。現在，
崇禎所賜的兩幅匾額以及冊封的金印，亦藏於化城寺。更奇
特的是，西元 1966 年「文化大革命」掃「四舊」時，三位
僧人為保護無暇，將其埋於土中 ，上面填上土、壓上石板
達 11 年，直到西元 1977 年文革結束後，僧人又將其遷出，
只見當年挖土的鐵鍬皆已腐朽，而無暇的體貌仍一如當年，
直至今日亦是如此 。閔園景區在九華街到居慧寺的峽谷之
中，長約 4 公里。其中的慧居寺為全國重點寺院，該寺背依
青山，面對竹海；金雞峰、獅子峰、加冠峰、美人峰、花瓶
峰四周拱衛，回香閣、接引庵、華嚴洞、美女泉點綴左右，
是去天臺道上的第一絕佳處。從居慧寺至天臺正頂的七里方
圓為天臺景區，其中的地藏寺為香客和遊方僧朝聖的終極之
所，也是遊人必到之處。該寺又叫地藏禪寺、天臺寺，據稱
金地藏曾在此居住。地藏寺地處九華之巔，居高臨下、雄視
眾寺，宋高僧宗杲有詩讚曰：「獨聳天臺位自尊，清鐘一杵
萬山鳴」。 地藏寺依峰頂地勢構建，分為上下三層，第三層
的殿簷與峰頂岩石相接。後面正對古拜經臺，門下即是萬仞
深淵。「跨出佛門，即為地獄」，佛家教化用建築設計來表

達,也是別出心裁。從寺下牌樓到第三層大殿,有臺階八百級,由於地處峰頂,階面狹窄而陡峭,傾斜度在50度以上,但一些香客和遊方僧硬是一步一跪拜,拜到最高層,可見地藏寺在他們心中的地位。

九華山的人文景觀主要是寺廟內保存的佛家典籍、歷代詩人的題詠以及摩崖石刻。佛家典籍如祇園寺中的「龍藏」,即《乾隆版大藏經》,這是清代唯一官刻的漢文大藏經,西元1766年乾隆巡幸江南時所賜,有御書匾額「芬陀普教」。化城寺內則藏有康熙大帝御書之匾「九華聖境」和明版《藏經》。此經為明神宗萬曆二十七年七月所賜,現連同賜經的詔書一道保存在藏經樓中,尤為珍貴。藏經樓中還藏有歷代帝王冊封九華山地藏菩薩的金印、玉印,以及世上罕見的《貝葉經》和前面提到的《血經》。

歷代詩人的詠歌以李白的兩首詩作最為著名,九華山名亦因白詩而得。另外還有唐人劉禹錫、杜荀鶴,宋人王安石、梅堯臣,元人薩都剌,明人王守仁以及大量的清人詩作。明代散文大家王思任的〈遊九華山記〉和王十朋的《望九華》也很知名。費冠卿〈九華山化城寺記〉是最早也是最接近原始面貌的一篇關於九華山的史料。費冠卿字子軍,號征君,青陽人,唐憲宗元和二年(807)進士,因母喪辭官歸隱九華少微峰下,過著「一園春草伴衰翁」的清貧生活,今《全唐詩》存詩一卷。另外,宋人陳岩編的《九華詩集》,明人周贇的《九畫圖志》,明萬曆年間蔡立身主修的《九華山志》和清光緒年間重修的《九華山志》,以及九華山

一帶的家譜、族譜如《吳氏族譜》中都保存著大量的有關詩
詞和文物資料。九華山的摩崖及碑刻多集中在閔園景區,以
淨土庵邊的「地藏王石刻」和石壁廟內的「石壁廟碑」與
「樂輸重建記名碑」最有價值。

　　總之,九華山既有使遊人留戀的風景,又有讓香客沈迷
的聖跡,還有讓讀書人仰慕嘆服的典籍文物,集多重特色於
一身,這大概就是九華山名震遐邇讓人心儀的原因吧!

春雨霏霏訪青蓮

　　四川江油是唐代大詩人李白的出生之地，《李太白集》中有 17 首詩與它有關。對於這樣一個孕育了中國詩壇北斗的龍穴鳳巢，我當然是心醉而神往之。終於有了一個機會，我去成都參加一個學術會議，赴會途中我從綿陽下車，改乘「太白號」旅遊列車前往中壩。中壩是江油縣城所在地，沐浴著改革開放的春風，也霑了大詩人李白的遺澤，這個昔日偏僻的縣鎮如今也繁華熱鬧起來：不僅能聽到京腔吳語四方之音，也間有金髮碧眼或矮小敦實的東西洋人；「放血大甩賣」的商業廣告和「春風夜夜情」夜總會招牌，與「李白紀念館由此前進」的指示牌一起在霓虹燈下閃耀，使人覺得兩個不同的時空被疊合到一起，古樸的傳統和現代的喧鬧被捏合成一個不倫不類的巨靈神，身上穿的是笨重的鎧甲，手裡拿的卻是「大哥大」。

　　江油縣城也有個「李白紀念館」，匾額和門旁的對聯皆為郭沫若所撰。對聯曰：「酌酒花間磨針石上，倚劍天外掛弓扶桑」，基本上概括了李白一生的經歷和性格特徵，內容、書法皆為上乘。紀念堂內有「太白橋」、「青蓮池」、「太白書屋」等遺址。但我想：李白年輕時雖在江油作過小

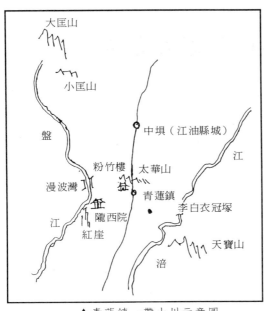

▲青蓮鎮一帶山川示意圖

吏,但這是傲岸清高的李白後來羞於提起的。況且,小吏能有如此的書屋,也只能是後人的附會。對如此不符合李白性格,李白又不願提及的這段往事,如今作如此張揚,還要展出供人參觀,李白九泉若有知,不知要作何感想?造出如此的新骨董,是頌揚先賢以增江油風采,還是為了吸引遊客增加收入?我不得而知。我在江油紀念館前穿街而過,直奔李白的故居——江油城南三十里的青蓮鄉。

青蓮鄉與隴西院

從中壩到青蓮鄉的道路正在翻修,將沙土路改成六車道的水泥路,「以發展旅遊觀光事業」,眼下不通客車,沿途只有運送水泥沙石的拖拉機。也是聊勝於無吧,我就坐在車廂的沙石堆上,冒著三月的濛濛春雨,一路「突、突、突」

地駛向李白青少年時代生活過的地方。

　　青蓮鄉是一塊不大的山間平原，大匡山、小匡山、太華山、天寶山和紫雲山簇擁在北面、西面和東面，唯有南面無遮無攔，一直通向那越愈來愈寬廣的成都平原。兩條碧水——盤江和涪江分別從它的東西兩側穿過，「涪江中瀉而左旋，盤江迂迴而右抱」，遠遠看去，就像是仙女肩上披下的兩條白色的飄帶。青蓮鄉的中心青蓮鎮是個山鄉小鎮，兩條窄窄的街道呈十字形交叉。房屋多是土牆瓦頂木板門，買些當地出產的竹器、木器和四川盛產的辣椒粉，似乎還像千年以前那樣古樸，唯有街頭的電線桿和偶爾駛過的汽車、拖拉機，告訴我們李白的時代已一去不返。青蓮鄉在唐以前叫清濂鄉，因濂水（盤水的別稱）而得名，因濂水清碧，當地人在濂鄉之前又加了個「清」字。我想，這個「清」字也許還帶有對政治清明、吏治廉潔的企盼吧！到了宋代，為了紀念李白這位「青蓮居士」，便將「清濂鄉」改名為「青蓮鄉」。

　　青蓮鄉在古代也曾有過輝煌，晉武帝時這裡是縣治（當時稱彰明縣）所在。當時以濂水為界，其北為羌族聚居地，漢人則在水南居住。於是，濂水上的渡口就成了漢、羌兩族百姓交往貿易的聚散地，來往擺渡的則全是勤勞有氣力的羌族婦女，因此渡口也就叫「蠻婆渡」。因「蠻婆」帶有歧視之意，所以今日用諧音改稱「漫波渡」。據當地傳說，李白的母親就是江北的羌族姑娘，婚後有次從蠻婆渡歸來，有尾紅鯉魚跳入她的懷中，回來後就有了身孕，十個月後生下李白。李白出生時，異香滿室，紅光臨窗。這大概是根據後來

▲李白故里：江油縣青蓮鄉隴西院

「謫仙人」的雅號附會的傳說，因為具有關史料，李白是在
五歲（一說三歲）時，由其父李客遷來此地的。但李客為什
麼要從遙遠的西亞碎葉入塞度隴，越秦嶺穿劍閣，落腳於迢
迢千里外的窮鄉僻壤青蓮鄉，李白母家在此不失為一種很好
的解釋。另外，李白一生蔑視禮法，放蕩不羈，儒家的傳統
很少對他產生影響，過去多從他的道家情思和性格特徵等方
面作出解釋。但這種豪放性格是如何形成？他又為什麼不像
杜甫那樣認為「詩是吾家事」，反而喜愛遊俠和神仙？這與
他生活成長在一個胡漢雜處的環境有無關係？李白高鼻深
目，性格開朗豪放，從三十年代起，就有學者推斷他是胡
人，上述的傳說可否提供另一種思考的途徑？

　　青蓮鎮的東南方，緊挨著盤江紅崖，有一座優雅的莊

院，這就是李白的故居「隴西院」。李白的祖籍隴西成紀，父親李客從西北經商到蜀，看中了青蓮鄉的優雅清靜，便在此築舍建院以作終老之所，取名「隴西院」，是不忘故土之意。今日的隴西院院門為牌樓式建築，院門兩邊是清代書法家何紹基撰書的一幅對聯：「弟妹墓猶存，莫謂仙人空浪跡；藝文志可考，由來此地是故居」。院門後的通道通向一所古宅，據說這是故宅遺址的一部分，小小的天井內花木扶疏，濃蔭匝地，濛濛的春雨將枝葉浸潤得油綠發亮，也許是因為雨天或是修路客車不通，整個天井內就我一人在前後徘徊，更增添幾分英雄去後、花開無主的寂寞和惆悵。據《彰明軼事》記載：隴西院並非李白之父所建，李客遷居青蓮鄉後，原住在今「太白祠」東的桂花園內。李白被唐玄宗召為供奉、任翰林學士後，江油的地方官在今日的隴西院替李家建了座府第，這就是後來的隴西院。隴西院在唐末毀於兵火，宋代又重建。宋代的隴西院門上高懸兩塊匾額：一是御賜的「金馬門」，另一是名家所書的「太白府」。明末，隴西院再一次在戰亂中被焚毀，清代乾隆年間又重建，光緒年間又增設了四重殿堂：倉頡殿、太白殿、文昌殿和地母殿，唐時的「太白府」匾額尚存。只是到了民國初年再逢戰亂，此匾方不知去向。隴西院的屢興屢廢，真有點像我們民族的歷史，不知何日方能永止戰亂，四海一家。

粉竹樓與磨杵石

竹在中國文化中有著獨特的地位，它的中空、勁節都被

賦與了人格上的內涵，作為謙遜和節操的象徵。四川因多山，氣候又溫暖，所以竹子特別多，種類也特別繁富，有邛竹、實心竹、湘妃竹、箬竹、叢竹等等，還有別處很少見到的方竹，竹身呈方形。至於粉竹，則為江南一帶所獨有。此竹外層有白白的細絨，像粉一樣，內層則呈暗紅色，很像敷粉的少女的面容，所以又有個雅號叫「美女竹」。當地傳說，美女竹的產生，與李白的妹妹李圓月有關。李圓月是李白唯一的妹妹，聰明又伶俐。三、四歲時就跟在哥哥的後面，學哥哥吟詩舞劍的樣子。這位姑娘還有個稟性，就是偏愛當地的邛竹。李白之父在桂花園定居後，特地替這個寶貝女兒在園北的沈碧池畔蓋了座小樓取名「圓月樓」，並按女兒的意思在四周種上邛竹。李白也常到這裡和妹妹一起彈琴賦詩、賞竹觀魚。李白曾有一首詩：「一潭沈碧映雙娥，乘槎漁子到銀河。竹影蕭蕭有笛韻，聲聲盡是杜康歌」，據說就是詠歌粉竹樓和沈碧潭的。由於李圓月經常在竹林徘徊，又用梳妝後的脂水澆灌，邛竹葉漸漸起了變化：翠綠的竹皮漸漸變成暗紅，外面還長出粉白的絨毛，當地人把這種邛竹改稱為粉竹。西元726年，李白離鄉遠遊，未再回過故鄉。李圓月因思念兄長而日漸憔悴，幾年後病死於閨中。李圓月病逝後，就埋葬在樓後的粉竹林內，當地百姓為了紀念她，曾在林內造祠塑像，並將此樓改稱粉竹樓。

今日的粉竹樓在青蓮鎮北約一里的太華山下，是一座廟堂式建築，為清道光十七年（1837）重建。門前牌樓下有當時縣令撰的〈重建粉竹樓記〉。據該記記載，此樓「自唐

迄明，崇祀不斷」，明末曾毀於戰火，清初改為「牛王廟」，道光十七年重建時又恢復為「粉竹樓」。穿過牌樓進入大門後，迎面為一四合院，正殿居中是李圓月的立像，沈思中略帶悲苦，似乎還在想念她那騎鯨捉月而去的兄長。

從粉竹樓西行不到兩里即是漫波渡，渡口的南側兀立著一塊沙岩，岩面向裡凹陷，石體呈弓形，這就是有名的磨杵石。據當地傳說，兒時的李白聰明又調皮，能過目不忘，但就是不好好讀書，常常溜到江邊來玩耍。有次，他看到一位老婆婆拿著個鐵棒在這塊石上磨，一連好幾天都是如此，忍不住詢問起來。老婆婆說，是要把它磨成個繡花針。李白覺得這太難了，鐵棒磨成針，這要到哪年哪月呀？老婆婆卻認真地說：「只要功夫深，鐵杵自能磨成針」。李白聽後，才感到自己所缺少的，正是老婆婆這種堅持不懈的專一精神，從此心無旁鶩，刻苦攻讀，終於成為中國詩壇上最偉大的詩人之一。這塊磨杵石也就成了紀念李白以及開啟後人的一道風景。

與石頭有關的還有一件紀念物，就是「石牛」。《李太白集》中有首〈詠石牛〉：「此石巍巍活像牛，埋藏吳地數千秋。風吹遍地無毛動，雨打渾身有汗流。芳草齊眉難入口，牧童扳角不回頭。自來鼻上無繩繫，天地為欄夜不收」。這是李白集中最早的一首詩作，據信寫於少年時代。詩中所詠歌的這頭石牛，出土於青蓮鄉西南二里的武家坡，該地亦因此牛後來改名為石牛溝。關於這頭石牛，清代乾隆年間修的《彰明縣志》中有記載：「石牛溝，有石狀如牛，

每作祟踐食田苗，為世人窺見擊損，今石尚存」。縣志中所說的作祟和擊損事，源於一個傳說：據說此牛白天僵臥如石，夜間則四蹄生風，偷食田間禾苗，踐踏莊稼，結果被人用鋤頭擊傷。石牛現仍存，收藏於李白紀念館，耳邊缺損一塊，傳說中的「擊損」，大概即由此附會而來。

大匡山與小匡山

杜甫有首懷念李白的詩叫〈不見〉，詩的最後兩句是「匡山讀書處，頭白好歸來」。杜詩中提到的匡山，其實是兩座山：大匡山和小匡山，皆是李白青少年時代的讀書處。大匡山在江油縣城中壩鎮的西北約 35 里處，因山體四周高而中間低，像一只籬筐，故名筐山，文人嫌其名不雅馴，更名為匡山。匡山在宋代為避趙匡胤諱，曾改稱康山，宋以後又復其原名。匡山四周山體陡峭，飛泉掛壁、幽壑生風，盤江從山側拍崖而過。山上有座經堂，李白曾在此讀書寄宿。匡山背後有一洞叫白龍洞，李白讀書之餘，曾來此洞探勝訪幽。李白之後，此洞遂更名為太白洞。洞內有一大石，平坦如床榻，相傳李白曾在上面歇息，因此得名「太白床」。大匡山上與李白有關的名勝還有太白井和太白樓。經堂在唐末僖宗中和三年（883）更名為大名寺，並御賜匾額。清光緒十四年，龍安知府蔣德鈞又將此處改建為「匡山書院」，供生員讀書。此書院在民國年間頗為鼎盛，五十年代後被毀棄。如今只剩下斷壁殘垣，最近當地人塑了尊青年時代李白像，立於經堂之前，似乎有意讓他目睹世變中的滄桑。

▲四川江油青蓮鄉太白祠

　　站在大匡山上向前眺望，中壩城郊如棋盤一般橫陳於眼前，田疇清碧如綠毯鋪地，溝渠縱橫如銀練鑲邊。仰望前方的寶圖山，兩峰對峙，中有鐵索一線相連。山僧提水穿索，如凌空飛渡。眼下近在咫尺的小匡山，則如臥犬匍匐於前。身邊是奇松、怪石、懸泉、飛瀑，耳邊為松濤陣陣、瀑布轟鳴。這時才領悟為什麼李白能在〈蜀道難〉、〈夢遊天姥山吟留別〉等詩章中，把山水寫得那樣突兀生動、鬼斧神工，原來他從小就生活在奇山秀水之中，涵泳著大自然得天獨厚的造化之功。

　　大匡山的南山坡下即小匡山，小匡山又叫讀書臺、點燈山。其山頂高平如臺，李白在大匡山讀書時，常來此讀書和

思考，所以又叫讀書臺。傳說李白有次在臺上讀書時，大風吹滅了蠟燭，西邊的燃燈古佛讓山石放光，照著李白夜讀，所以此山又叫點燈山。讀書臺上曾有宋時建的李白祠，因年久失修而廢圮。目前尚存兩塊石碑，為清代光緒年間所立。讀書臺南尚存一石亭，橫額為「惜字宮」，兩旁有一對聯：「倒筆寫天，氣貫星斗」，「舉杯邀月，詩泣鬼神」。倒是寫出了李白一生的神韻和氣魄。李白在大小匡山生活了十年，除攻讀詩書外，還探勝尋幽、訪僧問道、學劍習兵，他後來在回憶這段生活的詩篇中就曾提到：「十歲觀百家」、「十五觀奇書」、「十五好劍術」、「十五好神仙」等，可見這段學習、生活的經歷異常豐富，也給他留下終生難忘的印象。西元 726 年李白仗劍去國、辭親遠遊之際，曾滿懷眷戀特地寫了首詩與匡山告別：「曉霧如畫碧參差，藤影搖風拂檻垂。野徑來多將犬伴，人間歸晚帶樵隨。看雲客倚啼猿樹，洗缽僧臨失鶴池。莫怪無心戀清景，已到書劍許明時」(〈別匡山〉)。

離開小匡山已是薄暮時分了，春雨還在無聲地飄落，長長的柳枝隨著微風在輕輕的款擺，似發出無聲的嘆息。我還在想著李白的那首〈別匡山〉：李白已「無心戀清景」，要「書劍許明時」，可惜此時卻並非「明時」。天寶年間的唐玄宗已不是那個勵精圖治、開創了「開元盛世」的一代英主，已成了「從此君王不早朝」的好色昏君了。當李白在長安到處碰壁，大呼「行路難，行路難，多歧路，今安在」之時，當李白誤入李璘幕府，被當成叛臣逮捕下獄之時，在李白遭

罪、世人一片「欲殺」聲中，杜甫，這位李白唯一的知己和終生崇拜者，寫了首既有懷念、又有推崇、又有勸告的詩，這就是有名的〈不見〉：「不見李生久，佯狂真可哀。世人皆欲殺，吾意獨憐才。敏捷詩千首，飄零酒一杯」，最後兩句的勸告是「匡山讀書處，頭白好歸來」。匡山在李白的人生道路上可以說是個圓：既是起點，也是終點。只是詩人終於沒有歸來，「黃鶴一去不復返，白雲千載空悠悠」。只有大小匡山還在春雨中掛著淚珠，默默地佇立著、等待著。

萬里橋西詠草堂

　　四川成都市的西南，有班開往武侯祠的 304 路公交車，一過萬里橋就會看到一片蔥綠的翠竹，翠竹深處綠蔭遮蔽的園林，潺潺的浣花溪水繞著園區曲折西去。這就是流傳千古的杜甫草堂。

草堂滄桑

　　唐肅宗至德二年（757），杜甫為避安史戰亂，拖兒帶女越過秦關漢棧，歷盡千辛萬苦來到成都。初到成都時，寄居在浣花溪畔一座古寺裡。靠著老朋友高適等人的接濟，暫時安頓下來。浣花溪是錦江的一條支流，在萬里橋西，當時十分偏僻。寺院周圍竹林深深，浣花溪穿林繞寺而去。遠處水田漠漠，白鷺起落，黃鸝聲聲。「錦里煙塵外，江村八九家」，「兩個黃鸝鳴翠柳，一行白鷺上青天」，杜甫的這些詩句，正是當時浣花溪畔的真實寫照。到了第二年春天，時任成都尹的裴冕，看到杜甫十分喜愛此地，就決定在此為杜甫築居。杜甫的親友如表弟王十五司馬等也出資襄助，杜甫本人也放下架子寫詩寫信向人求屋草、求樹苗，這樣經過前後兩年多的努力，終於在寶應元年（762）完工。由於這所新

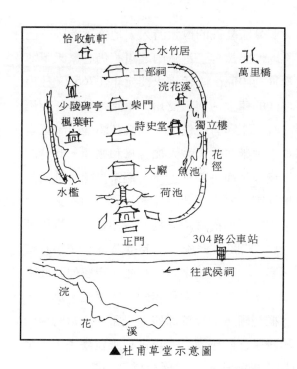

恰收航軒
水竹居
工部祠
浣花溪
萬里橋
少陵碑亭
柴門
楓葉軒
詩史堂
獨立樓
花徑
大廨 魚池
水檻
荷池
正門
304路公車站
← 往武侯祠
浣花溪

▲杜甫草堂示意圖

居是茅草屋，又地處偏僻的郊野江村，所以杜甫為他的新居取名叫「江外草堂」，這就是後人所稱的「草堂」。草堂雖然簡陋，但漂泊大半生的詩人終於有了個棲息之地，況且，草堂前臨花溪，後倚松坡，可以坡亭啜茗、水檻遣心，詩人對此已十分滿足和愉悅了。在這段時間內，詩人寫下了二十多首詠歌草堂及周圍景物的詩章，其中一首即寫於新居落成之時，題曰〈堂成〉：

背郭堂前蔭白茅，緣江路熟俯青郊。
楮林礙日吟風葉，籠竹和煙滴露梢。
暫止飛鳥將數子，頻來語燕定新巢。
旁人錯比揚雄宅，懶惰無心作〈解嘲〉。

　　杜甫畢竟是一個憂國憂民的偉大詩人，他終不會因一己之樂而忘天下。所以他雖然有了避風雨之廬，仍心繫天下寒士，惦念著戰火紛飛的中原。唐代宗永泰元年（765），杜甫離開了居住四年之久的草堂，南下夔州。草堂遂被時任西川節度使的崔寧所占有。崔寧有妾任氏，為浣花溪邊人。崔寧納為妾後，便將草堂供她居住，並大加修葺和擴建。此時的草堂已與「草」字無緣，而是華堂大屋，雕梁畫棟。杜甫同時代的詩人、也是杜甫的友人，此時任嘉州刺史的岑參，曾在崔寧的「草堂」作客，他描繪所見到的情形是「紅亭移酒席，畫舸逗江村」，「花間催秉燭，川上欲黃昏」（〈早春院崔中丞同泛浣花溪宴〉）。任氏後來死於兵亂，崔寧便將此宅捨為佛寺，名梵安寺。直到文宗太和年間，「草堂」仍在，但已亭閣棲鴉、水檻朽斷，一片荒涼殘破景象了。當時目睹此狀的中唐詩人雍陶曾作詩感嘆：「萬古只應留舊宅，千金無復換新詩。沙崩水檻鷗飛盡，樹壓村橋馬過遲」。到了晚唐時，就連這些殘亭斷檻也蕩然無存，只剩下荒草沒人的堂址了。杜甫的草堂也像大唐國運，在「無限好」的夕陽中沈沒了。從晚唐到北宋建立前這兩百多年間，神州大地又一次陷入分裂動亂之中。五代十國你爭我奪，更迭替代如車輪轉，誰還顧得上山川翰墨、文藻風流。直到北宋神宗元豐年間（1078～1085），一代名臣呂大防出鎮成都，在浣花溪旁尋訪到當年杜甫草堂的遺址，才又重建草堂，並繪詩聖杜甫像於壁上，供人瞻仰，這是草堂由故居轉為祠祀之肇始。南宋高宗紹興九年（1139），吏部尚書張燾出知成都，又對草

堂大加修葺並將1400多首杜詩刻成26座詩碑，分置於草堂四周。此番修整歷時四個多月，耗錢八十萬，並請屬下喻汝礪作〈杜工部草堂記〉。這是自唐以來，規模最大的一次整修，也是「工部祠」的正式確立。其〈杜工部草堂記〉為我們了解草堂沿革留下了珍貴的資料。草堂在宋末又遭兵火，直到元代後期才又得以新生。元順帝至正二年（1342），帥蜀的最高長官大監學大人紐璘在草堂大興土木，建立書院並請朝廷追封杜甫為文貞公。此番建構，在元末的兵亂中又付之一炬。明初，朱元璋的第十一個兒子朱椿封為蜀王，他下令重修草堂，並作〈祭杜子美文〉親奠。其後英宗正統年間（1436～1449）、弘治十三年（1500）、萬曆十三年（1585）、清康熙九年（1670）、二十六年（1687）、乾隆三十七年（1772）、五十八年（1793）、嘉慶十六年（1811）又進行數次整修，其中以明弘治十三年和清嘉慶十六年的規模最為宏大。弘治時的整修將工部祠增設為三間，在祠後重建了書院，並引浣花溪之水進園，成東西兩個水檻，又於園的四周設界牆以保護。杜甫草堂的規模格局，至此基本設定。嘉慶年間，又在此格局內修樓建亭、掘池疏水、移花植樹，使草堂不僅是聖跡文府，也成為風景佳麗之地。嘉慶以後雖仍有修葺，皆無過其右。

草堂景觀

今日草堂的主體建築有五重，依次為正門、大廨、詩史堂、柴門和工部祠，自南向北，整齊地排在一條中軸線上。

▲杜甫草堂正門

中軸線的兩側，分布著一些亭軒和水榭：詩史堂的西側是楓葉軒，東側為獨立樓；柴門的東側是花徑，西側是水檻；工部祠的兩側分別是水竹居和恰收航軒，皆取自杜甫的詩意或詩題。草堂的正門面臨浣花溪，門外有一粉牆青瓦的照壁，兩側有八字形的粉牆，正門上高懸的「草堂」二字是行書體，為康熙第十七子果親王允禮所書，兩邊的對聯為集杜句：「萬里橋西宅」，「百花潭北莊」。正門與大廨間有一池塘橫陳，上有一橋南北相連。池塘四周古木翠竹、花草藤蘿，翁鬱掩映，使門後的庭院顯得更加青鬱和深邃。大廨為古代官員辦公之所，杜甫在川並未做官，雖有好友嚴武舉薦，獲得個「節度參謀、檢校工部員外郎」的頭銜，不過是

個虛職，說穿了不過是嚴武的高級幕僚，談不上做衙，更談不上「大廨」。這所建築是嘉慶十六年重修時命名，大概反映了清人或中國傳統中對「官」的敬重和對詩人的企盼吧！杜甫既然沒有開府建衙，那麼，今日的大廨內也就不可能有鐘鼓印信、旗牌公案等遺物，只有一尊杜甫的銅像矗立於其中。造像形體單薄，低頭捋鬚，滿面愁容，似乎還在發出憂國憂民的長嘆。廨內有多幅古今名人撰書的對聯，最著名者為清人顧復初所撰：「異代不同時，問如此江山龍蜷虎臥幾詩客？先生亦流寓，有長留天地月白風清一草堂」。大廨兩旁的山牆各有一月亮門，與四周的迴廊相通。沿著迴廊，可達東西兩側的獨立樓和楓葉軒。這兩座輔助建築，今已闢作陳列室，介紹杜甫生平事跡和草堂的沿革、文物。穿過大廨，向北前行數十步就是「詩史堂」。這是草堂的主廳，位於中軸線的中心。「詩史」一詞，出自唐人孟棨的《本事詩》，是後人對杜詩憂國憂民的內容和如實反映現世苦難所給與的評價。詩史堂占地約 35 坪，體式為過廳式，四周的牆壁只砌一半，上部為花窗，廳外花木扶疏相映，顯得敞亮又清雅。以前這裡是文人雅士憑弔雅集、吟詩唱和之所，兩張吟詩作賦的圓桌仍存留至今。堂前是清人沈壽榕、彭毓崧撰書的一幅名聯：「詩有千秋，南來尋丞相祠堂，一樣大名垂宇宙；橋通萬里，東去問襄陽耆舊，幾人相憶在江樓？」聯中既揉合了杜甫對諸葛亮的稱讚，又有撰聯人對杜甫的推崇；既有杜甫詩句詩意，又有撰聯人的熔鑄和創新。詩史堂後即柴門。柴門原是杜甫營建的草堂院門，因其低矮簡陋而

得此名，當然也帶有自甘澹泊之意。為尊重詩人的志向，今日的柴門也是草堂各所建築中最狹小簡陋的一處。門高約3公尺，占地僅六、七坪。門上匾額為當代書畫家潘天壽所書，楹聯為明人何宇度所書：「萬丈光芒，信有文章驚海內；千年艷慕，猶勞車馬駐江干」，此是由杜詩〈賓至〉句：「豈有文章驚海內，漫勞車馬駐江干」點化而來。柴門之西的浣花溪上建有南北水檻。杜甫建草堂時，曾用木板在水面上搭成簡易平臺，以作休憩垂釣之用，這是詩人極愛的去處，在詩中曾屢屢提及，其〈水檻遣心二首〉中的第一首，細緻入微地描繪了水檻四周迷人的風物：「去郭軒楹敞，無村眺望賒。澄江平岸少，幽樹晚多花。細雨魚兒出，微風燕子斜。城中十萬戶，此地兩三家」。今日之水檻，其

精美已非昔日可比，只有臨水清影、垂柳深深，依稀似當年。水檻的東檻有清人譚光佑撰的檻聯：「此地經過春未老，伊人宛在水中央」。柴門的東西兩條小徑則是「花徑」，得名於杜詩〈賓至〉中的「花徑不曾緣客掃」句。杜甫當時是用來形容園內小道兩旁花木扶疏之狀，今人則化虛為實，作為小道的名稱。花徑的兩端，各懸一匾，分別為當代書法名家沈尹默和馮建英先生所書。東面花徑門下的檻聯為「花學紅綢舞，徑開錦里春」，為郭沫若所撰；西面門下的檻聯是「背郭堂成，錦里溪山千古在；緣江路熟，青郊草古四時新」，為明人何宇度化用杜詩而成。柴門之北則是草堂最後一座主體建築：工部祠，為清嘉慶十六年所建。祠門及兩側分別有清人何紹基、王闓運、嚴岳蓮所撰的對聯，以何紹基的「錦水春風公占卻，草堂人日我歸來」為佳。祠內正中設杜甫神龕，兩側以宋代大詩人陸游、黃庭堅配享，像兩側對聯為「荒江結屋公千古，異代升堂宋兩賢」，是清人錢保塘所撰。工部祠前小院，種有臘梅、桂花、紫薇和羅漢松，花木疏落有致、四季不斷，為工部祠肅穆靜謐的氛圍，增添了幾分優雅的意趣。

草堂內除了上述的主體建築外，還有水竹居、恰收航軒、浣花祠、少陵碑亭等建築物，掩映在扶疏花木和翠竹濃蔭之中，讓人流連忘返。

草堂文物

杜甫草堂除了上述建築和景致外，還藏有不少和杜甫有

關的文物。其一便是碑刻。草堂現藏明清碑刻近三十種，這些碑刻有的是杜甫畫像，有的記載草堂的歷代沿革，有的則是題詠。杜甫畫像以明萬曆三十年何宇度的刻石為佳。何宇度為萬曆年間進士，時任成都通判。他在碑跋中說，碑上的杜甫像取自家藏的杜甫遺像，「與世傳聖賢圖譜罔異」。此刻石與故宮博物院所藏元人繪製的《子美戴笠畫像》風格、造型均極類似近似，可見此說不謬。在何之後，有清人王邦境、金僑勒石的杜甫造像。王、金二刻中杜甫的形態氣度與何刻同，可能取自何碑。二人皆在碑的序跋中云：從草堂地下掘得「斷碣一片」，「公之小像宛存焉」即為明證。清人張駿在工部祠內亦刻有杜甫造像。張駿自云是取自南薰殿本。南薰殿係唐代長安興慶宮之別殿，內藏有歷代聖賢圖。此刻石上杜甫面容清瘦、雙顴突出、目光凝重，與何宇度刻石中那個形體豐滿、氣度雍容的杜甫大相逕庭，我倒以為張刻更近乎杜甫本來面目。

碑刻中除了杜甫造像外，還有兩幅草堂圖，分別刻於清乾隆五十八年（1793）和嘉慶十六年（1811），草堂修葺擴建之後。乾隆年間的刻石名曰〈少陵草堂圖〉，是幅鳥瞰圖。刻得異常精緻，連柱礎的大小和廊柱的粗細皆清晰可辨。嘉慶年間的刻石叫〈杜公草堂圖〉，為朱鼎所繪，刻法較粗獷。從〈少陵草堂圖〉來看，清代的草堂，已是祠堂和園林相結合，規模與今日已相去不遠。從〈杜公草堂圖〉來看，嘉慶年間草堂已和今日吻合，惟詩史堂右側的獨立樓今日改為陳列室。

草堂的另一類文物則是各種杜集版本，自宋至清，有二十多種。其中最珍貴的是南宋淳熙年間刻本《草堂先生杜工部詩集》殘卷。這是宋刻中的海內孤本，不見於公私著錄。此本共20卷，草堂保存量6卷，雖是殘卷，但對杜集的校勘、訂偽功用極大。草堂珍藏的另一部宋刻本《杜工部草堂詩箋》價值也很高。這部杜集共50卷，草堂藏本缺23、24兩卷。為宋人魯訔編次，蔡夢弼會箋，具有很高的學術價值。除上述兩種刻本外，草堂還藏有兩種宋人編次、元人刊刻的珍本：一是徐次仁編次、黃鶴補注，元皇慶元年(1312)刻本《集千家注分類杜工部詩》，另一是劉辰翁評點、刻於至元三年（1266）的《集千家注批點杜工部詩集》。前者分類編排，後者按年月編次，分別代表了千家注杜的兩個體例。至元刻本的評點者劉辰翁是宋末著名詞家，卷首又有元初四大家之一虞集的序，彌足珍貴。

除杜集刻本外，草堂內還收有以杜甫或杜詩為題的書畫作品數千件，其中的代表作有明代祝允明手書的〈秋興八首〉之一，張端圖的杜詩〈南鄰〉，清人何紹基的〈丹青引〉，現代齊白石的〈枯棕圖〉，張大千的〈杜少陵浣溪行吟圖〉和傅抱石的〈杜甫像〉等。

草堂在歷代的修整擴建，以及萬民的頌揚詠歌，再一次說明：一個人只要憂國憂民，國家和民眾就不會忘記他。我想為官為士者都應到草堂去瞻仰一番，或許能從杜甫的詩篇和民眾的景仰中，悟到點什麼。

〈陋室銘〉與劉禹錫的和州題詠

陋室與〈陋室銘〉

　　唐朝的和州就在現今安徽的和縣，位於巢湖之東。唐朝穆宗長慶四年（824），因為參與永貞革新而被貶四川夔州的劉禹錫（727～842）轉任和州刺史。和州屬中原大郡，比「巴山楚水淒涼地」的夔州，交通物產都要良好得多。那年夏天劉禹錫接到任命後，立即從夔州起程，沿長江東下，沿途都有詩歌紀行。他在遊覽佛教名山九華山時，曾經作了首有名的〈九華山歌〉。歌的結句是「君不見敬亭之山黃索漠，兀如斷岸無稜角。宣城謝守一首詩，遂使聲名齊五嶽」。索漠無聞的敬亭山，經南齊大詩人謝朓（464～499）揄揚後，遂名齊五嶽，何況九華山有如此神秀的風光，一經他的〈九華山歌〉傳誦，定會「籍勝乎人間」。從其中既可看出他對自身才華的自負，也可看出十多年的貶逐生涯並未使他的豪情稍減，難怪後人稱他為「詩家之豪者」。同年秋，他穿過湖北天門山，經安徽牛渚，繞過江心洲，到達了和州。他是傍晚泊在牛渚的。此時，西天的殘霞由明轉暗，蘆葦在晚風中颯颯作響。高空秋雁，陣陣驚寒；江中漁火，

閃爍不定；此時此景，他當然會想起大詩人李白的那首有名的〈夜泊牛渚懷古〉，於是他作〈晚泊牛渚〉詩：「蘆葦晚風起，秋江鱗甲生；殘霞忽色，遠雁有餘聲；戍鼓音響絕，漁家燈火明；無人能詠史，獨自月中行。」如果說〈九華山歌〉是表現了他的自負，那這首〈晚泊牛渚〉則表現了他對前輩才華的傾服。

劉禹錫從夔州轉和州，是屬「量移」，即是貶官由遠轉近，由「不足當通邑」之地轉到了「上州」之地；所以這次赴任沒有十八年前貶為朗州司馬以及八年前改任連州刺史時的驚（「聞弦尚驚，危心不定」）、憤（「吞聲咋舌，顙白無路」）、愁（「心有寒灰，頭有白髮」）、怯（「心因病怯，氣以愁耗」）等憂憤心情；除了急切想回京返鄉外，心境已趨平和。加之劉禹錫為人一向淡泊名利、清心寡欲，不喜通衢鬧市，唯願散居閒處。貶朗州（在今湖南常德）時，他選城隅更鼓樓旁高地，築竹樓而居；改任連州（在今四川連縣）後，他在海陽湖畔建「吏隱亭」，流連於其中。和州是大郡，又在金陵（即今南京）之西南側，市井繁華，絲竹雜亂，所以他在城東郊三里處築陋室而居，以避世囂。公退之餘，他在此或接待鴻儒賢士，笑談終日，或焚香獨坐，調弦讀經，把案牘之勞拋在一旁，也遠離了亂耳的市井絲竹之聲。這時，他寫下了著名的〈陋室銘〉以表心志：「山不在高，有仙則名；水不在深，有龍則靈。斯是陋室，惟吾德馨。苔痕上階綠，草色入簾青；談笑有鴻儒，往來無白丁。可以調素琴，閱金經。無絲竹之亂耳，無案牘之勞形。南陽

諸葛廬，西蜀子雲亭。孔子云：何陋之有？」今存之陋室，位在和縣城關的歷陽鎮東。室為一正房兩廂房，坐北朝南，小巧而緊湊。正房四簷如翼，庭前階除三、五級，旁植桐樹，秀木交柯，綠蔭滿地，環境十分清幽。陋室銘碑就立在堂內。據《歷陽典錄》稱：碑銘是由唐代大書法家柳公權所書寫，後來毀於兵火。現在所存的碑銘乃清人金福保所書寫，此碑也毀於「文化大革命」。文革後，和州人將殘碑拼在一起，重立在堂前；但有些文字已殘缺，不可復讀。金福保在記中稱：「唐和州刺史劉夢得先生陋室，舊有碑銘，為柳誠縣（公權）所書。兵燹久，碑亦無存。子才弟來宰歷陽，一三年，鳩工重建，囑余補書以存舊跡，爰握管書之，並志數語以告來茲。」

陋室和〈陋室銘〉的真偽，歷代皆有爭論。關於陋室的所在地，舊有兩種說法：一說是在河北定縣（舊中山郡），一說是在和州。持定縣說者的理由是劉禹錫為中山人，今定縣南三里莊有陋室存世。我們認為此說的理由不能成立，因為劉禹錫雖是西漢中山靖王劉勝之後，但在其七世祖劉亮時就已遷往洛陽，劉家祖塋也在洛陽邙山，後因「其地狹不可依」，又改葬於滎陽的檀山原。劉禹錫的祖父劉鍠一直在洛陽作官，其父劉緒先後在浙西、埇橋（今安徽宿州市南）等地任職，大約在唐德宗貞元十三年（797）死於揚州。劉禹錫於代宗大曆七年壬子（772）出生在蘇州一帶，此時劉家寓居江南已十六、七年，也從未在定縣居住過。與劉禹錫相唱和的元稹、白居易、張籍諸人的詩作中也無跡可求，所以

▲和州劉禹錫「陋室」

說，陋室在定縣是無據可證的。

　　有關〈陋室銘〉的事最早見於宋代江寧知縣王象之的《輿地紀勝》和州條：「陋室，唐劉禹錫所闢。又有〈陋室銘〉，禹錫所撰，今見存。」清代董浩編《全唐文》，曾收此文在劉禹錫名下；後經康熙時吳楚材編入《古文觀止》播揚，遂成膾炙人口的名篇。但是在劉禹錫的文集中卻未收此文；究其原因可能有二：一是據劉禹錫自己在其文集的略說中提到：他晚年寓洛陽，有一次晾曬書稿，準備自編成集時，恰其子婿崔生來向他索文，「由是刪取四分之一，為《集略》，以貽此郎」，可見劉禹錫手自編定的集子並未收入他的全部作品。二是據歐陽修編的《新唐書‧藝文志》說：劉禹錫的文集四十卷，到宋初已散失了十卷。因此，〈陋室

119

銘〉是在劉氏手編時就已刪去了呢？還是在他編後才散失的
呢？抑或是有別的什麼原因？如今已無法尋求。但從〈陋室
銘〉中所流露出的生活情趣和操守，與劉禹錫的為人，與他
在和州所寫的其他詩文，應當說是完全一樣的。

和州風物及其詠歌

和州市在秦朝設縣，叫歷陽，屬九江郡。項羽稱西楚霸
王時，封范增為歷陽侯，始建城。境內的陰陵山、四潰山，
是項羽從垓下突圍後與追堵漢兵鏖戰之處。烏江浦更是項羽
自刎之地。南朝梁亡之際，陳霸先欲圖霸業，擁立貞陽侯以
歸，王僧辯過江來臨，會於歷陽。兩國協和，故改名為「和
州」。劉禹錫赴任這年，正逢大旱，他上任伊始就四處察
看，賑濟孤貧，安定農桑。他在〈和州刺史廳壁記〉中曾稱
道和州民風樸厚、固守農桑，並表示自己不願巧言令色，要
踏踏實實為和州百姓謀福利。記中寫道：「女工尚完堅，一
經一緯，無文章交錯之奇；男夫尚墾僻，功苦戀本，無即山
近鹽之逸；市無蚩眩，工無雕彤，無遊人異物以遷其志，副
徵令者率非外求，凡百為一，出於農桑故也。由是而言，瘠
天下者其在多巧乎？」但這位刺史畢竟是詩文大家，行走勘
察之中，勤課農桑之餘，亦不能忘情於山水，更不忘藉山水
以詠志。和州郡樓正對大江，隔江相對的就是有名的「望夫
山」和「望夫石」，所以劉禹錫一到和州，就寫了〈望夫山〉
和〈望夫石〉二詩。他在〈望夫山〉中云：「終日望夫夫不
歸，化為孤石苦相思。望來已是幾千載，只似當時初望

時。」在〈望夫石〉中，他又具體描繪了山頭左征婦的愁顏，並與近世征婦自若的笑容作比，他對當朝權貴毫無政治操守的鄙薄和自己忠於理想、萬死不移的信念自在言外。在上面提及的〈和州刺史聽壁記〉中，他也如數家珍的提到和州名勝雞籠山、西梁山、歷陽湖、彭蠡湖、玄元臺、濡須塢。之後，他又把自己政事之餘的漫遊寫成歷陽書事七十韻〉，再次稱美雞籠山、濡須塢、烏江亭……等和州名勝。雞籠山在和州城北四十里，風景秀麗，是道家第四十洞天福地。據《淮南子》云：有一老母攜雞籠登此山，後化為石。今山上有石，狀如雞籠，故得此名。劉禹錫在詩中所詠的「雞籠為石額，龜眼入泥坑」，即採自這段神話傳說。濡須塢在和州西含山縣西南七十五里的濡須山下。三國時，東吳水軍常由裕溪口出長江北行濡須屯紮，而曹操南下攻江東也必須攻占濡須，雙方屢屢在此交鋒。劉禹錫在〈聽壁記〉中稱之為「名塢」，今塢仍在，塢旁有曹操祠。他在〈七十韻〉中說：「曹操祠猶在，濡須塢未平。」看來至少在中唐時代此地就已成風景區了。烏江的名聲更大，烏江又名烏江浦，原是長江北岸一片沼澤地。今有烏江鎮，在和州城北四十里處。據司馬遷〈項羽本紀〉，項羽從垓下突圍後，至陰凌迷失道，受一田父欺騙，向東陷入烏江一帶沼澤地中。四潰山亦由此而得名。今烏江鎮東南一里鳳凰山上建有霸王祠，匾額為「西楚霸王靈祠」，是李白族叔當塗縣令李陽冰所題。唐以後屢經修葺擴建，有正殿、青龍宮、行宮共九十九間半，比帝王陵廟僅少半間。祠內有項羽、范增、虞姬等塑

像，以及鐘鼎、碑匾等文物。祠內有一聯：「司馬遷乃漢臣，本紀一篇，不信史官無曲筆；杜師雄真豪士，臨祠大哭，至今草木亦含悲。」唐宋詩人孟郊、杜牧、蘇舜欽、陸游等均有題詠。現僅〈和州刺史聽壁記〉存正殿三間二廂，據宋人祝穆《方輿攬勝》記載：宋高宗紹興三十一年（1161），金主完顏亮南侵到和州，欲從烏江渡江襲金陵，曾往項王廟「乞杯盞」未果，一怒之下「欲焚廟，俄見大蛇繞出屋梁，殿後林中鼓噪發聲，若數千兵然。亮大驚，左右亦駭然」；此廟故又名「靈惠廟」。廟後有項王衣冠塚，周圍為松林。宋烏江令龔相〈項王亭賦〉云：「墓四周古柏數百章，怒濤洶洶如大風雨至。」嚇走完顏亮的，大概就是周圍的松濤聲吧。衣冠塚前有明萬曆年間和州知州譚之鳳手書的「霸王迷路處，亞父所封城」，「沸井今無湧，烏江舊有名」就是詠歌這段歷史。劉禹錫在詠歌和州古跡名勝時，往往把目睹的山川風物與耳聞的神話傳說交織在一起，在現實的美景中夾以浪漫的色調。我們如果把這種詠歌方式與〈陋室銘〉開頭「山不在高，有仙則名；水不在深，有龍則靈」聯繫起來，就會悟出〈陋室銘〉中這兩句絕不僅僅是起興，僅用以比附「惟吾德馨」之陋室，也是劉禹錫對和州風物的總體感受和浪漫詠歌。

（本文與巢湖教育局錢德車先生合作）

萬里橋邊薛校書

　　「萬里橋邊女校書，琵琶花下閉門居。」這是中唐詩人王建（767～830）寄贈薛濤的詩句。薛濤是中唐的名妓，也是我國歷史上一位著名的女詩人。她字洪度，長安人，幼年時隨父親宦遊成都，遂以蜀地為家。父親死後，隨孀母艱難度日。濤自幼巧慧，嫻於翰墨，頗有文名，存有詩作七十多首。唐德宗貞元元年（785），韋皋為劍南西川節度使，曾召薛濤侍酒賦詩，遂入樂籍，頗得韋皋喜愛。濤一生交遊頗廣，酬唱甚多。又加上她的才藝雙絕，創製「薛濤箋」，營建「吟詩樓」，留下眾多風流韻事，也留下傳說不一，甚至互相牴牾的歷史懸案。現在結合實際考察，就其故居、交遊、薛濤箋及創作活動，略作考辨和介紹。

薛濤故居與薛濤墳

　　今日四川成都的望江樓公園內，有一座亭院叫「枇杷門巷」，導遊及一些成都市民就把它稱作薛濤故居；其實這是誤解。首先，薛濤門前種的是「琵琶花」，而不是「枇杷樹」。琵琶花與杜鵑花相似，屬草本，與木本的枇杷樹是兩碼事。再者，薛濤故居並不在今日的望江樓公園內。薛濤一

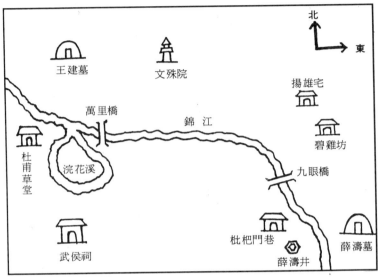

▲薛濤故居示意圖（在今四川成都西五里）

生，除了在今四川境內北部的松潘和南部榮縣的竹郎廟等地作過短暫的居留外，在成都市內主要有兩處：一處是在西南郊浣花溪旁的碧雞坊。在萬里橋居住的時間最久，整個中青年時代大都在此度過。時間始於貞元五年（789），原因與松潘之罰有關。

　　據有關史料記載，薛濤因其機敏巧慧又嫻於詩文，深得西川節度使韋皋的喜愛。蜀中官僚看到了薛濤在韋皋身邊的重要作用，於是紛紛巴結薛濤，並且企圖通過薛濤賄賂韋皋。〈薛濤傳〉記載：「使車至蜀，每先賂濤，濤亦不顧嫌疑，所遺金帛，往往上納。皋既知且怒，於貞元五年罰薛濤赴松州（即今松潘）。被貶之由，固然因薛濤的不檢點，但

也可看出薛濤在政治上的幼稚行為。賄賂之事，是天知、地知、你知、我知，不可第三者（尤其是身分卑下的樂妓）介入轉手的。薛濤替地方官轉遞金帛，韋皋就是想要也不敢要了。而且為了表示廉潔，阻政敵之口，必須重罰薛濤以塞責。所以薛濤在此中也可以說是政治鬥爭的犧牲品。薛濤在被貶松州之後，曾寫了數十首詩獻給韋皋。從現在的〈十離詩〉、〈罰赴邊有懷韋相公〉等十幾首詩來看，主要是抒發身處異鄉的孤獨之苦，希望能打動韋皋，從邊地遷回。但內中也不乏明朗之色、慷慨之音，甚至公開表白對罰邊的不滿。如這首〈罰赴邊有懷韋相公〉云：「黠虜猶違命，烽煙直北愁。卻教嚴遣妾，不敢向松州。」詩中表明，胡人如此肆虐，你們毫無辦法；一個小女子犯下過失，你們卻大加撻伐，把我遣到胡勢猖獗的松州。由此看來，薛濤秀麗文弱的外表下，仍藏著一顆倔強的心。也許正是由於獻詩，打動了韋皋，不久，薛濤即由松潘赦還。此番遠貶，使年輕的薛濤嘗到了世路的坎坷，也看透了官場的險惡。

回到成都後，她即脫去原籍，退居於西南郊的萬里橋，在門前種滿了琵琶花，過起了一種遠離官場的自由平民生活。萬里橋橫跨於浣花溪上，它的西面是百花潭，杜甫草堂離此不過一箭之地。一個在橋邊，一個在橋西。杜甫的〈堂成〉詩中有云：「萬里橋西一草堂，百花潭水即滄浪。」薛濤在此處與蜀地的名公詩酒唱和，留下許多膾炙人口的詩章。前引的那首王建〈寄蜀中薛校書〉即寫於此時。與薛濤唱和的還有著名詩人元稹和白居易。白居易寫過一首詩給薛

濤，詩云：「峨眉山勢接雲霓，欲逐劉郎此路迷。若似剡中容易到，春風猶隔武陵溪。」詩中反用劉晨天臺山遇仙的故事來打趣薛濤，看來兩人的關係是很密切的。元稹與薛濤更是風流名士對名妓，才藝相傾。薛濤以自製的「薛濤箋」寄元稹，並賦詩云：「詩篇調態人皆有，細膩風光我獨知。月下詠花憐暗澹，雨朝題柳為欹垂。」詩中回憶了兩人月下詠花、雨朝題柳的詩酒唱和生活。詩題曰：〈寄舊詩與元微之〉，看來，直到老年，元稹在薛濤心中仍留著難以磨滅的刻痕。元稹也有〈寄贈薛濤〉詩給她，詩的結句是：「別後相思隔煙水，菖蒲花發五雲高。」從晚唐起，許多筆記小說如范攄的《雲溪友議》、計有功的《唐詩紀事》、辛文房的《唐才子傳》等，即以此為根據，敷衍出許多浪漫乃至香艷的故事來。

薛濤晚年遷居於城西北的碧雞坊，就在漢代辭賦家揚雄住宅之側。她之所以遷居的原因，可能是出於對邊患的警覺。因為薛濤遷居後不久，唐文宗太和三年（829），南詔國偷襲成都，將西南郊人畜擄去數萬。如果薛濤仍是住在萬里橋，就恐難逃此劫。薛濤在碧雞坊建「吟詩樓」，每日息居其上。吟詩樓現為一幢木質兩層小樓。樓右立山石，置爬山廊迴旋直達樓上。樓下門楣上有一塊黑底鎦金匾額，上鐫隸書「吟詩樓」。兩邊對聯是清代著名書法家何紹基撰書。聯云：「花箋茗椀香千載，雲影波光活一樓。」何紹基（1799～1873）當時任四川學政。此聯作於任滿離蜀之時。樓前遍植蜀地的特產粉箪竹。此竹通身粉白，似冰肌玉骨的亭亭

秀女，使人聯想起秀美的薛校書。風動竹影，婆娑有聲，又
像是薛濤在樓上低斟淺唱，細哦慢吟。樓上掛著清同治丁卯
年（1867）舉人包汝諧撰書的四首〈吟詩樓感懷〉。其一寫
道：「紅葉蕭蕭響一樓，涼雲團入錦江秋。美人芳草情同
恨，茗椀臨風弔薛侯。」很能代表遊人至此的感慨。

　　薛濤晚年所交遊的名人，主要有西川節度使李德裕和貶
在四川的著名詩人劉禹錫。太和四年（830）秋，李德裕建
成籌邊樓，薛濤曾作詩祝賀。詩云：「平臨雲鳥八窗秋，壯
壓西川十四州。諸將默貪羌族馬，最高層處見邊頭。」詩中
縱覽古今，評點時政得失，告誡諸將切莫目光短淺，輕開邊
釁。詩格渾厚深沈，含蓄頓挫；感情動盪開闊，議論風生。
可見到了晚年，薛濤仍不失巾幗之氣。她作此詩後不久，與
她長期相伴的孔雀死去，不久詩人亦病逝，時間應在唐文宗
太和六年（832）夏。因為卒時，李德裕有〈傷孔雀及薛濤〉
一詩追悼。當時劉禹錫任蘇州刺史，得此消息後寫了一首
《和西川李尚書〈傷孔雀及薛濤〉之什》。詩云：「玉兒已逐
金環葬，翠羽先隨秋草萎。唯見芙蓉含曉露，數行紅淚滴清
池。」詩中的玉兒即薛濤，金環、翠羽指孔雀。詩的前兩句
指明孔雀死後薛濤遂逝，後兩句寫聞此噩耗的感慨，時值芙
蓉滴淚的清秋。四川的消息傳到蘇州，在信息遲緩的唐代，
應有月餘。以此推斷，薛濤應歿於唐文宗太和六年的春天。

　　薛濤歿後葬於何處呢？據四川《華陽縣志》說是葬在城
東南四里的黃家瀼。宋儒鄭樵（1104～1162）所著的《通
志》說是「去井里許，在民舍旁」，即今薛濤井一里許，現

在四川大學的校園內。據《縣志》載：薛濤歿時，西川節度使段文昌為撰墓誌，並題碑「西川女校書薛洪度之墓」。今題碑已不存，惟存晚唐詩人鄭谷的薛濤墓詩。詩云：「渚遠江清碧簟紋，小桃花繞薛濤墳。朱橋直指金門路，粉堞高連玉壘雲。窗下斷琴翹鳳足，波中濯錦散鷗群。子規夜夜啼巴蜀，不併吳鄉楚國聞。」(〈蜀中〉之三)首聯即點出薛濤墓在錦江之濱。按成都的護城河惟安順橋(今稱九眼橋)東面一段稱錦江，頷聯又說到朱橋，可見濤墓就在九眼橋附近。據清人熊斌《鴻雪偶存》記載，至少在清道光二十九年（1849）薛濤墳仍在，位於「浣箋亭外里許」，「有大阜高丈餘介其中，即薛濤墳。」墳的四周皆是竹林，「廣可數畝，蔚然深秀」。四十年後，光緒九年（1883），浙西沈壽榕再訪薛濤墳時，竹林已毀於兵燹，高阜亦夷為平地。「勝境日成曠址，墓址幾不可辨」，只有舊碣尚存。於是，沈壽榕夥同易家霖、辜培源諸人，重加修葺，再鐫墓碑，此址一直留至今。

薛濤箋與薛濤井

所謂「薛濤箋」，是指一種深紅色小箋紙，是薛濤在萬里橋時所創製的。薛濤從松潘赦回成都後，立即脫去樂籍，專務時文酬唱。寫作詩文，當然離不開紙。當時浣花溪一帶多以造紙為業。薛濤在此基礎上研製成一種深紅色小箋，受時人所喜愛，稱之為「薛濤箋」。該箋有兩大優點：一是染色精工，二是短小實用。箋紙染色，並不始自薛濤，遠在晉代就有了色箋。南朝梁簡文帝蕭綱雅好宮體，為與詠歌艷情

相適應，他專用一種紅色箋紙。這種箋，薛濤也曾用過，她在貶往松潘時給韋皋的獻詩〈筆離手〉中就提到這種紅箋：「越管宣毫始稱情，紅箋紙上撒花瓊。」與薛濤同時代的詩人范之凱，亦有「蜀地紅箋為弟貧」之句。可見中唐時代，蜀地仍產這種紅箋，而且很名貴。薛濤即在此基礎上又將顏色加深，染色更精，創製成一種深紅色小箋。至於薛濤為什麼要將顏色加深，這與她的愛好有關。薛濤性愛深紅，平時著大紅衣衫。〈寄張元夫〉云：「前溪獨立後溪行，鷺識朱衣人不驚。」愛的也是深紅色花，如從葉到花都是赤紅的朱槿和金橙花：「欄邊不見鑲鑲葉，砌下惟翻艷艷花。細視欲將何物比，曉霞初疊赤城家。」（〈金橙花〉）「紅開露臉誤文君，司旁芙蓉草綠雲。」（〈朱槿花〉）就連棠梨花，她喜愛的也是不常見的深紅色：「日晚鶯啼何所為，淺深紅膩壓繁枝。」所以薛濤染箋，當然會選深紅色。

但在宋代以後，又出現一種說法：薛濤不但創製了深紅色箋，且創製了明黃、深青、深綠、淺雲等十色箋。如宋人李石在《續博物志》中云：「元和中，元積使蜀，營妓薛濤造十色彩箋以寄，元積於松華紙上寄詩贈濤。」此後更是以訛傳訛，皆謂十色箋為薛濤所造。如前所述，紙染色始自唐代，到五代時已有紅、青、金粉、銀粉數色。據李肇《國史補》云：「紙有蜀之麻面、屑末、滑石、金花、長麻、魚子十色箋。」李肇是薛濤同時代的人，文中提到蜀地十色箋，並未提及是薛濤所創。後蜀時由於戰亂，色紙業衰微。到宋時，社會安定，文化發達，造紙業又開始復興。宋代謝景初

在造紙業昔日繁榮的浣花溪專造十色箋，號為「謝公箋」。
這十色據元代蜀人費著的《箋紙譜》記載，是「深紅、粉
紅、杏紅、明黃、深青、淺青、深綠、淺綠、銅綠、淺雲十
色」。大概由於產地也在浣花溪，人們很容易也樂於把十色
箋訛為薛濤所造，這也是訛傳始自宋代的原因。其實，費著
在提到「十色箋」時也說到「薛濤箋」：「濤所製箋，特深
紅一致爾。」說得很肯定。比薛濤稍後的唐人和五代人在詠
歌此箋時，也都只是提到深紅色。如五代韋莊〈乞彩箋歌〉
詩：「留得溪頭瑟瑟波，潑成紙上猩猩色。」及崔道融〈謝
朱常侍寄蜀茶剡紙〉詩：「薛家凡紙漫深紅。」可見，薛濤
箋只有深紅一色。

薛濤箋的第二個優點是短小實用。古代箋多用於長篇書
札，所以箋紙需長大。況古人又有「批返」之習。所謂「批
返」，本是下級呈文時在紙尾預留空白以供批覆，常用於官
司批狀、詔書批答之類公文。中國向來是禮儀之邦，平日親
友同事間信件往還也仿此法，在信尾留空以示不敢與對方平
起平坐，並不是真的要對方在信尾批答，這叫「敬空」。這
樣，箋紙當然要大一些。而薛濤製箋，唯專用於寫詩，既然
不是長篇書札，也就不需「敬空」。況薛濤又喜作七絕、五
絕之類小詩，大箋既浪費又不好看，所以特製小箋，一張才
八行，染以深紅，確實優雅而精緻。此箋風行後，人皆以為
便，即使作書札亦用此箋。因為如一紙不夠，鋪寫數張，更
顯其情重，於是風靡開來。薛濤箋的優點，主要在上述兩
點，至於紙貴，據我在成都和北京等地博物館所見的館藏，

此箋紙質似不及色宣，甚至也不及同為蜀產的夾江紙。明代宋應星《天工開物》云：「四川薛濤箋，亦芙蓉皮為料煮糜，入芙蓉花末汁。或當時薛濤所指（點），遂留名至今。其美在色，不在質料也。」

　　說到薛濤箋，當然會涉及薛濤井。人們常認為薛濤箋是用薛濤井的水所製成。這又是誤解和訛傳。因為薛濤創製薛濤箋是在城西南郊萬里橋邊的浣花溪畔，而薛濤井卻在城東郊的薛濤墓旁。薛濤生前與此並無關涉，只是由於薛濤墓在井邊，此井才得名「薛濤井」。後來從中附會出薛濤用此井水造箋之說。對此，明末人曹學全《蜀中廣記》和清初人王士禛的《香祖筆記》都有記載。《香祖筆記》說：「明時蜀王府，例以三月三日取薛濤井水，製箋二十四幅，以十六幅貢京師。近督撫、監司募工仿製，殊不能佳。予使蜀時訪之，井旁石臼尚存，雕鑴精麗。井在錦江東，亦名玉女津也。」明人包汝楫《南中紀聞》則說民間亦用此水製箋，說得神秘而又浪漫：「薛濤井在成都府，每年三月初三日，井水氾濫。郡人攜佳紙向水面拂過，輒作嬌紅色，鮮灼可愛。但止得十二紙。歲潤，則十三紙。以後遂絕無顏色矣。」

　　蜀藩王在此製箋時，井旁曾建有堂屋數楹，並有吏卒看守。到了清康熙三年（1664），成都知府冀應熊手書「薛濤井」三字，鑴碑立於井側。乾隆六十年（1795），編修周厚轅與成都府通判汪俊等遊薛濤井，又題詩並鑴碑於井碑之側，今皆俱存。題詩曰：「萬玉珊珊鳳尾書，松花籬近野人居。井欄月墜飄梧影，素髮飄飄雪色如。」薛濤井的許多題

詠中，最見個性的是《官場現形記》作者清初四川人李調元的一首七絕云：「不見薛箋唯見井，琅軒千萬綠陰陰。何人刻竹留題滿，我欲編詩入笑林。」此詩一出，「後人不復敢題矣。」

▲浣箋亭旁的薛濤井

宣州開元寺、池州杏花村

——杜牧在皖經歷與詩文

　　人們常稱晚唐詩人杜牧為「小杜」，用以區別大家稱
「老杜」的盛唐詩人杜甫。杜牧之比杜甫，詩作固然稍遜，
但更多了一些經邦治國的才具。杜牧是萬年縣（在今陝西省
長安縣）人，生於唐德宗貞元十九年（803），卒於唐宣宗六
年（852），是「三通」之一的《通典》作者杜佑的孫子，有
《樊川文集》傳世。他曾兩次上書給朝廷執政，對消弭外患
和討伐叛鎮，提出具體的用兵方略，且收到顯著的成效。他
還寫過〈原十六衛〉、〈戰論〉、〈守論〉（都收入《樊川文
集》）等軍事著作，並注過《孫子》（見〈注孫子序〉），史稱
他「敢論列大事，指陳病利尤切至」及「真王佐才」。可惜
的是，他生活在「只是近黃昏」的晚唐；大廈將傾，非他這
根獨木能撐。所以他只好借酒澆愁，輕狂聲色，如其〈遣懷〉
詩：「落魄江南載酒行，楚腰纖細掌中輕；十年一覺揚州
夢，贏得青樓薄倖名。」成了中國士大夫文人中風流才子的
典型。

　　杜牧一生經歷頗豐，作過江西觀察使沈傳師、宣歙觀察
使崔鄲，及淮南節度使牛僧孺的幕僚，也擔任過黃州、池
州、睦州、湖州的刺史，當過司勳郎、史館修撰、吏部員外

郎、考功郎中、知制誥、中書舍人等京官。本篇著重介紹他在宣州（今安徽宣城）和池州（今安徽貴池）的詩文創作，以及所涉及的當地風物。

開元寺與謝朓樓

唐文宗太和四年（830），當時作為江西觀察使沈傳師的幕僚的杜牧，隨沈傳師轉到宣州。沈傳師是唐代傳奇作家沈既濟之子（編者按：寫黃粱夢的《枕中記》就是沈既濟的作品），與杜牧的祖父杜佑同修過《先憲宗實錄》，又是杜牧的恩師；因此雖為賓主，都相處甚得。杜牧此時不過三十歲左右，又是以為貴介公子，喜冶遊可以說是少年天性，也是他貴族本性；加之沈傳師亦風流自任，赴宣州任時，居然把在江西結識的歌妓張好好也帶到了宣城。宣城又是通都大邑，六朝以來繁華之地，山水秀麗，名勝眾多，所以無論從其本人的氣質稟性，還是客觀的自然和社會環境，都使杜牧愛上宣州風物並且多作詠吟。其中詠歌最多的當屬開元寺。

開元寺在宣州城內，東晉建成，原名永安寺；唐玄宗開元年間改名為開元寺。開元寺建築宏麗，下臨宛溪，與敬亭山遙遙相對，是個風景幽絕之處。杜牧一到宣州就遊開元寺，而且與六朝文物聯繫起來。他的〈題宣州開元寺水閣下宛溪〉說：「六朝文物草連空，天淡雲閒今古同。鳥去鳥來山色裡，人歌熱哭水聲中。深秋簾幕千家雨，落日樓臺一笛風。惆悵無因見范蠡，參差煙樹五湖東。」詩的最後說要學范蠡，功成之後歸隱江湖，看來此時既有建功立業的壯志，

也有壯志未遂的惆悵。第二年春，杜牧再遊開元寺，又寫了
一首五古〈題宣州開元寺〉，詩中寫道：「南朝謝朓樓，東
吳最深處。亡國去如鴻，遺寺藏煙塢。樓飛九十尺，廊環四
百柱。高高下下中，風繞松桂樹。青苔照朱閣，白鳥兩相
語。溪深入僧夢，月色暉粉堵。閱景無旦夕，憑欄有今古。
留我酒一樽，前山看春雨。」詩中提到的謝朓樓在宣州北
門，是南齊時宣州太守謝朓所建，又稱北樓。謝朓是南北朝
時大詩人，為李白所膺服；李白曾在北樓為他的從叔餞別，
寫下了那首有名的〈宣州謝朓北樓餞別校書叔雲〉；杜牧當
然不會不知此典故，所以詩的一開頭就用地勢高的謝朓樓起
興，以此反襯開元寺的古老和巍峨。一座寺廟，樓閣高達百
尺，廊柱多至四百，而且高下隨勢，其屋宇之多，範圍之
大，氣勢之雄，在「南朝四百八十寺」中當屬罕見。今日之
開元寺，前後三進，屋宇數十間，亦算雄偉，但已非昔日可
比。杜牧在此詩中又一次提到六朝古寺。今古之慨、亡國舊
事，恐非一味懷古追昔，內中當寄寓對晚唐時局的深憂，以
及他壯志難酬的苦悶。比起第一首詠開元寺來，景物描寫之
外，似乎更多了一些對於人生和時局的感慨。

　　唐文宗太和七年（833），沈傳師內召為吏部侍郎赴京，
杜牧亦離開宣州而入揚州，入淮南節度使牛僧孺幕僚；後又
回朝任監察御史分司東都。四年後，又應宣歙觀察使崔鄲之
請，再赴宣州任團練判官，就以開元寺南樓作為寓所。此時
的心情和生活態度，與四年前已大不相同了。他的〈宣州開
元寺南樓〉說：「小樓才受一床橫，終日看山酒滿傾。可惜

和風夜來雨，醉中虛度打窗聲。」終日看山，醉中度日，詩中已看不到四年前的進取和優游了。在南樓，他還寫了一首遇雨詩〈大雨行〉，詩中把今日南樓遇雨與當年東樓遇雨時的心情，有意的作一對比：「我昔壯氣神洋洋。東樓從首看不足，恨無羽翼高飛翔。今年闖茸鬢已白，奇遊壯觀唯深藏。景物不盡人自老，誰知前事堪悲傷」。詩中把當年宣州幕時的豪情壯志和今日人事播遷、光陰催老的慨嘆，表白得相當明白。

杜牧在此時還寫了首有名的〈江南春〉絕句：「千里鶯啼綠映紅，水村山郭酒旗春。南朝四百八十寺，多少樓臺煙雨中」。這首詩雖不能指實是由宣州開元寺而生發開來，但四百八十寺的煙雨樓臺中，肯定包括開元寺的南樓以及「高高下下」的亭閣。

齊山登高與杏花村酒

唐文宗開成三年（838）冬，杜牧內調到京師任左補闕，第二年春赴任。此時他三十六歲，正值壯盛有為之時，本可在左補闕任上做一番事業，但因得罪了宰相李德裕，又被排擠出京往偏僻的州郡任職。先是任黃州（今湖北黃岡市）刺史，再轉池州（今安徽池州市）、睦州（今浙江建德市），前後達七年之久。這段時間，他的思想由進取轉為頹放，內心也很憤懣：「會昌之政，柄者為誰？忿忍陰訐，多逐良善。牧實忝幸，亦在遣中」（〈祭周相公文〉）。唐武宗會昌四年（844）九月，杜牧由黃州刺史調任池州。池州位於長江

▲齊山之巔的翠微亭

中游的江南丘陵之中，秦時屬古彰郡，漢時改屬青陽，隋時置秋浦縣，唐時改為池州。池州西北瀕臨長江，東南則是佛教名山九華山。梅埂河、秋浦河從東南向西北橫貫全郡，可謂境內處處有山，山山有水，是個風景絕佳之地。但杜牧面對這明山秀水再也提不起往日的興致，倒多了些山川永恒、人生短暫的傷感，處世態度也更多了些詩酒為伴、脫拘世事的曠達和瀟灑，這種處世態度也成了杜牧後半生的基調。可以說：外任黃、池，是他人生的一個轉捩點。這種基調，在他的〈九日齊山登高〉詩中得以充分表露：「江涵秋影雁初飛，與客攜壺上翠微。塵世難逢開口笑，菊花須插滿頭歸。但將酩酊酬佳節，不用登臨恨落暉。古往今來只如此，牛山

何必獨沾衣」。此詩用俊朗頓挫之筆寫落寞淒清之情，排解的曠達之中暗藏年華虛度之悲哀。齊山，在今池州城南三里，其得名歷來有二說：一說此山有十餘峰，峰峰等高平齊，故名齊山；另一說是唐德宗貞元年間齊映任池州刺史時常登此山。齊映治池州有政績，百姓懷念，故以其姓名此山。齊山方圓不過十里，高不過三十仞，但山勢矯健，狀如伏虎昂首，從西南向東北延伸，直抵白沙湖濱。山上洞穴幽深、岩壑峻秀，有華蓋、朝天、石虎、無極等三十二洞，醒翁、寶雲等十三名崖，還有二峽谷，十一名泉。〈齊山岩洞記〉稱此山有「蓋九華之秀，可與武夷、雁蕩比美」，「可謂江南名山之最」。但因地處偏僻，在杜牧之前，此山並不知名。李白在秋浦一帶寫了十多首詠池州風物的詩章，卻無一首提到齊山。只是在杜牧的這首〈九日齊山登高〉之後，此山方成為時人以及後人的詠歌對象，明代《嘉靖池州府志》收歷代詩人詠齊山詩九十三首，皆是杜牧之後的作品，看來就像秋浦因李白的〈秋浦歌〉而名揚天下一樣，齊山也因杜牧的詠歌而得以天下知名。據計有功的《唐詩紀事》：此詩一出，詩人張祜立即作和，其中亦提到「秋溪南岸菊霏霏，急管繁弦對落暉」。張祜為人耿介傲岸，時稱「千首詩輕萬戶侯」。相傳白居易任蘇州太守時，張祜投詩拜謁。白居易戲稱祜詩「鴛鴦鈿帶拋何處，孔雀羅衫屬阿誰」為「問頭」詩；張祜立即反唇相譏，稱白詩「上窮碧落下黃泉，兩處茫茫皆不見」為「目連經」（《唐摭言》）。可見杜牧此詩在時人心目中的分量。從此，「世事難逢開口笑，菊花須插滿頭歸」

亦成為歷代人們估量世事、自我排解的人生格言。

　　杜牧之後，宋代名臣包拯也任過池州太守，曾在此山題刻「齊山」二字，至今仍存；北宋詩人梅堯臣、王安石等亦留下詠歌此山的美妙詩章；南宋紹興年間，岳飛駐軍池州，亦登山賦詩，抒發捍衛疆土的辛勞和收復失地的壯志：「經年塵土滿征衣，特特尋芳上翠微。好山好水看不足，馬蹄催趁月明歸」。後人取杜牧、岳飛的詩意，在齊山之巔興建了一座「翠微亭」，又在其下建「特特亭」，以資紀念。

　　池州與杜牧有關的古蹟，除齊山外，還有林泉寺，在原貴池縣城西街，據杜牧詩中記載來看，當時即已廢圮，宋時重修，改名「太平寺」。寺側有金碧洞，皆杜牧常遊之所，並各有題詠。前者為〈池州廢林泉寺〉：「廢寺碧溪上，頹垣倚亂峰。看棲歸樹鳥，猶想過山鐘。石路尋僧去，此生應不逢」。後者為一首七絕〈遊池州林泉寺金碧洞〉：「袖拂霜林下石稜，潺湲聲斷滿溪冰。攜茶臘月遊金碧，合有文章病茂陵」。廢寺頹垣，霜林棲鴉；冰斷潺湲，相如老病。無論是景還是情，皆衰瑟傷痛，再也看不到作者當年在〈宣州開元寺〉中所描繪的天閒雲淡、白鳥相語之鮮明景物和俊朗疏寯之情懷了。

　　池州東門的城樓叫九華樓，又叫九峰樓，因面對九華山而得此名。杜牧任池州刺史時，常攜酒登此樓，遠眺九華秀色，間抒忠而見疑、壯志難酬之憂憤。在寄給友人張祜的一首七律中寫道：「百感衷來不自由，角聲孤起夕陽樓。碧山終日思無盡，芳草何年恨即休。睫在眼前常不見，道非身處

更何求？誰人得似張公子，千首詩輕萬戶侯」。據唐人范攄《雲溪友議》記載：白居易作杭州刺史時，張祜、徐凝皆慕名前往拜謁，希望白能推薦自己入京應進士第，白居易決定以詩賦決高低，要他倆試作〈長劍倚天外〉賦和〈餘霞散成綺〉詩。測試的結果，白以徐凝居上。張祜很生氣，「遂行歌而返」，不再赴京應試。杜牧是張祜的好友，聞此事後，為張不平，遂有「誰人得似張公子，千首詩輕萬戶侯」之評。但細繹詩意，其中固然有范攄所云的為張鳴不平之意，但其中的「恨」、「孤」和「不自由」之嘆，絕不僅僅為張祜而發，也含有己身坎坷、壯志難遂的深悲。他的另一首登此樓所作的詠歌，就將這種喟嘆表白得十分明白：「晴江灩灩含淺沙，高低繞郭滯秋花。牛歌魚笛山月上，鷺渚鶯梁溪日斜。為郡異鄉徒泥酒，杜陵芳草豈無家？白頭搔殺倚柱遍，歸棹何時聞軋鴉」。前一首詩中含蓄地說「芳草何年恨即休」，此詩則明白道出「芳草之恨」的內涵：「為郡異鄉徒泥酒，杜陵芳草豈無家？」這種漂泊之感，芳草之思，往往會因人生蹭蹬而顯得更加深重綿長。

　　江南的明山秀水，有時也給杜牧帶來片刻的愉悅；面對著「千里鶯啼綠映紅」的江南三月，他也會有自我排解的時候。在這些哀怨的登臨詩外，杜牧在池州也寫過一首清新明快的絕句，這就是膾炙人口的〈清明〉：「清明時節雨紛紛，路上行人欲斷魂。借問酒家何處有？牧童遙指杏花村」。詩中提到的杏花村，在池州城的西郊。此地有一泉曰廣潤泉，當地有位釀酒高手叫黃公，用此泉釀出的酒「杏花

春」，遠近聞名。據《池州府志》記載：廣潤泉邊「舊有黃公酒壚，後廢。餘井圈在民田內，上刻有『黃公廣潤泉』字」。明朝天啟年間以及清朝康熙、雍正年間，曾相繼在此築亭、建坊、葺祠，杏花村酒的盛名亦歷久不衰。現在古井仍存，「泉香似酒，汲之不竭」，此地現在出產的「杏花村大麴」亦頗有名。但〈清明〉一詩，今《樊川文集》卻未載，只是見於後人編的《千家詩》中，所以有人懷疑此詩非杜牧所作，進而推斷詩中的杏花村不在池州而在山西，即出產汾酒的杏花村。其實無須多加考證，稍辨詩意，即可知詩中的杏花村定在江南而非塞北，因為「清明時節雨紛紛，路上行人欲斷魂」正是江南三月典型的氣候特徵，所謂「戎馬秋風塞北，杏花春雨江南」。何況，《樊川文集》中還有一首〈春末題池州弄水亭〉，弄水亭在杏花村的西側，池州城西門——通遠門外的秋浦河邊，寫作時間比〈清明〉稍後，是在晚春。詩中提到太守與賓客在亭內歡飲：「亭宇清無比，溪山畫不如。嘉賓能嘯詠，官妓巧妝梳。逐日愁皆碎，隨時醉有餘」。詩人平時的愁緒皆在美酒中粉碎化解，難得一日與嘉賓暫歡。詩人的心情與〈清明〉一詩醉中銷魂的基調是完全一致的。也許，這次弄水亭宴飲的美酒正是「牧童遙指杏花村」的結果吧！

柳州之貶與柳侯祠

——柳宗元在柳州的晚年生涯

柳州之貶與晚年生涯

　　唐憲宗元和十年（815），這一位已挨過十年永州（今湖南省零陵縣一帶）之貶的柳宗元，再拖著衰病之軀，經過三個多月的長途跋涉，於六月二十七日來到了更僻遠也更蠻荒的柳州（在今廣西壯族自治區）。柳州建城始於西漢，漢武帝元鼎六年（前111）設潭中縣，即以此為縣治，地址在今廣西柳州市魚峰區的駕鶴山。隋代改為馬平縣，縣治移至城北的雀兒山以東。唐代置柳州，下設馬平、龍城、洛容、洛封、象縣這五縣，治所在今日的柳州市，屬管桂經略使管轄。當時的柳州，人煙稀少，極其荒僻。至唐玄宗開元年間，柳州的五縣僅有三千七百三十四戶。到了柳宗元被貶的元和年間，更減為三千二百八十七戶（據《元和郡縣志》記載）。柳宗元的身體本來就很虛弱，到了柳州之後又不服水土，於是先罹患了一種奇瘡，險些送了性命，後來又得了傷寒，治癒後身體更衰弱。更為痛苦的還是精神上的折磨。無端被貶，壯志成空，同道者無緣再聚，故鄉又遠在天涯，都使這位感情豐富又脆弱的詩人，鎮日感傷不已。他到了柳州

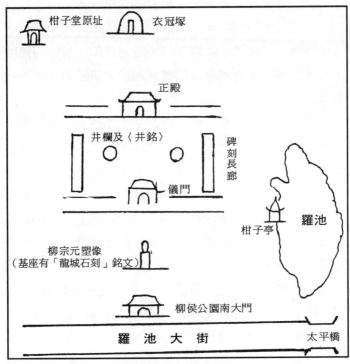

▲柳侯祠示意圖

後，有一首詩寄給同時被貶的韓泰、韓曄、陳謙、劉禹錫四位同道，這就是有名的〈登柳州城樓寄漳汀封連四州刺史〉詩：

> 城上高樓接大荒，海天愁思正茫茫。
> 驚風亂颭芙蓉水，密雨斜侵薜荔牆。
> 嶺樹重遮千里目，江流曲似九迴腸。

共來百越文身地，猶自音書滯一鄉。

　　此詩藉登高眺遠，抒發了詩人迭遭打擊、被貶遐荒的憂憤，同時也表達了對同道者的懷念和聚會無期的惆悵，很能代表當時的心境。

　　但是，柳宗元又是一個不肯苟且因循的人。儘管荒州地僻民窮，自己又身心交瘁，但一上任，就投入繁忙政務，而且晝夜操勞，不得休息。他在力所能及的範圍內，為民眾做了許多好事，留下了眾口交讚的政績。其中之一便是解放奴婢。當時的柳州有一種惡俗：窮人借高利貸，過期還不起錢，就要沒身為奴。這樣，一方面大批破產農民淪為奴婢，使生產力遭到破壞，另一方面不甘心為奴的農民又鋌而走險，造成社會的不穩定。柳宗元從同情貧民和維護社會治安出發作出規定，讓那些賣身為奴的人，按為奴的時間來計算報酬，報酬與借款相抵時，就自動解除奴役關係。韓愈的政治見解與柳宗元相左，但卻很欣賞柳宗元這一做法，當韓任袁州刺史時，就仿此做法解放袁州的奴婢。可見柳宗元這一施政措施的普遍社會意義。柳宗元還是當時少見到具有經濟頭腦的政治家。他知道要改變柳州這塊蠻荒之地的生活條件，單靠務農是遠遠不夠的，必須發展經濟作物。他在柳州提倡植樹造林，尤其是種植經濟林木。他身體力行，帶頭在城西北角種了二百棵柑桔，並寫了一首〈柳州城西北隅種柑樹〉詩，來表白他種柑樹的目的，詩是這樣的：

手種黃柑二百株，春來新葉遍城隅。

方同楚客憐皇樹，不學荊州利木奴。

幾歲花開聞噴雪，何人摘實見垂珠。

若教坐待成林日，滋味還堪養老夫。

詩中表白他種柑的目的不是學東吳丹陽太守李衡為後代留下遺產，而是學屈原藉橘明志。等到柑橘結果，遺惠柳州時，自己大概也能品嚐到為政辛勞後的甘甜吧！他還有首〈種柳戲題〉，同樣表達了他欲改變柳州面貌、遺惠後人的願望：

柳州柳刺史，種柳柳江邊。

談笑成故事，推移成昔年。

垂陰當覆地，聳幹會參天。

好作思人樹，慚無惠化傳。

柳宗元在柳州，還致力於復興文化，編寫地方志，並「大修孔子廟」，以達到「人去其陋，而本於儒，孝父忠君，言及禮儀」之教化目的。柳宗元來柳州時，當地人吃水要到柳江取水，天旱江水淺遠，往返艱難：雨天更是泥濘難行。當地人也挖過井，可能由於土質不好，屢次崩塌，結果造成一種迷信，柳州不能破土挖井。柳宗元為解決柳州居民飲水困難，親自勘察地形，選定「城北隍上」作為井址，為了不增加民眾負擔，動用公帑雇工鑿井，「役庸三十六，大磚千

七百」。為了開發民智，他又寫了〈井銘・並序〉和〈祭井文〉以紀其事。所以柳宗元在柳州挖井，不僅為了改善居民生活條件，也帶有破除迷信之意味。經過他幾年的辛勤經營，柳州的經濟和文化乃至街道面貌都發生了變化：「凡立屋大小若干楹，凡闢地南北東西若干畝，凡樹木若干本，竹三萬竿，圍百畦，田若干塍」。這對一個人口僅九百戶的柳州城來說，確有點「樂生興事」的景象。柳宗元此時雖身處荒州，卻未忘國家大事。在柳州期間，陸續有〈平淮夷雅〉、〈柳州賀平破東平表〉、〈賀中書門下誅淄青逆賊李師道狀〉、〈賀分淄青諸州為三道節度表〉等大奏朝廷的表章以及賀詩，表達自己消平藩鎮、中興王室之願，這說明作者在順宗永貞時代（805）的壯志，並未因放逐而消磨殆盡，相反的卻老而彌篤，久而愈堅。

柳宗元被貶到柳州的後期，名相裴度（765～839）已經執政。當年朝廷貶謫柳宗元、劉禹錫等人為偏遠州刺史時，就是靠身為御史中丞的裴度抗顏上疏，才迫使憲宗皇帝收回成命，將劉禹錫由播州刺史改為條件較好一些的連州刺史。這說明了裴度對長期遠貶的永貞諸人是抱有同情的。此時又加上北歸的吳武陵向他推薦柳宗元，所以到元和十四年（819），柳宗元接詔，準備離開柳州，並已向上司管桂觀察使裴行立辭行。關於這一點，柳宗元集中雖無記錄，但他的好友又是同道劉禹錫在祭文中說得很明確：「自君失意，沈伏遠郡。近遇國士，方伸眉頭。亦見遺草，恭辭舊府。」（〈祭柳宗元文〉）但他還未及成行，就齎志以歿。他在死前

一年，與部將魏忠、謝寧等飲酒時，就曾有預感：「吾棄於時而寄於此，與若等好也，明年吾將死。」結果不幸言中。柳宗元為官清廉，柳州又是荒涼之州，所以他死後家境很是淒涼，留下二子二女。長子周六僅六歲，次子周七是遺腹子。長女年齡大些，但也未成年。還是柳宗元的上司和好友管桂觀察使裴行立為孤兒寡婦籌措了費用，由柳宗元的表弟盧遵經辦喪事，並把靈柩運回長安萬年縣，歸葬於先墓。但柳州百姓並未忘記這位才華橫溢又無端遭貶的天才詩人，更未忘記他在困頓之中仍為柳州人民興利除弊、遺惠一方的德政。柳宗元逝世後，柳州人民在城東南的羅池畔修建了一座柳侯祠，並且在祠後建了衣冠塚，以享四時香煙。

柳侯祠及祠內文物

柳侯祠建於唐穆宗長慶二年（822），因為在羅池之畔，又叫羅池廟。宋哲宗元祐七年（1092）賜額「靈文廟」；但歷代仍習慣稱之為柳侯祠或羅池廟。柳侯祠在元代至大，明代永樂、嘉靖，清代康熙、乾隆幾朝，曾有過幾次較大規模的修葺，但皆毀於兵燹。現在的這座祠堂是清代的建築，壁上存有乾隆時柳侯祠和書院等建築的石刻圖。光緒三十年（1904），此祠址開闢為柳侯公園。近年來隨著改革開放，又進行過兩次較大的改進。

從柳侯公園南大門向北，迎面就是柳宗元的雕像，風神疏朗，矯首昂視，似無柳州貶謫的憂憤。基座一側刻有有名的「龍城石刻」銘文。唐天寶元年（742），相傳有八龍現於

柳江之中，柳州改稱「龍城郡」。此銘據說是柳宗元所撰書。全文是：「羅池北，龍城勝地也。役者得白石，上微刻畫云：『龍城柳，神所守。驅厲鬼，出匕首。福四民，制九醜。』予得之，不解其理，特欲隱予於斯與？」看來，他把銘文與自己的柳州之貶聯繫起來，作為自己命運的一個預言。這個石刻最早見於記載的是种骆的《續前定錄》。這本書作於唐敬宗去世不久。但歷代凡說到「龍城石刻」者，以為是贗品者居多。從石刻的原文來看，大概是「厭勝」之類的避邪物。既然是避邪物，總要找一個大人物作載體來傳播，這樣既增加權威性，又能增加可信度。對柳州人來說，剛去世不久的柳宗元當然是最理想的人物。

從柳侯塑像後面往北走，便是柳侯祠了。門額所刻「柳侯祠」三字，是郭沫若題的，兩旁的對聯是清人楊翰（宛平人，道光進士，工書畫）書的。聯云：「山水歸來黃蕉丹荔，春秋報事福我壽民。」係集韓愈〈享神詩〉詞語而成。祠內天井院左右各有一井圍，井旁有三方刻石。其中之一是柳宗元撰的〈井銘〉，另外兩方是府志中關於柳宗元鑿井等政績的記載。當時柳州人迷信，不敢破土打井，飲水則取自柳江。而柳江岸高坡陡，天旱江淺，攀岩下江，登涉艱難；雨季江水氾濫，道路泥濘，汲水更加危險。柳宗元到任不及半年，為解決民眾飲水之難，立即雇工打井。他以當地專家談康和尚和井工蔣晏為顧問，在城北湟上選定了井址。為減輕民眾負擔，他動用了府庫六千三百匹布購置器材，並調駐軍三十六人來挖井；下挖至七丈四尺深時，「冽而多」的泉

水噴湧了出來，「邑人爭以灌」。為開發民智，他又寫了這篇〈井銘〉。按漢人懂得用井，歷史很久，早在四千多年前，黃河流域的漢民就已懂得用井，河北邯鄲澗龍山文化遺跡就發現過水井遺跡。柳州建城在西漢元鼎六年，到柳宗元時代已九百多年。即使柳州再荒僻，也不至於到中唐時代還不知道井。實際上，西元1983年在柳州市區東南九頭山附近西漢古墓出土文物中，就有陶製的井欄。那麼，怎樣解釋唐時柳州無井呢？我想可能與下面兩個因素有關。一是柳江改道，中唐時的柳州城居民區在柳江故道上，土質疏鬆，容易崩塌。柳宗元在鑿井時還寫了一篇〈祭井文〉，文中說到「唯昔善崩，今則堅好」，就是明證。打井易崩難城，久而久之就形成一種迷信：打井破壞風水，老天不讓挖井。這也就是柳宗元在〈井銘〉中所說的「怨惑訛言，終不能就」。這樣長期以往，曾有過的漢井也塌圮毀廢了。柳宗元通過當地專家，選井址於城北湟上，動用了大量的人力物力，深挖七丈四尺，並用特製的大磚一千七百餘塊，才得以成功。這也從反面證明此柳江故道上鑿井之難。二是柳江穿城而過，雖涉艱難，畢竟有水可飲，於是避難趨易，害中取小，不再打井了。

　　天井院的兩側是碑廊，陳列宋元以來的碑刻四十多件，以及柳宗元治柳州其間的文物資料。天井院的正北為正廳，內有柳宗元和他三位部將魏忠、謝寧、歐陽翼的畫像，為元代石刻。畫像的左右即是著名的羅池廟碑和荔子碑，荔子碑高2.2公尺，寬1.20公尺，為黑色大理石碑，碑文是韓愈為

柳州民眾祭祀柳宗元而寫的祭歌〈迎享送神詩〉。因此詩的
開頭一句是「荔子丹兮黃蕉」，故得此名。此碑立於宋寧宗
嘉定十年（1217），碑文為蘇軾書，鐫刻刀鋒圓熟，筆畫豐
腴流走，朱熹稱之為「奇偉雄健」，明代王世貞更評為「蘇
軾書中第一碑」。此碑融合柳宗元之事蹟，韓愈之詩文，蘇
軾之書法，所以一問世，即被視為珍品，稱為「三絕碑」。
此碑經歷頗為坎坷。此碑立於宋寧宗嘉定十年，距蘇軾去世
已一百六十年。為什麼蘇軾的碑書一百多年後方刻石立廟
呢？這與當時的黨禁有關。宋徽宗崇寧年間，新黨復起，視
蘇軾等舊黨為仇敵。蔡京等在朝門外立黨人碑，開列三百零
九人的舊黨名單。他們的著作一律銷毀，子女永遠不能在朝
為官，甚至忠貞家庭的子孫也不准嫁娶「元祐黨人」。作為
舊黨之首的蘇軾著作當然首當其衝，他題寫的碑碣當然也不
能幸免。崇寧二年曾下詔：「應天下碑碣傍額係東坡書撰
者，並一律除毀。」（吳曾《能改齋漫錄》）因此，荔子碑當
然亦在除毀之例。直到南宋乾道六年（1170），孝宗朝徹底
為蘇軾平反，賜諡為「文忠公」，並贈以太師高位，這以後
才會有嘉定年間的重新刻石。但是此碑的坎坷並未就此為
止。從宋代到明代，該碑又在兵燹中迭遭厄運。據清代《馬
平縣志》載，此碑曾因兵燹毀棄，不知下落，直到明嘉靖年
間修築柳州外城，才從地下失而復得，但碑之一角已殘斷。
二十世紀五十年代初，柳侯祠被改為柳州市教育局辦公室，
荔子碑被砌入辦公室牆壁之中，用石灰泥巴塗得與牆壁渾然
一體。「文化大革命」中，為逃避「紅衛兵」掃「四舊」的

厄運，好心人又把此碑埋入污泥之中。直到改革開放之今日，已殘斷的荔子碑方被視為國寶，鑲以大理石邊，矗立於正廳之內，供海內外人士觀賞。至於唐長慶三年（823）立的〈柳州羅池廟碑〉韓愈撰文，沈傳師（貞元進士，吏部侍郎，工書法）書，因是名人名文名書法，所以也同荔子碑一樣，也有「三絕碑」之譽。所不同的是：自宋代以來，對此碑的真偽一直存疑。不過據我所考，此碑應是真跡。因為認為是偽作者主要有以下三個理由：第一，碑刻落款年月是穆宗長慶元年，但碑記中所列的韓愈和沈傳師的官銜則皆是長慶二年後所授；第二，劉禹錫為柳宗元所編的《河東先生集》「序」中，提到韓愈為柳寫的兩篇紀念性文章：〈柳子厚墓誌銘〉和〈祭柳子厚文〉，唯獨沒有提到「羅池廟碑」；第三，柳宗元在柳州任職是刺史，到宋代才被加封為文惠侯，而「羅池廟碑」卻稱柳宗元為柳侯。另外還有一些個別人提出的疑點，諸如：「從書法上看，也不像沈傳師字體」；柳宗元生前沒有提到過羅池，劉禹錫也沒有提到過羅池，「偏偏韓愈在柳宗元死後四年，對羅池如此感興趣，不能不使人疑是偽作」；「廟碑內容、風格與〈柳子厚墓誌銘〉、〈祭柳子厚文〉完全不同」①。關於第一個疑點，歐陽修和朱熹都認為是「後人傳模者的誤刻」。其實更大的一種可能是羅池廟與羅池廟碑之間有個時間差：羅池廟建於長慶元年，

①楊群〈柳州羅池廟碑質疑辨偽〉，《柳學研究動態》1987年5期。

「羅池廟碑」則作於長慶二年之後（歐陽修認為是長慶三年），但沈傳師在書碑時為了與建廟時間保持一致，倒填了年月，這樣造成了「羅池廟碑」落款為長慶元年，文中卻出現了韓愈、沈傳師長慶二年才得到的官號。在古代寺廟碑記中，建廟在前，作碑在後的事例是不少的。再退一步說，無論歐陽修還是朱熹，都只是說後人誤刻，也從未懷疑此碑的真實性。至於第二點疑問則決定於劉禹錫寫《柳河東集・序》的時間。柳宗元死於元和十四年（819）十一月八日，韓愈的〈祭柳子厚文〉作於元和十五年五月，至於〈柳子厚墓誌銘〉的寫作時間，據劉禹錫〈祭柳子厚文〉中提到的韓愈袁州改牧一事，應為元和十五年九月。而從第一點的考論可知，「羅池廟碑」則寫於長慶二年之後，此時距柳宗元去世已經近四年。我們可以據此推測劉禹錫的《柳河東集・序》作於元和十五年九月之後，長慶三年之前，這樣看到韓愈寫的前兩文而沒有看到「羅池廟碑」則是很正常的。我們不能設定劉禹錫的《柳河東集序》一定寫於「羅池廟碑」之後，並以劉文未提「羅池廟碑」為據，來反斷此碑是偽作。至於第三點，似更不足據；其一，古代稱州牧為侯，這是通例，《詩經》孔穎達疏就說「侯為州牧也」，李清照就稱知湖州的丈夫趙明誠為「趙侯」，韓愈在〈送楊少尹序〈中稱河中郡少尹楊巨源為「楊侯」，所以韓愈在「羅池廟碑」中稱時任柳州刺史的柳宗元為「柳侯」毫不足怪。其次，古代詩文中也常將「侯」作為士大夫的尊稱，如杜甫稱李白為李侯：「李侯有佳句，往往似陰鏗」，「李侯金彥閨」②；韓愈稱員

外郎殷侑為「殷侯」③，皆是例證。至於說柳宗元、劉禹錫
文章中沒有提到羅池，應當是很正常的。因為韓愈提到羅
池，是因為柳州人在羅池為柳宗元建廟，柳宗元生前不可能
預知死後四年，柳州人要在羅池為他建廟，甚至不會想到他
會死在柳州。在柳的眼中，羅池不過像柳州的其他許多處所
一樣，他不可能處處都寫入詩文之中。劉禹錫未提羅池，也
只能說明《柳河東集・序》是寫於建羅池廟之前。至於內容
風格方面的問題，一是不同的文體需要不同的風格，就像曹
丕在《典論・論文》中所說的那樣：「蓋奏議宜雅，書論宜
理，銘誄尚實，詩賦欲麗」，我們怎麼能要求墓誌銘、祭文
和廟碑是同一種風格呢？再說，一個大作家、大書法家都會
有多種風格，這正是他的偉大之處：杜甫詩歌公認的風格是
沈鬱頓挫，但他的〈聞官軍收河南河北〉卻是一個「喜」字
貫穿其中，完全是開朗樂觀基調；李白詩歌以豪放飄逸名
世，但他的〈宿五松山下荀媼家〉卻是那麼質樸與內斂。更
何況，韓愈一生「惟陳言之務去」，以創新為己任呢！所以
以風格不同來斷定「羅池廟碑」為偽作，似無多少道理。

　　柳侯祠正廳之後約十公尺，即「柳侯墓」。元和十四年
十一月初八日，柳宗元歿於柳州。一年後，由其表弟盧遵將
靈柩運回京兆萬年縣棲鳳原（今西安市臨潼境內）安葬。柳
州百姓為紀念這位偉大的詩人，就在其棺木厝放處建一座衣

─────────────

②〈與李十二白尋范十隱居〉，〈贈李白〉。

③〈送殷員外序〉。

冠塚。原為毛石砌墓，後於清代重建，碑題為「唐刺史文惠侯柳宗元之墓」。聯曰：「文能壽世，惠以養民。」「文革」中期這墓被「紅衛兵」毀平。「文革」末期「評法批儒」時才修復，郭沫若題額碑「唐代柳宗元衣冠墓」。衣冠塚的西北角有柑香亭。原來柳州人為紀念柳宗元手種黃柑二百株，遺惠柳州，曾在城西北角建柑子堂，堂內有刻石，刻有柳宗元的〈柳州城西北隅種柑樹〉一詩。據宋人陶弼詩中記載，宋時此堂和刻石仍在。其後原址塌廢，文物蕩然。清乾隆十九年（1754），始在東面的羅池上另建香亭，後又移至羅池畔，並立碑記其事。後又幾經反覆興廢，現在的柑香亭是二十世紀八十年代按照乾隆年間的樣式而重建的。

　　柑香亭之東即羅池。據明人李西涯〈羅池書屋記〉載：「羅池在柳州城東二百武，廣袤可數里。」唐代更在遠郊，面積更大。由於淤塞，池面逐漸縮小；到了清代，僅長十二丈，寬六丈了（清〈羅池廟址界碑記〉）。清代的柳州城區已擴大到羅池。它的南面即羅池街，街右為太平橋，現在已成為商業和文化的中心地帶了。

〈黃鶴樓送孟浩然之廣陵〉散考

　　唐玄宗開元十六年（728），李白在江夏（今湖北省武昌市）送友人孟浩然東去廣陵（今江蘇省揚州市）。送別之際，詩人面對雲水蒼茫之中漸行漸遠的一葉扁舟，重友誼傷離別的濃濃愁緒油然而生，內中也有種友人離去、獨處天地之間的孤獨感。下面對詩中涉及的黃鶴樓、揚州、孟浩然、李白與揚州的關係，以及對詩意、詩句的不同理解做一散考。

關於黃鶴樓

　　黃鶴樓為江南四大名樓之一（其餘三座為江西南昌的滕王閣、江蘇鎮江的北固樓、湖南岳州的岳陽樓），原在武昌城西南二里的黃鵠磯上。有的文章云黃鵠磯位於蛇山的首部①，不確。黃鵠磯與蛇山並非一地。因西元 1956 年修建武漢長江大橋，要利用黃鵠磯作為橋墩底座，方將黃鶴樓由黃鵠磯遷於今址——蛇山之上。黃鶴樓始建於三國時代的孫

----

① 易叔寒〈黃鶴樓的滄桑〉，《中央月刊》6 卷 12 期，1974 年 10月。

▲武昌黃鶴樓

吳，據《元和郡縣圖志》：「吳（大帝孫權）黃武二年
（223），城江夏以安屯戍地也。城西臨大江，西南角因磯為
樓，名黃鶴樓」。因兵燹、水患諸原因，屢遭毀壞，亦歷代
都有興建，而且建築樣式皆有所不同。現今的黃鶴樓為西元
1993 年武漢市政府所建，樣式仿唐，樓高七層，外圓而內
方。至於為何叫黃鶴樓，有各種說法，但都與仙人過境有
關：《太平寰宇記》云：「昔費文瑋登仙，每乘黃鶴於此樓
憩駕，故號為黃鶴樓」；《南齊書‧州郡志》則記為仙人王

子安:「夏口城據黃鵠磯,世傳仙人子安乘黃鵠過此也」;當地還有個傳說:有位辛氏曾在城西磯頭賣酒。有個道士前來飲酒數罈不醉,辛氏知是奇人,殷勤供奉而不索一文,道士臨別時,取佐酒之桔皮畫鶴於粉壁之上,每有客前來飲酒,鶴即起舞,四方聞之,前來飲酒觀看者塞途,辛氏亦因此致富。十年後,道士再來酒店,以手招鶴,遂跨鶴而去。辛氏遂於此處建樓以供奉。

　　黃鶴樓矗立於大江之濱,與北岸的龜山遙遙相對,上依河漢,下窺荊楚;鸚鵡洲供芳草於腳下,漢水長江交會於眼前。唐宋以來,即是登臨絕佳之處,墨客騷人題詠甚多,最出色者莫過於盛唐詩人崔顥的〈黃鶴樓〉:「昔人已乘黃鶴去,此地空餘黃鶴樓。黃鶴一去不復返,白雲千載空悠悠。晴川歷歷漢陽樹,芳草萋萋鸚鵡洲。日暮鄉關何處是?煙波江上使人愁」。詩人把古與今、傳說與現實、他鄉美景與客子之愁巧妙地結合在一起,並配之以白雲、大江、晴川、洲渚闊大的背景,更反襯出遊子的孤獨和人的藐小。確是一首不可多得的登覽詩,所以李白遊黃鶴樓時曾感嘆:「眼前有景道不得,崔顥題詩在上頭」。李白的〈登金陵鳳凰臺〉,其結構和表達方式也完全化用了此詩。黃鶴樓的楹聯,以近人的一幅長聯最為著名,上聯云:「數千年勝蹟曠世傳來,看鳳凰孤岫,鸚鵡芳洲,黃鵠漁磯,晴川佳閣,好個春花秋月,只落得剩水殘山。極目今古愁,是何時崔顥題詩,青蓮擱筆?」下聯是:「一萬里長江幾人淘盡,望漢口斜陽,洞庭遠漲,瀟湘夜雨,雲夢朝霞,許多酒興詩情,僅留下蒼煙

晚照。放懷天地窄，都付與笛聲縹緲，鶴影蹁躚」。晚清張之洞任兩湖總督時曾兩次重修黃鶴樓，今留下一篇〈重修黃鶴樓記〉和一幅名聯，聯云：「昔賢整頓乾坤，締造均從江漢起；近日交通文軌，登臨不覺歐亞遙」。

關於揚州

　　揚州又稱維揚、江都、廣陵，位於今日江蘇省境內長江北岸、長江與京杭大運河的交會處。揚州這一名稱有兩個不同的內涵：一是指中國的區域劃分。傳說夏禹治水後，將天下分為徐、冀、青、揚等九州。揚州包括的地域甚廣，大致包括今日的蘇、皖、浙、贛、閩等省和粵、豫、鄂部分地區，這是一個自然區域，並非實際上的行政區劃。當其作為行政區劃時，其使府駐蹕之地常常是揚州城，但在南北朝時卻是金陵（今日的南京市），如人們常引用的「腰纏十萬貫，騎鶴下揚州」②，即是指金陵，而不是人們常誤認的揚州城，南朝樂府中如「西曲」中的「江陵離揚州，三千三百里」的揚州，也是指金陵。我們在閱讀古典文學作品時必須注意。揚州的另一內涵是指揚州城，李白這首詩中所說的揚州和廣陵，即指此。關於揚州的歷史沿革和城址變遷大致如下：揚州之得名最早見於《尚書·禹貢》：「淮海惟揚州」。西元前486年，吳王夫差在今揚州市西北的蜀岡上築邗城，這就是歷史上最早的揚州城。漢初吳王劉濞在邗城基

②南朝·梁·殷芸《商芸小說》。

158

礎上擴建為吳國都城，城周長達十里半，下轄三郡五十三城，這大概就是揚州最早的行政轄區。漢景帝時，劉濞叛亂被誅，封地被中央削奪，劉非繼封為江都王，漢武帝時劉胥封為廣陵王，仍以邗城為國都，但轄地僅及邗城周邊，邗城也改稱江都和廣陵，其城池也逐漸向東擴建，其邗城原址稱為「內城」，向東擴建部分稱「東郭城」。三國時期，揚州為魏、吳邊境，戰亂頻仍，一度成為廢邑。隋文帝開皇九年，改廣陵郡為揚州郡；隋煬帝大業元年，又將揚州改回江都原名。唐高祖時又改為揚州，唐玄宗天寶九年又改稱廣陵。至肅宗時再改成揚州，從此至今，一直沿稱揚州，沒有再改其名。

隋煬帝大業元年（605），為了征高麗方便輸送兵源，解決「關河懸遠、兵不赴急」之困，也為了解決南北漕運，加強京城與洛陽的聯繫和對河北、江南等地控制，在開鑿關中通濟渠後，便著手開鑿溝通南北的京杭大運河。大運河北起涿郡（今北京市），南至餘杭（今杭州市），全長 2700 公里，是世界上最長的大運河，為蘇伊士運河的 10 倍，巴拿馬運河的二十倍。大運河開鑿以後，自唐至清，成為南北漕運和交通的主要幹線。而揚州位於大運河與長江交會之處，更成為南北交通之樞紐，四方商販雲集之所，歷來兵家必爭之處。被稱為「淮左名都」、「江淮鎖鑰」。隋煬帝三下江都，在蜀岡宮殿舊址新建了春草、歸雁、回流、光汾等十座宮苑，這就是著名的「揚州十宮」，十宮之外，又在邗溝的茱萸灣造了北宮，在江邊的揚子津修建了臨江宮，使揚州城

北迤邐數十里地，成為金碧輝煌的皇家宮苑。使揚州這座南
北通衢的商業大都會，又平添了幾分富貴氣象。唐代揚州城
的規模最大，地位也最重要，當時是揚州大都督府駐蹕之
地，與上游的荊州大都督府形成中國腹心的兩大軍事重鎮。
當時的揚州有兩重城：蜀岡之上的稱「子城」，亦稱衙城，
為揚州大都督府及其下屬各級官衙所在地；蜀岡之下稱「羅
城」，一稱大城，為商業區和居民區。據沈括《夢溪筆談》
介紹：大城南北長十五里一百一十步，東西長七里三十步。
天寶十四年，「安史之亂」爆發，北人大批南逃，經濟中心
亦隨之南移，作為東南軍事重鎮、大都督府所在地的揚州，
遂成為全國最大的經濟都會。中唐詩人王建有首詩形容揚州
的夜晚是「夜市千燈照碧雲，高樓紅袖客紛紛」(〈夜看揚州
市〉)。另外，我們從杜牧描寫揚州的一些著名詩句，如「二
十四橋明月夜，玉人何處教吹簫」；「春風十里揚州路，捲
上珠簾總不如」等可以看出，即使到了「近黃昏」的唐末，
揚州依然是十分繁華的。

關於孟浩然、李白的揚州之遊

　　孟浩然在三十歲與四十歲這十年間，曾多次漫遊於襄陽
與揚州之間，並留下為數不少的詩篇，與揚州有關的有〈揚
子津望京口〉、〈宿揚子津寄潤州長山劉隱士〉、〈廣陵別薛
八〉、〈登龍興寺閣〉等。其〈登龍興寺閣〉作於開元十五
年，亦即是他在武昌告別李白往京師途經揚州之作。龍興寺
在今揚州城內文昌閣東，今稱石塔寺，尚存唐代的石塔和古

▲揚州瘦西湖，遠處的弓形橋即「二十四橋」

銀杏。石塔分上下兩層，塔身由二十塊長方形石板和十一根
欄柱構成，兩層皆有精雕之佛像和如意花飾。千年銀杏至今
亦蔥蘢虬勁，樹高二十多公尺，幹粗要五人合圍，樹冠直徑
達十八公尺。其特點是，樹幹分兩枝斜出，成「V」字形，
石塔正居其空隙中間，成為揚州一大奇景。孟浩然在〈登龍
興寺閣〉中寫道：「逶迤見江勢，客至屢緣場。茲郡何填
委，遙山復幾哉。蒼蒼皆草木，處處盡樓臺。驟雨一陽散，
行舟四海來」，可以說是唐代的揚州襟山帶水、人口稠密、
商業繁榮的真實寫照。李白在開元十四年、天寶三年、七
年、十三年、上元二年曾數次遊揚州，到過吳王宮，登過大
明寺的棲靈塔，也與揚州的一批文士、道士結為好友，寫下
了〈廣陵贈別〉、〈留別廣陵諸公〉、〈秋日登揚州棲靈

塔〉、〈淮南臥病書懷寄蜀中趙徵君蕤〉、〈敘舊贈江陽宰陸
調〉等數首詩章。特別是天寶十三年（754），他在揚州遇到
青年詩人魏萬，萬為人「風流蘊藉，平生自負，人或為
狂」，但對李白十分仰慕，曾順著李白遊蹤，從梁園、東
魯，一直追蹤到揚州方與李白相見，歷程三千餘里。兩人一
見如故，遂定為忘年之交（這年李白約五十四歲左右），兩
人在廣陵、金陵流連數月臨別時，李白以〈送王屋山人魏萬
還王屋〉詩相贈，並把自己的全部作品交給魏萬，請他編
集，又以愛子明月奴相託，說：「爾後必著大名於天下，無
忘老夫及明月奴」。魏顥（魏萬後改名魏顥）後來果不負李
白之託，編成《李翰林集》，並為之作序。此集後來雖散
佚，但「序」卻流傳下來，為我們研究李白生平留下了寶貴
資料。

關於此詩的寫作年代及對「故人」的理解

王琦《李太白詩集注》認為該詩作於開元二十八年孟浩
然卒前，至於具體年份，未加細論；清末黃錫珪重編《李太
白年譜》，認為開元二十一年，李白「始識韓朝宗及孟浩
然」，李白作有〈贈孟浩然〉，至於〈送孟浩然之廣陵〉則作
於四年之後的開元二十五年；詹鍈在《李白詩文繫年》中
認為該詩「當是開元十六年以前之作」，〈贈孟浩然〉則作
於之後的開元二十七年。詹鍈的《繫年》影響較大，一般
學者多從此說或略有修正。如劉文剛的《孟浩然年譜》（北
京，人民文學出版社1995年版）就認為：「詹鍈先生《李

白詩文繫年》繫（該詩）於開元十六年之前，近是」，並具體定於開元十四年。上述的判定和分歧，與對孟、李的行年、交遊的判定以及對相關詩作的不同理解有關。我以為〈送孟浩然之廣陵〉應作於開元十五年（727）春，〈贈孟浩然〉應在此之前，不早於開元十三年秋，亦不會晚於開元十五年春。其理由如下：

第一、李白於開元十三年（725）離鄉，沿江東行至荆州，這點史家並無疑義，亦有相關史料和詩作作為佐證。李白的〈渡荆門送別〉：「渡遠荆門外，來從楚國遊……仍憐故鄉水，萬里送行舟」；〈荆州歌〉：「白帝城邊足風波，瞿塘五月誰敢過」；〈秋下荆門〉：「此行不為鱸魚鱠，自愛名山入剡中」。可見其五月還在白帝城，秋天又離開荆州東行往浙東的剡溪一帶。那麼，李白初到荆州的時間應是夏秋之交，同孟浩然的初識亦應在此時。因為孟浩然的家鄉襄陽離荆州僅幾十里地，他隱居地鹿門山也在附近，孟此年三十七歲，詩名早著，為了求學和求名而出川的李白，到荆州如不拜會孟浩然，反倒是不可理解。我以為〈贈孟浩然〉即作於初識之時。全詩八句，皆為頌揚之詞，首句稱孟為「夫子」，皆符初識交友之道，特別是最後兩句：「高山安可仰，徒此揖清芬」充滿崇拜之情，也符合兩人的年齡和此時的身分：孟浩然此時三十七歲，八年前就寫過有名的〈臨洞庭湖贈張丞相〉等詩章，名聲早著；李白此時則是個剛出道的二十五歲的小青年，況剛從封閉的巴蜀來到中原西部大都督府所在地荆州，虛心和仰慕自在情理之中。今人楊承祖通

過對唐代贈人詩的分析後認為：「唐代以詩投謁或初會相贈，則甚為普遍，制題的形式，通常是「贈□□□」。作者並將李白的約一百一十首贈人詩加以分類，剔出其中屬於初會的約有八首左右，楊氏分析這些初會贈詩有以下幾個特徵：都以極大比例的篇幅頌美所贈者的德行、操守、宦績或才華，最後以自己的企慕作結；對所贈者的頌美，幾乎都是從篇首直起；詩意謹正，多用四韻律體；時常用「仰清芬」、「慕清芬」作結，如〈贈瑕丘王少府〉的結尾：「無由接高論，空此仰清芬」；〈贈張公洲革處士〉：「斯為真隱者，吾黨慕清芬」③。〈贈孟浩然〉與上述特徵都較吻合，應當屬於初識相贈。有人認為，如果將〈贈孟浩然〉定於開元十三年，此時孟只有三十七歲，似與詩中所云道「白首臥松雲」不合。這似可不必擔心，因為這裡是讚揚孟的終生追求，並非指眼前年齡。就是指眼前年齡，也可解釋：宋代的歐陽修在〈醉翁亭記〉中說自己是「白髮蒼顏，頹乎其間」，其實歐陽修當時的年齡剛滿四十，正如他在同時寫的〈醉翁亭〉一詩中所云「四十未為老，醉翁偶題篇」。道學如歐公，都可作此誇飾之詞，何況以浪漫著稱的李白呢？

　　第二、〈黃鶴樓送孟浩然之廣陵〉應在〈贈孟浩然〉之後，因為此詩中稱孟浩然為「故人」，自然不是初識。有的學者將此詩排於〈贈孟浩然〉之前，主要是礙於對〈贈孟浩

---

③楊承祖〈李白贈孟浩然與黃鶴樓送孟詩的年序問題〉，「李白與天姥」國際學術討論會，浙江新昌 1999 年 5 月。

然〉詩句的理解：該詩中有「紅顏棄軒冕，白首臥松雲。醉月頻中聖，迷花不事君」等句，認為這是說孟浩然入京無遇返鄉之事，而此事發生在開元二十三年，所以清末黃錫圭《李太白年譜》，將〈贈孟浩然〉定於開元二十一年，李白始識孟浩然之時，〈黃鶴樓送孟浩然之廣陵〉則定於四年之後的開元二十五年；詹鍈則把〈黃鶴樓送孟浩然之廣陵〉放在〈贈孟浩然〉之前，認為〈贈孟浩然〉作於開元二十七年。其實如果不受這個典故的左右，跳開一想，就不會這樣左右支絀。因為這四句詩並未說到孟浩然在京求官受阻，只好歸隱田園這個所謂「不才明主棄」的韓朝宗推薦事，只是在讚揚孟的人品風流，不隨流俗，具有仙風道骨的人品和處世態度。此時孟浩然正在鹿門山隱居，不願為官作宦，追求隱逸中的真趣，正是他此時的標榜和友人們對他的讚揚，如：他此時與好友薛八同遊雲門寺所表白的「上人亦何聞，塵念俱已捨。四禪合真如，一切是虛假。願承甘露潤，喜得惠風灑。依止此山門，誰能效丘也」④；遊彭蠡時又說「久欲追尚子，況茲懷遠公」，「寄言岩棲者，畢趣當來同」⑤。作為初交的李白，讚揚對方當然要尊重對方的意趣，更何況，在李白眼中，這種風流倜儻、追求酒中乾坤而不為俗務，正是孟浩然的高潔之處，也是兩人一見如故，不久就稱

---

④〈雲門寺西六七里聞符公蘭若最幽與薛八同往〉，李景白《孟浩然詩集校注》，巴蜀書社1988年版，5頁。

⑤同上，23頁。

對方為「故人」的思想基礎。所以我以為這不應成為判別兩詩先後的障礙,按「故人」這一生活常識,〈贈孟浩然〉應在前,〈黃鶴樓送孟浩然之廣陵〉應在後,其具體時間應為開元十五年(727)春。因為如上所述,李白於開元十三年秋即離開荊州沿江東下,到過廬山,寫下〈望廬山瀑布〉、〈別東林寺僧〉、〈廬山東林寺夜懷〉等詩作,然後遊金陵、揚州、客汝海,寫下〈月夜金陵懷古〉、〈等瓦官閣〉以及上述的揚州諸作。此時孟浩然在荊州,正在為開元十三年去世的韓思復在峴山上立碑,兩人自然不可能相見,自然也談不上送別。只有當李白回荊州後才有可能。李白在〈上安州裴長史書〉中云:「許相公家見招,妻以孫女,便憩跡於此,至移三霜焉」。此書寫於開元十八年,以此推算,東南返回湖北,當是在開元十五年。李在〈送從侄耑遊廬山序〉也說「酒隱安陸,蹉跎十年」。按此推算,李白在黃鶴樓送孟浩然,不可能早於開元十五年。另一方面,據《新唐書‧孟浩然傳》:孟是「年四十來遊京師」。孟浩然四十歲是開元十六年,有的學者據此把〈黃鶴樓送孟浩然之廣陵〉定於開元十六年。實際上這裡有個誤差,即把《新唐書》中的「遊京師」的時間當成了去京師的時間。其實,孟浩然在開元十五年冬還在赴長安的途中,有詩可證,詩題就叫〈赴京途中遇雪〉,詩中寫道:「迢遞秦京道,蒼茫歲暮天」,明確指出已近歲暮,離長安還很遠。我們知道,古人行路,一天至多四、五十里,像孟浩然這樣的詩人還要賞景交友,就會更慢(有人計算李白流放夜郎的行程,就是按每天二十里計

算的）。所以能否在年前趕到長安都是個問題，否則就不會
在詩中發出「客愁空佇立，不見有人煙」的愁嘆了。即使在
年前趕到京師，在長安遊歷也是開元十七年了，與「年四十
遊京師」也不符。所以較為合理的解釋是：開元十五年春，
孟由韓朝宗的推薦去京師，詩人取水路先東去揚州，然後沿
大運河北上赴京，這才會有李白「煙花三月下揚州」的送行
之作。

關於對幾個詩句和詩意的理解

㈠是寫李送友人東去還是孟別友人東去

這本來不是個問題，從王琦的《李太白詩集注》到今人
的一些詮釋賞析，皆認為是描寫李白送友人東去時所見之
景，以及由此牽動的惆悵之情，如黃生的《唐詩摘抄》，云
此是「不見帆影，惟見長江，恨別之情，盡在言外」。今人
余恕誠也認為是「描寫詩人在黃鶴樓上目送友人漸漸遠去的
船帆，看見那船的影子消逝在天邊。友人已去，眼下只有長
江的水還依舊向天邊奔流」⑥。不同的看法是王達津提出
的。西元 1984 年 1 月 31 日，王在《光明日報》上發表
《〈黃鶴樓送孟浩然之廣陵〉一解》，文章認為這首詩「全寫
浩然所見，他的用意不但在寫旅人一路觀賞武昌以下的青
山，核心正是在寫青山盡時，浩然回過頭來瞻望黃鶴樓和故
人」。王的依據有二：一是陸游的《入蜀記》卷五中關於黃

---

⑥《唐詩鑑賞辭典》，上海古籍出版社 1988 年收。

鶴樓的一段記載，認為「孤帆遠影碧空盡」實為「孤帆遠映
碧空盡」，是寫「帆檣映遠山尤可觀，非江行久不能知
也」；二是據李白的〈將進酒〉等詩中「黃河之水天上來」
「黃河如絲天際來」等詩句，認定「寫江河天際流，必當指
上游」，所以望見「長江天際流」不是李白朝下游望而是孟
浩然朝上游望。這種新解除了「新」以外，並無多少可取之
處。首先，詩題是〈黃鶴樓送孟浩然之廣陵〉，主語自然是
李白，如果詩意是「浩然回過頭來瞻望黃鶴樓和故人」，那
麼詩題就應改為〈黃鶴樓別李白之廣陵〉了。其次，陸游所
說的「非江行久不能知也」也並非孟浩然莫屬，因為如上所
述，李白不但是乘舟出川，也數次乘舟東下金陵、揚州，江
行之久並不亞於孟浩然。何況李白在另一些詩篇中，也描述
和抒發了與〈黃鶴樓送孟浩然之廣陵〉相似的視覺景象和感
受，如〈江夏行〉中以代擬體寫一個少婦送別時的感受：
「去歲下揚州，相送黃鶴樓。眼看帆去遠，心逐江水流」。只
不過一個是間接的代擬，一個是直接的感慨抒發罷了。再
次，陸游所說的「遠映」也只是李白諸種版本中的一種異
體，並不能作為定論。溫順隆的《〈黃鶴樓送孟浩然之廣陵〉
新解獻疑》，曾列舉數種版本與此對勘，其結論是：「陸游
之說也未必就是定論」⑦。因此還是解為李白送友人東去，
目中所見和心中所感為宜。

---

⑦見《華中師院學報》1984 年第 3 期。

㈡「碧空盡」還是「碧山盡」

在《李太白集》諸本中，此句有的作「碧空」，有的作「碧山」。臺灣的《教師手冊》中作「碧山」，並解釋道：「如作『碧空盡』，跟下句天際流動『天際』意思差不多，景象嫌重複」，我以為，還是作「碧空」好，其理由有二：一是較符合荊州一帶的地理形勢。我們知道，長江出川時最後一道關口就是西陵峽，出了西陵峽後，就是一望無際的江漢平原。李白有首〈渡荊門送別〉，描寫他初次出川時的感受：「渡遠荊門外，來從楚國遊。山隨原野盡，月湧大江流」。黃鶴樓所在的武昌，正是江漢平原的腹心，古楚之地，沒有什麼高山大壑，是無法將「帆影沒在天邊的碧山里」的。二是這樣解釋比較符合詩意，也符合李白表現視覺的習慣。在李白著意構設的這幅送別圖中，畫面的上部是碧空，下部是江流，天地之間的東部是漸漸隱沒在天際的孤舟，西部則是孤立在黃鶴樓上目斷天涯的詩人，這樣才能顯示出天高地迥、呼號靡及，也才能反襯出人的藐小和孤獨。這與陳子昂的「念天地之悠悠，獨愴然而涕下」（〈登幽州臺歌〉）；杜甫的天空是「風急天高猿嘯哀」，江面是「渚清沙白鳥飛回」，中間是一位「百年多病獨登臺」的詩人，用的皆是同一種手法。如果換成「碧山」，他與江流同在畫面下部，就無法達到上述的藝術效果。另外，從李白的視覺習慣來看，也應是「碧空」而不是「碧山」。在上面曾提及的〈秋日登揚州棲靈塔〉一詩中，詩人寫其極目遠眺所見是：「萬象分空界，三天接畫梁。水搖金剎影，日動火珠光。鳥

拂瓊簷度，霞連繡栱長。目隨征路斷，心逐去帆揚」。遠眺中提到天空、江面、紅日、飛鳥，就是沒有提到山巒，其實揚州周圍倒是有山的，前面提到的王安石在瓜州渡寫的詩句中就有「鍾山只隔數重山」。詩中的「目隨征路斷，心逐去帆揚」，更是與〈黃鶴樓送孟浩然之廣陵〉的畫面相近。至於用「碧空」會使景象重複也屬多慮，因為從上面的分析來看，如此畫面更為協調，並不給人重複累贅之感；另外就是重複，也會加深詩人的情感分量，有利而無弊。君不見他的〈蜀道難〉乎？詩中反覆慨嘆「蜀道難，難於上青天」，也並不給人重複累贅之感，反為賀之章嘆服，驚呼為謫仙人。李白詩豪放灑脫，是詩中神品，自不能以常人常情繩之。

㈢「煙花三月」的「煙花」是「花」還是「煙」

上面提到的《教師手冊》說「有二解：一解為形容薄霧彌漫，百花盛開的情景；二解為百花盛開，一片如煙如霧的樣子」。其實，無論百花如何盛開，也無法形成「如煙如霧的樣子」。古人形容花多、花盛，也從不用煙霧來形容，而是用「似錦」（繁花似錦），亂花（白居易〈錢塘湖春行〉「亂花漸欲迷人眼」）。倒是描寫柳樹，尤其是長堤上的柳樹，常用煙來形容，如「無情最是章臺柳，依然煙籠十里堤」，「堤上柳如煙，雁飛殘月天」等。因為柳條長垂，飄水拂綿，確實如煙似霧。當然，「煙」也並非是「薄霧」，因為「薄霧濃雲愁永晝」（李清照〈醉花陰〉）是種慘澹的景象，這裡指的是春日特有的嵐氣，而且是晴日才有，山腳和

水面更濃，故又稱「晴嵐」。宋人話本《碾玉觀音》中的
〈鷓鴣天〉詞：「山色晴嵐景物佳，暖烘回雁起平沙」即是
云此。所以我們據此又可知：李白在黃鶴樓頭送友人，是一
個麗日青天的陽春三月，江面上升騰著白茫茫的嵐氣，這片
低浮的嵐氣不但使遠去的孤舟更快地消逝在詩人的視覺之
中，而且使送別的場景更美、天氣更美，更能反襯出詩人對
友人的眷戀和離別後的孤獨之情：「景美而情惡」，詩人在
此運用的正是傳統的反襯之法。

王維〈使至塞上〉地名、詩意考

　　〈使至塞上〉是王維早年的詩作，也是幾千年來膾炙人口的名篇。詩中敘述了他隻身赴邊的經歷、描繪了途中所見到的景象，也暗中抒發了單車出塞的感受。其中的「大漠孤煙直，長河落日圓」更是傳誦千古的名句。但無論是對這一名句的理解也好，還是對王維此時心情和處境的闡釋也好，歷來都存在若干分歧。下面我想將此詩放在唐開元後期吐蕃與唐關係的大背景下，來探討王維此詩的價值；再從區域地理的特徵以及畫面、詩意的建構上對若干分歧進行索解。

開元後期唐與吐蕃關係和王維的塞上之行

　　唐王朝在不同時期，先後與近三百個少數族政權發生過關係。唐與「四夷」的關係，基本上可以分為四類：一是內附關係，如突厥一部、契丹、奚、高麗、安南等；二是宗藩關係，受唐冊封，但不隸屬，如新羅、天竺、驃國等；三是友好邦鄰，如波斯、日本等；四是時附時反，突厥、吐蕃、回紇等都屬這種關係。太宗滅東西突厥後，吐蕃就成了唐最主要的威脅，在太宗以後的兩百多年中，時戰時和，戰火延及今日的甘肅、寧夏、青海等整個西北地區，中唐以後的一

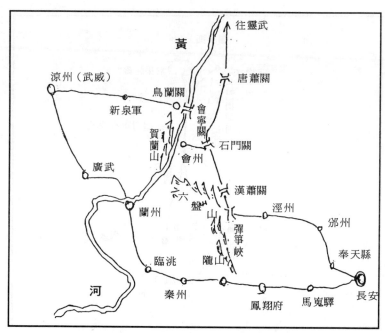

▲唐代由長安往涼州的南北兩條驛道

段時期，吐蕃的騎兵甚至直驅長安城下。而雙方的和戰及力
量的消長，又與國勢和執政者的素質關係極大。高宗時期，
吐蕃最盛，「盡受黨項、諸羌之地。東與涼、松、茂、儁等
州相接，南至波羅門（印度），西又攻龜茲、疏勒等四鎮，
北抵突厥，地方萬餘里。自漢魏以來，西戎之盛，未之有
也」①。當時唐高宗派曾大破突厥的薛仁貴率眾十萬伐吐
蕃，結果大敗而歸。但到武后時又發生逆轉：「至（武后）

①《舊唐書·吐蕃上》。

173

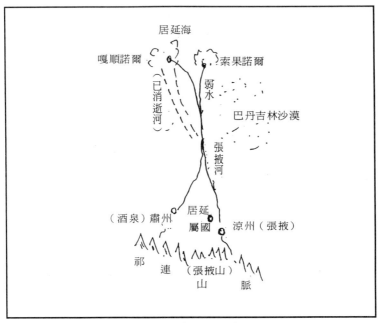

▲居延海與長河示意圖

長壽元年（692），武威軍總管王孝傑大破吐蕃，復奪安西四鎮——龜茲、于闐、疏勒、碎葉。置安西都護府，發兵鎮守之」⑵。中宗、睿宗時代則以和親為主，中宗曾以金城公主下嫁。玄宗開元年間，雙方戰事又起，從開元二年到王維出塞的開元二十五年，雙方在涼、瓜、甘等州共有過十一次大規模的交鋒。衝突的原因固然由於河西、九曲地區水肥草美又出產名馬，吐蕃志在必奪外，與開元末年唐玄宗由於國

⑵同⑴。

力強盛開始好大喜功、縱容邊帥輕開邊釁有極大關係。例如
王維出使的這次就是如此。在此之前的開元十八年，吐蕃曾
因兵敗遣使求和，玄宗應允並遣皇甫惟明出使吐蕃。贊普棄
祿速贊和金城公主大喜，悉出貞觀以來所得敕書以示惟明，
遣其大臣論名悉獵隨惟明入貢。第二年，唐又遣鴻臚卿崔琳
使吐蕃，帶去茶、帛等禮物，吐蕃復遣使者來京，求金城公
主所需《毛詩》、《春秋》、《禮記》等儒家典籍，以示歸順
王化之意；同年秋，又遣其相論尚它律赴京，請開赤嶺為互
市，玄宗允准，雙方復歸於好，河隴安定。但到了開元末，
當年勵精圖治創造了開元盛世的唐玄宗，已成了「開邊意未
已」的武皇，諸將風旨，更以輕開邊釁來爭寵邀功。開元二
十五年的這場戰事即是如此。開元二十四年，時為河南、陝
運使的崔希逸遷為河西節度副使③。崔到任後，於次年三月
與吐蕃守將乞力徐殺白狗為盟，雙方撤除守備，以示通好。
但其部下孫誨邀功，力奏可以乘機掩殺，以絕邊患。玄宗不
顧道義准奏，並派宦官趙惠琮前去監軍。這件背盟犯邊之事
在《舊唐書·玄宗紀》中卻成了赫赫戰功：「三月乙卯，河
北（西）節度使（應為副使）崔希逸，自涼州南率眾入吐蕃
界二千餘里。己亥，希逸至青海西郎佐素文子嘴，與賊相
遇，大破之，斬首二千餘級」。也就是在這種「天子非常賜
顏色」，鼓勵、慫恿輕開邊釁的大背景下，當時在京任右拾

---

③《舊唐書·玄宗紀》為「河北節度使」，誤，現據劉維崇《王維
　評傳》，臺北：正中書局，34頁，改。

遺的王維被任命為監察御史去涼州「宣慰」，並擔任崔希逸幕府的判官。當時從長安到涼州有南北兩條驛道：北道從咸陽出發，沿隴山山脈向西北，經邠州（今邠縣）、涇州（今涇縣）、原州（今固原市），在瓦亭關穿過彈箏峽越六盤山北上，到會寧關再折向西北，經會州（今會寧縣）過烏蘭關達河西節度使府涼州（今武威市），全程一千八百餘里④。王維此次出使即是循此線，後來的高適、岑參赴安西，杜甫去秦州亦是沿此線。南道出咸陽循隴山南麓沿渭水西行，經馬嵬驛、武功（今武功縣）、扶風（今扶風縣）、鳳翔（今鳳翔縣）、隴州，在大震關翻越隴山到秦州（今天水市），西行至臨洮北上達金城縣（今蘭州市），再折向西北經廣武達涼州。〈使至塞上〉應當是寫於這次出行之後（這個問題下面將專論）。詩中不但出現「大漠孤煙直，長河落日圓」這種極為雄渾開闊的畫面，而且像「屬國過居延」、「蕭關逢候騎，都護在燕然」等敘述之中，也帶有某種誇耀帝國聲威的意味，情調也是樂觀向上，甚至有著某種期待，與整個朝廷甚至時代氣氛是合拍的。

〈使至塞上〉所涉及的若干地域

王維這首詩中，涉及安西都護府、居延塞、蕭關和長河等西北地域和區劃，下面逐一加以考釋：

---

④《元和郡縣志》卷40·涼州目，記為二千里；嚴耕望《唐代交通圖考》訂正為一千八百里，見卷2，344頁。

安西都護府。從唐太宗貞觀十四年起，陸續在周邊建立了八個都護府。其中的安西都護府駐地在交河，高宗顯慶年間徙於龜茲（今新疆維吾爾自治區庫車附近）。到了玄宗開元年間，只剩下安東、安北、安西、安南、北庭、單于六個都護府。其中安西都護府設在龜茲，下轄龜茲、于闐、疏勒、碎葉四鎮，轄區包括今日的南疆、甘肅部分地區，直至帕米爾以西的中亞廣大地區。該鎮在高宗時為吐蕃所占，到武后時為武威軍總管王孝傑奪回。玄宗天寶十四年（755），安西四鎮又被吐蕃侵占。當年，安史之亂起，唐王朝陷於內亂之中，無力再收復四鎮。吐蕃即以四鎮為基地，不斷內侵。代宗廣德二年（764），吐蕃攻陷長安，代宗出逃陝州。到德宗時，雙方簽盟，唐王朝以割讓河西大片土地來換取停戰，安西遂為吐蕃所有，直至唐懿宗咸通五年（864），吐蕃因內亂而亡止，此時「唐亦衰焉」。

居延，有兩種內涵：居延縣與居延海。居延海在今內蒙古自治區巴顏卓爾盟的額濟勒旗，是河西通往漠北的門戶。漢武帝時代北擊匈奴，往往就是從居延出兵。據《漢書‧霍去病傳》：「將軍霍去病、公孫敖出北地二千餘里，過居延，斬首虜三千餘級」。由於乾旱等原因，居延海今日已變成草原和牧民居住區的額濟勒旗。但至少在北宋，居延海一帶還是煙波浩淼、鷗鷺出沒之處，並仍是中原通往西域的一條主要通道。據《宋史‧高昌傳》記載：宋太宗太平興國六年（981），「太宗遣供奉官王延德，殿前承旨白勳使高昌（今日的吐魯番）」。王延德等後來將出使的經歷寫成奏章覆

命，這就是〈使高昌記〉。記中對其經過的居延海一帶有段描敘：「次歷阿敦族，經馬駿山望鄉嶺，嶺上石龕有李陵題字處。次歷格羅美源，西方百川所匯，極望無際，鷗鷺鳧雁之類甚眾」。這個百川所匯的格羅美源就是居延海，有李陵題字的馬駿山就在其東北。另一是當年匈奴人歸附後的居住地，在涼州（今張掖市）西北一百六十里處。居延本在漠北，為匈奴一個部族的居住地。漢武帝時，匈奴內訌，昆邪王殺休屠王，率四萬餘眾降漢，漢武帝設五個屬國來安置其眾，其中一個屬國在張掖附近。王維在詩中所云的「屬國過居延」就是指此，而且是沿用漢代的稱呼，並非如有的選注所云「經過了居延這個唐朝的附屬國」。歷代關於居延的記載有一些含混，未將居延海、匈奴人歸附後的居住地和原住地加以區隔，甚至將這三者混淆，這是我們在閱讀史籍時需認真注意的，如張守節的《史記正義》，引《括地志》，說居延距張掖「千六十四里」；《史記考證》則記為一千六百里；唐《元和郡縣志》則云「居延海在甘州張掖縣西北一百六十里。即居延澤，古文以為流沙者」。至於今天有的學者在《王維詩選》注釋中所云，居延是「漢建縣，屬張掖郡」⑤，如指的是匈奴人歸附後的居住地，則應是居延屬國而不是居延縣；而王維所經過的恰似居延縣而不是居延屬國。至於居延海到張掖的距離，今居延海雖不存，但遺址仍在。如

⑤陳貽焮《王維詩選》，北京：人民文學出版社 1983 年版，101 頁。

果我們沿著張掖西北的弱水，經流沙到達額濟勒的嘎順諾爾、索果諾爾這些當年的居延海地區，正好是一千里左右。所以最早的地書《括地志》的記載是正確的。

蕭關，即古隴山關。這又有漢代蕭關和唐代蕭關之別。張守節《史記正義》，謂在原州平高縣（今甘肅省平涼縣）境內；《元和郡縣志》具體指在「縣東南三十里」。其實這所說的都是漢代的蕭關。漢代的蕭關位於六盤山東的隴坂之上，下臨彈箏峽，是河西節度府的東大門，也是中原進入西北或外族入侵關內的咽喉之處。漢文帝十四年（前165），匈奴由西北攻入蕭關，殺北地都尉；武帝時衛青、霍去病等西擊匈奴，則是由此出塞。唐代在漢代蕭關北二百一十里處，清水河東側設蕭關縣，這就是唐蕭關。唐代的蕭關並非中原通往河西、安西等節度府的要塞，而是位於通往朔方節度府（使府在靈州，今靈武南）。南朝何遜詩：「候騎出蕭關，追兵赴馬邑」，指的就是此蕭關。因此王維去河西節度府，是不經過唐蕭關的，同「屬國過居延」一樣，仍是沿用漢代的稱呼。

長河，即弱水，又叫張掖河。發源於祁連山北麓的甘州（今張掖市）附近，沿祁連山和合黎山之間的峽谷流向西北，在與肅州（今酒泉市）附近發源的酒泉河匯流後，又在寧寇軍（今同城鎮）分為數支流向居延海。西邊的兩條分別叫木林河、納林河，今已消逝；東邊的兩條叫弱水，分別流向今日仍存的兩個淺海嘎順諾爾和索果諾爾。居延海消逝後，這條長河就成了額濟勒草原的生命河，它所匯聚的嘎順

諾爾和索果諾爾兩個淺海，是周邊的額濟勒草原阿爾泰戈壁灘上唯一的一塊綠洲。

對〈使至塞上〉若干詩意的理解

㈠關於「征蓬出漢塞，歸雁入胡天」的內涵

　　有一些注本和賞析文章認為這兩句表現了王維因受排擠、不得已而赴邊的「悒鬱和激憤之情」。如王長立在一篇鑑賞文章中說：這兩句「是用比喻的手法寫自己的處境和心情。詩人先把自己比成隨風飄飛到塞外的蓬草，以蓬草的行止全由無法抵禦的強風支配，表明此次出使是因受排擠而成行，非是己心所願；再把自己比成由於天氣轉暖而向北飛去的歸雁，以歸雁的南來北去都受氣候變化的支配，來暗示自己的行動是受朝廷差遣，實乃身不由己」⑥。其實，如果要說這當中有離家萬里的孤獨感，或是表現了西行路上的艱辛，尚在情理之中，這也是長途跋涉者幾乎都會產生的人生感受。但如果要說這是比喻王維此行是身不由己，是由於受排擠而產生的憂鬱和激憤，就有點想當然了。產生這種想當然的原因在於：一些研究者認為王維的這次赴邊，與張九齡的罷相有關。開元二十五年四月，監察御史周子諒上書彈劾牛仙客，玄宗大怒，將周廷杖而死，時為宰相的張九齡亦因

_____

⑥張秉成主編《歷代詩分類鑑賞辭典》，北京，中國旅遊出版社1992年版，219、220頁。

曾引薦周而獲罪，被貶為荊州長史。張是一代名相，對王維有知遇之恩（王任右拾遺即是張的提拔）。張的被貶實是李林甫陷害的結果，而朝政亦由張九齡罷相和李林甫的執政走向昏暗。這事對王維的震動當然很大，但這只是王維生活和思想變化的一個大背景，並不意味著在此時的每一首詩作中都會有所表現。這種情形在歷代詩人的詩作中皆不乏例舉。如杜甫避亂成都，總的趨勢是生活困頓、憂國憂民。但這並不妨礙他在個別詩作如〈江畔尋花絕句〉中的盎然興致和生活情趣；也不妨礙在草堂落成之際寫出〈堂成〉、〈村居遣興〉等輕鬆悠閒的詩篇。王維的這首〈使至塞上〉也是如此，他是要通過這次獨特的人生經歷，來描述與平日迥然不同的異域風光。這當中不單有初至邊塞、服役於軍中的新鮮感和興奮感，還通過自己的親身感受，對大唐帝國疆域遼闊的隱隱的自豪感和使命感。從中確實看不到被排擠的激憤和不得已赴邊的傷感。我從以下三個方面加以證實：一是從王維此詩的結構和立意來看。有人說王維此詩是紀行之作，時間的順序和西行的路線是結構全文的線索。實際的情形並非如此。王維是個南宗畫派代表人物，擅長寫意，有名的〈雪裡芭蕉圖〉就是明證。這種創作傾向在他的這首詩中也有表現：他並沒有按西行的路線依次寫來，首聯中的「屬國過居延」應在快到涼州之時，如上所述，居延縣距張掖只有一百多里；而結句中的「蕭關」則是由秦登隴的第一道關隘。而大漠、長河又應在「過居延」之前。至於「蕭關」、「居延」屬國，則又刻意以漢代唐。究其原因，都與詩人的創作意圖

有關，也與詩人的身分有關：詩人此時是宣慰使，是要去慰問剛獲大捷的河西軍，並要去崔希逸使府任職，因此這次大捷也可以看作是自己將要隸屬的部隊的勝利。所以他要以漢代的匈奴族歸附來宣揚唐帝國的聲威，以漢代霍去病的勒石燕然，作為對他將任職的部隊主帥的讚頌。其中有國力、兵力強大的自信，也有對即將任職的這支剛獲大捷的部隊的自豪，當然更有對軍中統帥的揄揚，因為無論是從宣慰使的身分或是從下面要提及的兩人關係來看，這都是很正常的。如果說其中還夾雜著被排擠的激憤和不得已赴邊的傷感，恐怕於此立意和結構方式都不太符合。

二是從王維在此前後的詩作來看。我們知道，唐前期社會中彌漫著一種尚武精神，所謂「寧作百夫長，勝作一書生」（楊炯〈從軍行〉），年輕時有著「欲奮飛」志向的王維當然也不例外，我們從他寫的〈李陵詠〉、〈少年行〉、〈燕支行〉、〈老將行〉等一系列詩作中，就可看出他「結髮有奇策，少年成壯士」的自許，和「拔劍已斷天驕臂，歸鞍共飲月支頭」的自期。所以他對單車赴邊、征戰立功不但沒有畏懼和悒鬱，相反倒有種興奮和期待。這種情緒和基調，在〈使至塞上〉的同期詩作中也有表現，如這首〈出塞作〉：「居延城外獵天驕，百草連天野火燒。暮雲空磧時驅馬，秋日平原好射雕。護羌校尉朝乘障，破虜將軍夜渡遼。玉靶角弓珠勒馬，漢家將賜霍嫖姚」。此詩下有自注：「時為御史，監察塞上作」。詩中描繪的塞外驅馬射雕場面，「朝乘障」、「夜渡遼」的作戰情形和天子的封侯賜姓之賞，都有

一種讚賞和誇張的意蘊，卻看不出其中的沮喪和悒鬱。正如
方回在《瀛奎律髓》中所云：「前四句目驗天驕之盛，後四
句侈陳中國之武，寫得興高采烈、如火如錦……其氣若江海
之浮天」。在此之後寫於西北的〈隴西行〉、〈從軍行〉、
〈陪竇侍御泛靈雲池〉等，也有類似的特徵。就連描述當地
少數民族風情的一些作品，也與抗擊外虜的鬥志相連，格調
也是昂揚向上的，如〈涼州賽神〉：「涼州城外少行人，百
尺峰頭望虜塵。健兒擊鼓吹羌笛，共賽城東越騎神」。

　　三是從王維與崔希逸的關係來看。崔在開元二十二年前
曾任鄭州刺史，這年八月，裴耀卿任江淮、河南轉運使，以
崔為副使⑦；開元二十四年遷河南、陝西轉運使，再遷河西
節度使，加散騎常侍，鎮守涼州。開元十三年，王維在貶所
濟州任司庫參軍時，裴耀卿任濟州刺史，對王維很賞識，王
亦冀求裴氏援引。裴後來為相，與張九齡一起將王維擢為右
拾遺。有人認為：王維由右拾遺調任監察御史並到崔希逸軍
中任職，很可能就是仍在相位的崔希逸的推薦⑧。劉維崇則
認為王維的母親崔太夫人與崔希逸同族⑨。有如此背景，至
少我們不能說王維赴邊任安西節度使判官，是「因受排擠而
成行，非是己心所願」，內心充滿「悒鬱和激憤之情」。況

⑦《新唐書‧食貨志》。
⑧楊文雄《詩佛王維研究》，臺北，文史哲出版社1988年版，頁
　79。
⑨劉維崇《王維評傳》，臺北，正中書局1972年版，79頁。

且，王維一到軍中，就替崔希逸草奏〈拜賜物表〉和〈祭牙門姜將軍文〉，可見關係並非一般，而且這種關係一直維持到崔希逸卸任以後，而且把一些關係身家性命的機密私事也託付王維來辦。如上所述：當崔希逸與吐蕃殺白狗定盟時，其部下孫誨邀功背盟，導致兩千餘名吐蕃將士被殺。「希逸以失信怏怏，在軍不得志，俄遷為 河南尹。行至京師，與趙惠琮（即玄宗派去監軍的宦官，引者注）俱見白狗為祟」。崔為了保命，要愛女出家以祈佛，並讓王維為其撰〈贊佛文〉以懺悔其罪。因此，我們雖無確證，王維此番西行去崔希逸處任職是自己請求或裴耀卿的推薦，但至少可以說是樂於此行的。

(二)對「大漠孤煙直，長河落日圓」的理解

這是歷來最為人稱道的一幅名聯，他極為準確地描繪出瀚海日暮時分雄闊又蒼涼的景象。其中孤煙自下而上，落日自上而下，使上下部景物在靜寂之中又充滿動感，整個畫面勻稱而又飽滿，更不用說其中蘊含的帝國聲威和國力的自信了。但正因為有名，受萬人注目，所以也產生不同的理解，這主要表現在對「大漠孤煙直」的解釋上。 清人趙殿成的注本中就有兩種解釋：一種解為烽火：「古之烽火，用狼糞。取其煙直而聚，雖風吹之不斜」；另一種解為龍捲風：「或謂邊外多回風。其風迅疾，裊煙沙而直上。親見此景者，始知『直』字之妙」。趙殿成只是把兩種說法都擺出來，用「或謂」加以區隔，並未軒此輕彼。今人因在其中選

擇一種而否定另一種，因而產生爭論。其中王秉鈞認為不可
能是烽火，理由是「河西在戰場千里之外，戍樓上自沒有點
燃烽火之必要。因之說成指烽火，就不符合實際，在大沙漠
裏也不典型。解作龍捲風，就更具有普遍性和典型意義」[10]。
這位先生大概受「烽火戲諸侯」的影響，以為點燃烽火表示
邊境有戰事，實際上在唐代正相反：沒有敵警時才點燃，稱
為「平安火」。如《資治通鑑‧唐紀》：肅宗至德元年六
月，哥舒翰兵敗潼關，「上（指玄宗）遣李德福等將監收兵
赴潼關。及暮，平安火不至，上始懼」。胡三省在注中引
《六典》云：「唐鎮戍烽候所至，大率相去三十里。每日
初、夜放煙一炬，謂之平安火」。所以，如將「大漠孤煙直」
解為烽火在無風的大漠上空直上雲天，正是邊患已靖，千里
平安的象徵，與結句「都護在燕然」相呼應，與作者讚頌崔
希逸的克敵之功和自己的宣慰使身分都是吻合的。

　　另外，從這首詩的構圖來看：此詩的前後兩句是敘事，
中間四句是描寫。這四句描寫之中，詩人用長河、落日、大
漠、孤煙、征蓬、歸雁六種景物，構成了一幅異常和諧又極
為壯闊的塞外秋色圖。畫面的上部有孤煙、征蓬、歸雁，下
部有長河、落日、大漠；長河、落日、大漠給人一種天荒地
老的寂寞感受，而孤煙、征蓬、歸雁又充滿了動感。而且皆
漸流漸遠、漸飛漸遠、漸飄漸遠，動態之中又使畫面顯得無

---

[10]《唐詩探勝》，轉引自譚紹鵬主編《中國古代文學名著爭鳴大
　　觀》，南寧，廣西教育出版社1992年版，247頁。

限的深邃：王維確是一位構圖的高手，無與倫比的畫師。詩人就是要從中來宣揚帝國疆域的廣漠和壯麗，漢家使者在漫漫征途中跋涉的孤寂和使命感，這個創作的意旨不但畫面割裂，意境不能統一，景物也只剩下了比喻意，那種王維山水詩特有的美感也就不存在了。

醉翁亭　豐樂亭　清流關

——歐陽修在滁經歷與詩文

　　宋仁宗慶曆五年（1045），北宋政壇又出現了政爭。在
此之前，保守派首領呂夷簡被罷相，另一位代表人物夏竦徙
於亳州（今安徽省西北），改革派代表人物富弼、韓琦、范
仲淹同在朝中二府（中書省、樞密院）主持軍國要務，推行
慶曆新政。但是時間不到一年，保守派便開始反撲。首先是
御史中丞王拱辰藉蘇舜欽宴請賓客，將其革職，再迫使其岳
父宰相杜衍自請免職。接著，夏竦又編造流言，說范仲淹、
富弼等結為朋黨，把持朝政。那時歐陽修擔任龍圖閣直學
士、河北都轉運按察使，見到范仲淹等正直受屈，而流言張
狂，遂挺身而出，作〈朋黨論〉以辨其誣。但是范、富等終
因被皇上起疑，也被迫離京。慶曆五年正月，任參知政事的
范仲淹出知邠州（今陝西省彬縣），樞密副使富弼出為河北
宣撫使，韓琦、杜衍也相繼被罷免。在此國勢傾危之際，歐
陽修又不顧自身安危，再次上書給宋仁宗〈論杜衍、范仲淹
等罷政事狀〉，為改革派仗義執言，並寫信責備為虎做倀的
諫官高若訥，罵他「不復知人間有羞恥二字」。八月，歐陽
修就被罷龍圖閣直學士、河北都轉運按察使之職，改知滁
州。

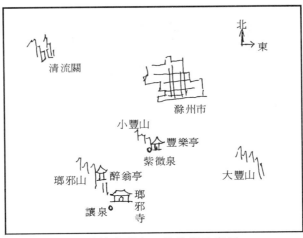

▲滁州瑯邪山‧清流關示意圖

　　歐陽修從慶曆五年八月知滁州，到慶曆八年閏正月改知揚州，在滁州居住共兩年五個月。他關心農桑，治理滁河，懲治污吏，使滁州百姓安居樂業，表現出一個政治家雖在遭受打擊後仍不考慮個人得失，時時刻刻為民為國的高尚操守。這與同期被貶的范仲淹在〈岳陽樓記〉中所說的「不以物喜，不以己悲。居廟堂之高，則憂其民；處江湖之遠，則憂其君」的襟懷完全一致。另一方面，他又陶醉於滁州的名山秀水之中，築亭建堂，探穴訪尋，自號醉翁，在山水之中尋求解脫和慰藉。在短短的兩年多時間裡，他寫下了〈豐樂亭記〉、〈醉翁亭記〉、〈菱溪石記〉、〈豐樂亭遊春〉、〈瑯邪山六題〉、〈題滁州醉翁亭〉、〈贈沈遵〉、〈石篆詩並序〉等十多篇詩文。數年之後，他還寫了〈憶滁州幽谷〉、〈思

▲瑯邪山間的醉翁亭

二亭〉等詩作，抒發他對滁州山水的懷念。這當中最著名的
當數豐樂亭和醉翁亭兩篇遊記。

瑯邪山與醉翁亭

　　歐陽修時代的滁州，還是個「舟車商賈、四方賓客之所
不至的偏僻之處。他上任滁州後，由於地僻事簡，民風樸
厚，又有山水之美，所以他在政事之暇能從容優游於山水之
間，心情也由離京時的憤懣轉為欣悅，認為是上蒼優厚他，
給了他這個好去處。他到滁州的第二年，治績初具，又遇上
個豐年，滁州人大悅，他更是高興。此時他在寫給好友梅堯
臣的信中說：「某此愈久愈樂，不獨為學之外，有山水琴酒

之適而已。小邦為政期年，粗有所成，固知古人不忽小官有以也。」正是這種心情下，這位詩人在瑯邪山的深處疏瀹了讓泉，並寫下了那篇以「樂」貫穿其中的名文〈醉翁亭記〉。

　　瑯邪山位在滁州西南五公里處，滁州西南是著名風景區，大豐山、花山、風山，群峰聳翠，其中最深秀者則是瑯邪山。瑯邪山古稱摩陀嶺，後來因東晉瑯邪王司馬睿曾寓居於此而改為此名。瑯邪山峻而秀，最高峰海拔 317 公尺，「山峰聳然而特立」，幽谷則「窈然而深藏」。山中有讓泉、紫微泉、歸雲洞、雪鴻洞等九洞十一泉，素有「蓬萊之後別無山」之美譽。瑯邪山腰有座古寺叫作瑯邪寺。瑯邪寺原名寶應寺，是唐代宗大曆六年（771）淮南路刺史李右卿和法琛和尚所建。據《瑯邪山志》，唐宋時期此寺香火極盛，僧人最多時達八百多人。古寺之外，有亭臺二十多座，最有名者如無梁殿旁的清風亭、洗筆亭，濯纓泉旁的三友亭、翠微亭，歸雲洞前的攬秀亭、日觀亭等。瑯邪寺周圍亭臺是歐陽修及其幕僚們的常遊之所。詩人的〈瑯邪六題〉即惠覺方丈、甘子泉、石屏路、歸雲洞、班春亭、瑯邪溪，都是詠歌這所古寺及其周圍的景色。其中的甘子泉瑯邪寺的僧堂前，因是唐右庶子滁州太守李幼卿所掘，故得此名。李白的族叔當塗令李陽冰為此泉作銘。歐陽修在詩中寫道：「庶子遺蹤留此地，寒岩徒倚弄飛泉。古人不見心可見，一片清光長皎然。」此泉今已枯竭，遺址在今寺中明月觀內。歸雲洞在寺後高嶺上，洞門刻「歸雲」二字，款署為「雙溪」，今仍完

好。瑯邪溪則在歸雲洞下，班春亭原在無梁殿側，今已毀圮。石屏路是寺後的一條山道，沿途有悟經臺、歸雲洞、清風亭、石上松等景致，除清風亭外，其餘景致今仍在。詩人在這幾首詩中所表露的情趣和心態，諸如〈班春亭〉的「信馬尋春踏雪泥，醉中山水弄清輝」，〈石屏路〉的「我來攜酒醉其下，臥看千峰秋月明」，與〈醉翁亭記〉的主旨基調完全一致。

醉翁亭在瑯邪寺下的山坡上，建亭者是歐陽修新交的友人瑯邪寺住持智仙和尚，建亭的目的大概也是便於太守和賓客們遊覽或休息吧。醉翁亭是中國傳統的歇山式建築，不同的是亭角誇張地飛起，如鳥展翅，確如歐陽修在〈醉翁亭記〉中所云「有亭翼然」。亭內較寬敞，可容十多人；沿亭四周有護欄圍凳，以供觀覽山景。亭東的石壁上藤蘿低垂，山花掩映，內有多處摩崖石刻。亭西有一碑，鐫有蘇軾手書的〈醉翁亭記〉全文，筆勢雄放，人稱「歐文蘇字」，並為二絕。亭後有一高臺曰：「玄帝宮」，登臺環視，只見群峰橫呈，羅拜於亭下。醉翁亭初建時只有一個亭臺，北宋末年，知州唐恪在其旁建同醉亭，到了南宋至明代，醉翁亭又陸續建了二賢堂、寶宋齋、意在亭、古梅亭、怡亭、覽餘臺等九個亭臺堂閣，形成一組建築群。清咸豐年間這組建築毀於太平天國兵火；直至光緒七年（1881），方由全椒觀察使薛時雨主持重修。其間滄桑正如現今醉翁亭內一聯所云：「翁去八百念，醉鄉猶在；山行六七里，亭影不孤。」

醉翁亭下就是讓泉，泉旁用石塊砌成方池，約三尺見

方，池深二尺左右，旁有一碑曰：「讓泉」，為康熙四十年滁州知府王錫魁書。讓泉水溫終年變化不大，始終在攝氏十七度左右。「讓泉」曾被人誤作「釀泉」，主要是由於〈醉翁亭記〉中有兩處提到該泉，一是「讓泉」（「水聲潺潺而瀉出於兩峰之間者，讓泉也」）；一是「釀泉」（「釀泉以為酒，泉香而酒冽」），前為名詞，後為動詞。但是有人不經意間會誤而為一，始作俑者是明初年的大學士宋濂。明太祖洪武八年（1375），宋濂陪皇太子遊琅邪，在其所作的遊記中將「讓泉」誤為「釀泉」，以後官修的《大明一統志》、《滁州志》乃至清代吳楚材吳調侯的《古文觀止》，皆以訛傳訛，誤「讓」為「釀」。直到前面提到的王錫魁，才改「釀」為「讓」。他之所以要在泉邊立碑，大概也有匡謬之意。至於該泉為何得名為「讓」，說法很多，但都與遜讓有關。一說讓泉有兩個泉眼，當其中一泉眼噴湧騰暢時，另一個泉眼則靜瀦細汩；反之亦然；似在相互揖讓。另一說見《安徽掌故》所云，鄉民至其泉汲水，「爭則涸，讓則湧；汲者依次而進，各得克盈；若兩器並舉，輒濁而竭，使民不得不讓」，故曰「讓泉」①。

宋人羅大經在《鶴林玉露》中曾云：蘇軾在為〈醉翁亭記〉寫碑時，發覺「讓泉為酒，泉香而酒冽」用字不妥，遂改為「泉冽而酒香」。這也是以訛傳訛。歐陽修作此記後三

---

①文中關於「讓泉」一段，參閱了友人劉思祥、周陶兄的〈千古讓泉非釀泉〉一文，特以致謝。

年，滁人便刻石立碑。後來憂此碑「字畫淺扁，恐不能傳遠」，方又請蘇軾寫成大字刻石碑。蘇軾應滁人之請，即現在立於醉翁亭西者。草書的由劉季孫秘藏，在明代先後被刻成「鄢陵碑」和「新鄭碑」，新鄭碑今藏河南省博物館。這兩碑皆是「泉香而酒冽」，並無改字之事。

豐樂亭與清流關

　　豐樂亭之建，較醉翁亭為早。建醉翁亭者是山僧智仙，建豐樂亭者則是歐陽修自己。歐陽修到滁州的第二年，「偶得泉於州城之西南豐山之谷中」（〈與韓忠獻王書〉）。此泉名為紫微泉，在滁城西南的豐山腳下，與瑯邪山間的讓泉遙遙相對。此泉原名幽谷泉，據當地傳說：歐陽修來滁後，喜瑯邪山泉之甘美，每天派侍役去山間汲取。有一天侍役在回來路上跌了一跤，把水潑了，又不願重返瑯邪山重汲，便在附近的幽谷泉汲水代替。當歐陽修品茗時，發現此水不同以往，更覺甘冷，就問這侍役，方知近處也有佳泉。於是親自前往探尋，果見一泓清泉從石間汩汩流出，十分高興，遂「疏泉鑿石」，並「構小亭於泉側」。後人為紀念歐陽修，遂改此泉名為「紫微泉」（歐陽修為一代文宗，人稱紫微星）。這個傳說，與〈豐樂亭記〉中的敘述相近，也許就是從〈豐樂亭記〉中附會出來的。亭名「豐樂」，一是記實，這年滁地大豐收；另外也是詩人對自己治滁州政績的肯定。這與〈醉翁亭記〉中寫滁人之樂的動機是完全一致的。清初評論家曾把〈豐樂亭記〉與同是歐陽修所建卻是由曾鞏作記的

193

〈醒心亭記〉相比較，說：「〈豐樂亭記〉，歐公自道之樂也；〈醒心亭記〉，子固（曾鞏字）能道歐公之樂也。」為了美化此亭周圍的環境，歐陽修常帶領僚屬到這兒來種花植木，並作出精心的安排。正如他的〈謝判官幽谷種花〉所說：「淺深紅白宜相間，先後仍須次第栽。我欲四時攜酒去，莫教一日不花開。」據歐陽修自己介紹，豐樂亭周圍的群花中，還有揚州刺史韓琦贈送的十株細芍藥。至於「其他花竹，不可勝紀」（〈與梅聖俞〉）。為了點綴亭上風光，他還派人從州東五里許的菱溪移來「怪石」立於亭側。更要指出的是：歐陽修鑿泉、建亭也好，載花、移石也罷，並不是為滿足一己之欲，而是為滁人的遊樂之需，是與民同樂。他在

▲歐陽修知滁時在豐山下的豐樂亭

〈菱溪石記〉中，就明確道出「移石」是為「滁人歲時嬉遊
之好」，因而也得到百姓的擁護。當三輛牛駕車載此石穿街
前往豐樂亭時，市人相慶，為之「罷市看」。當豐樂亭繁花
似錦、遊人如織時，詩人也感到了一種與民同樂的歡欣。他
的〈豐樂亭遊春〉就說：「紅樹青山日欲斜，長郊草色綠天
涯。遊人不管春將老，來往亭前看落花。」

　　〈豐樂亭記〉中有一大段文字寫他遊清流關時的感慨和
聯想，強調治國以德不以險，這與他治滁時與民休息、與民
同樂的思想，一古一今，互為表裡，實際上也是他的施政綱
領以亭記方式的再現。清流關與豐樂亭實際上相距甚遠。豐
樂亭在城西南五里，清流關則在城西二十五里外的關山，山
口處當地人叫關山洞，隋唐時代屬清流縣，南唐時李
景在此置關以禦北周，故名清流關。清流關關隘呈拱形，深
十餘丈，以巨石磚塊砌成門，兩面關門上分別嵌有「古清流
關」和「金陵鎖鑰」鎏金大字。關上有關山寺，附近有關聖
殿、觀花臺、二郎抱柱、中軍帳基等景觀。抗日戰爭期間，
日寇侵占滁州，清流關上寺殿迭遭毀壞；「文革」十年，連
關門洞石礎也被拆除，遂成一堆廢墟；只殘留有「清流四景」
等四散斷碑和左道上那深深凹陷的轍印，在述說著歷史的滄
桑。

　　清流關歷來是兵家必爭之地。漢高祖劉邦南平吳楚時，
曾宿於清流關下，如今還留有古跡「漢高祖飲馬池」。關上
的關聖殿前有一古聯：「江淮勢抱祠千載，吳魏雄分土一
丘。」說明此關亦是三國時魏吳必爭之地。南北朝時，侯景

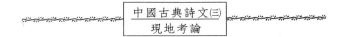

騎兵壽陽，就是從清流關出擊攻陷和州，再渡江陷建業的。後周顯德三年（956），當時是殿前都檢點的趙匡胤率北周兵破南唐，與李景大軍戰於清流關下，生擒南唐大將皇甫暉和姚鳳。歐陽修在〈豐樂亭記〉中重提這段歷史，強調了「唐失其政，海內分裂，豪傑並起而爭」、「向之憑恃阻險，鏟削消磨，百年之間，漠然徒見山高而水清」，聯繫到慶曆新政的失敗和他自己被貶到滁州，內中當有很深的政治寓意和人生感慨。

石鐘山與〈石鐘山記〉

石鐘山概況①

　　石鐘山，位於鄱陽湖口東面湖口鎮的兩側，北面峙於大江之邊的名叫下鐘山，南面濱臨鄱陽湖的名叫上鐘山。兩山距湖口鎮均一華里左右。《石鐘山志》上合稱為「雙鐘山」，又叫「雙石」。

　　在地質構造上，雙鐘山均為低矮的石質小山，海拔約七十公尺上下，相對高度約五十公尺至五十五公尺，下鐘山面積約0.3平方公里，上鐘山面積約0.34平方公里。兩山外貌都上尖下圓，狀如覆鐘。兩山均由中石炭紀的石灰岩構成，岩層走向為北東－南西，傾角約十度左右。由於濱湖臨江，兩山之間構成了小小的新月形江灣，灣頭形成一塊小小的沖積平原，湖口鎮就坐落在這塊平原上。

　　上下鐘山相較，下鐘山山勢較為險峭，又濱臨大江，故號稱「江湖鎖鑰」②，歷來為兵家必爭之地。太平天國革命

---

①有關石鐘山的地質、地貌及水文資料，曾參閱鞠繼武、潘鳳蘭寫的〈湖口石鐘山〉，見《地理知識》1979年第5期。

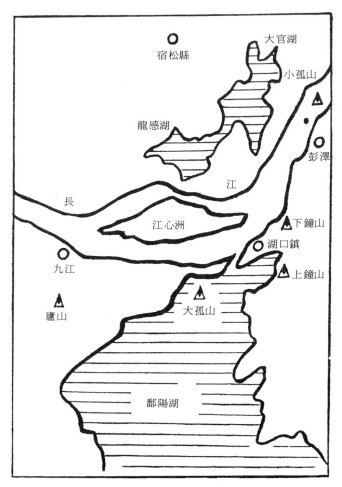

▲石鐘山地理位置圖

軍在此駐守了近五年（1853～1857），與曾國藩的湘軍激戰多次。著名的西元1885年1月之戰，曾大敗湘軍水師，逼得曾國藩投水自殺，幾乎喪命。今日山上猶有「太平樓」、「太平遺壘」等遺址。

下鐘山石奇岩秀，林木蔥蘢，自古即為遊覽勝地。魏徵、王安石、黃庭堅、鄭板橋等都曾登臨其境，並留下題詠。蘇軾更是三次來湖口：第一次是元豐七年六月九日（1084年7月14日），其夜乘小舟泊下鐘山絕壁之下，寫了有名的〈石鐘山記〉和一首五絕。詩云：「愛此江湖出，維舟坐終日。本從玩化理，不是荒逸遊」③。第二次是紹聖元年（1094），蘇軾被貶嶺南惠州途經湖口，訪湖口人李正臣，欲購其石鐘山奇石「壺中九華」，寫了一首〈壺中九華〉詩並序記載其事；第三次是建中靖國元年（1101），蘇軾遇赦北歸，又訪李正臣，但其石已為別人所得，蘇軾惆悵不已，又用前韻續了一首〈壺中九華〉詩並序以自解④。不久蘇即病歿於常州。由此可見，蘇軾一生幾乎和石鐘山結下了不解之緣。石鐘山上原有「坡仙樓」、「懷蘇亭」，崖上刻有蘇軾的〈石鐘山記〉及名人題詩。西元1949年，「坡仙樓」處石裂，此樓連同崖上石刻一同崩落江底，今正在修復之中。

---

②見〈石鐘山志〉。

③見石鐘山〈懷蘇亭〉碑刻。

④見陳邇冬《蘇軾詩選》。

石鐘山名的由來

關於石鐘山的得名有三種說法：

一是主聲派。認為水石相擊的聲音似鐘，山是以聲命名的。這派主張首推《水經》和《水經注》。酈道元認為山名的由來是因為「下臨深潭，微風鼓浪，水石相搏，聲如洪鐘」[5]。另一位就是李渤，唐憲宗元和年間，李渤由虔州刺史遷為江州刺史時，曾尋訪過石鐘山，寫有〈辨石鐘山〉一文，其中說道：「次於南隅，忽遇雙石……詢諸水濱，乃曰：『石鐘也，有銅鐵之異也……若非潭滋其山，山涵其英，聯氣凝質，發為至靈，不然則安能產茲奇石乎？』乃知山仍石名，舊矣！」[6]也是指出石鐘山的石頭能發出類似銅鐵的響聲，因此山乃以聲而得名。主聲派的第三位代表就是蘇軾，儘管他嘆酈元之簡，笑李渤之陋，不信持斧小童之說，但他仍屬聲派，只不過認為似鐘聲的不是簡單的水石相搏，更不是潭上的扣石之聲，而是山下石穴罅中微波出入的涵淡澎湃之聲以及水上「空中而多竅」的大石與風水吞吐的窾坎鏜鞳之聲。

另一派是主形派。認為山形似鐘，故以形命山名。這派的代表有曾國藩。他認為：「上鐘岩與下鐘岩，其下皆有

[5]今本《水經》和《水經注》並無此段議論，這裡只是據蘇軾所述轉引。

[6]見《新唐書》卷118《列傳第四十三》。

洞，可容數百人，深不可窮，形如覆鐘，乃知鐘山以形言非以聲言之，酈氏、蘇氏之言，皆非事實也。」[7]清代著名學者俞樾也主張形說，他從常駐湖口的兵部侍郎彭雪琴口中得知：下鐘山「蓋全山皆空，如鐘覆地，故得鐘名。上鐘山亦空，此兩山皆當以形論，不當以聲論，東坡當日『猶過其門，而未入其室也』」[8]。

除形派、聲派外，還有一派是主張形聲結合的，即山既有鐘之形，石又有鐘之聲。清人郭慶蕃即持此說。他在〈舟中望石鐘山〉一詩中說：「洪鐘舊待洪鐘鑄，不及茲山造化功。風入水中波激盪，聲穿江上石玲瓏。」[9]指出山的形體既像鑄成的洪鐘，多竅的玲瓏之石與波濤激盪，又發出類似鐘磬般的聲音。從現代科學的眼光來看，這派主張是較符合石鐘山得名的客觀實際的。

從形體上看，科學考察表明，構成雙鐘山的石灰岩，主要的化學成分是碳酸鈣，長期以來受到含有二氧化碳的地表水及地下水的溶蝕，形成奇特的溶岩地貌，在山體表面有溶溝、石芽、溶洞，但一般較小，而山體下部，由於受到地下水及江水、湖水的溶蝕沖刷，溶洞特別發育，乃至整個山體下部都呈中空之狀。由於有了這樣的內部形狀，再加上山體外形上尖下圓，孤峰塊處於灣頭平原之上，因此就宛如一座

---

⑦見《求闕齋讀書錄‧東坡文集‧鐘山條》。

⑧俞樾《春在堂隨筆》。

⑨同②。

洪鐘扣在地表之上，所以〈石鐘山志〉云：「上鐘崖與下鐘崖，其上皆有洞，可容數百人。深不可窮，形如覆鐘。」

從聲音上看，石鐘山下的石鐘洞，係一發育於石灰岩山體內的穹形溶洞，如今仍處於溶洞的發育擴充階段。當江、湖之水灌入洞，要浸沒尚未浸沒之時，風興浪作，沖擊洞頂與四壁，砰訇四起，餘韻徐徐，酷似以物擊鐘，舣聲四布，石鐘山之名，正是由形、聲這兩方面酷似而得來的。

蘇軾對山名的誤斷及其原因

蘇軾雖屬聲派，但對聲說未嘗不疑。〈石鐘山記〉就三處寫疑：一疑酈元之說，因為「今以鐘磬置水中，雖大風浪不能鳴也，而況石乎？」二疑李渤之說，因為「石之鏗然有聲者，所在皆是也，而此獨以鐘名，何哉？」三是對「寺僧使小童持斧，於亂石間擇其一、二扣之」的附會之舉，亦「固笑而不信也」。這三點懷疑歸結到一點，就是他認為石在水中是不能鳴的，而石在岸上的敲擊聲又不似鐘聲，所以石鐘山以聲命名之說不能使他相信。但他並不因為懷疑聲說就另闢蹊徑，從地貌這個角度來考察石鐘山的由來，而是仍循著聲說的方向去探尋，所以一旦發現石在水中確能發聲：山下石穴罅以及當中流的大石都能發出噌吰或窾坎鏜鞳之聲，而且這聲音又絕類鐘鼓——如周景王 ⺊射，魏莊子之歌鐘一樣不絕於耳，於是他就疑慮頓消，對聲說大加嘆服，感到「古之人不余欺也」。由此看來，蘇軾在〈石鐘山記〉是從懷疑聲說起，至溺於聲說終，從而導致對石鐘山名之由來

的誤斷。

　　蘇軾是位知識很淵博的學者，治學態度又很謹嚴，平時連讀一本書也要層層過濾「八面受敵」⑩，為什麼在石鐘山名的由來上會產生誤斷呢？我想大概有下面兩個原因：

　　一是由於他考察石鐘山的季節所導致。石鐘山附近的水位，季節變化是很大的。漲水季節與枯水季節的水位落差，一般都在 12 公尺左右。如西元 1954 年年平均水位為 12.43 公尺，枯水季節（11 月至 2 月）平均為 5.34 公尺，而漲水期（5 月至 7 月）月平均為 21 公尺，水位落差在十五公尺以上⑪。因此漲水季節與枯水季節對山體觀察得出的結論是不會一樣的。蘇軾遊石鐘山是元豐七年農曆六月初九，正是「夏日消融，江湖橫溢」之時，山體下的石洞均已浸入水中，故山體中空狀如覆鐘的形體感他就無法感受到，因此也就無法從形體方面去進行聯想而得出合理的結論。關於這點，明代的羅洪先說得很中肯。羅是嘉靖二十五年春到石鐘山的，「是時水未漲，山麓盡出，緣石以登……是石鐘者，中虛外竅為之也……東坡艤涯，未目其麓，故猶有遺論。」⑫

　　俞樾所引證的彭雪琴侍郎之說，也是在冬日枯水季節去考察的：「余居湖口久，每冬日水落，則山下有洞門出焉，

---

⑩蘇軾〈又答王庠書〉，見《經進東坡文集事略》卷 46 。

⑪同①。

⑫《念庵羅先生文集》卷 5 〈石鐘山記〉。

入之……洞中寬敞，左右旁通，可容千人，最上層，則昏黑不可辨，燭而登，其地平坦，氣亦溫和，蝙蝠大如扇，夜明砂積尺許，旁又有小洞，蛇行而入，復廣，可容三人坐，壁上鐫『丹房』二字，且多小詩……蓋全山皆空，如鐘覆地，故得鐘名。」

由於羅氏、彭氏均是枯水季節對石鐘山進行考察的，所以既可以「臨淵上下兩山」，觀其外貌「皆若鐘形」，又能探石發穴看中空的內部構造，觀察出類鐘的形體感，而這些是洞門為水所淹沒的盛夏六月所無法感受到的。

第二個原因是由蘇軾考察石鐘山時的態度所決定的。對一個事物要得出正確的結論，一方面要對事物的本身進行反覆細心的觀察，另一方面又要對它的周圍進行周密而詳盡的調查。彭雪琴之所以對石鐘山地形地貌瞭如指掌，是因為他對太平軍作戰中常駐湖口，經常登臨的結果。而蘇軾恰恰在這兩個方面都沒有認真去做。一方面他只是在一個深夜乘船一往鐘山崖下，聽到水聲類鐘就淺嘗輒止，過其門而惜未入其室；另一方面他又小視漁工水師，不肯屈駕向了解情況的當地群眾請教，反認為他們「雖知而不能言」。這樣對環境既陌生，考察又沒有深入，又不願向熟悉情況的人調查，在這種考察方式和態度下，要想得出全面的、正確的結論，那就很難了，所以我認為，在〈石鐘山記〉一文中，蘇軾對前人的定論不輕信，不盲從，主張通過實際考察來決定然否，這種態度是可取的。但他的調查未免過於草率，而且又不肯放下架子，所以寫出的〈石鐘山記〉儘管行文很美，但結論卻是片面的，不準確的。

黃岡赤壁與蘇軾
〈念奴嬌‧赤壁懷古〉

　　近年來，不少學者在研究蘇軾〈念奴嬌‧赤壁〉一詞時，注意把這首詞中的深沈喟嘆和豪放詞風同他的政治遭遇、生活道路結合起來進行考察，從而說明這首詞不光是在藝術風格上堪為豪放詞派的傑出代表，而且在思想內容上也一掃鏤紅刻翠的婉約之風，給人以耳目一新之感。游國恩先生等主編的《中國文學史》中這樣寫道：「作者寫這首詞時正在政治上受到挫折，因而流露了沈重的苦悶和人生如夢的消極思想，然而依然掩蓋不住他熱愛生活的樂觀態度，和要求為國家建功立業的豪邁心情」。中國科學院文研所編的《唐宋詞選》則認為：「詞中描繪了赤壁的雄偉壯麗的景色，歌頌了古代英雄人物周瑜的戰功，並抒發了作者自己的感慨」。沈祖棻先生的《宋詞賞析》也說：「他（指蘇軾）想到了古代『風流人物』的功業，引起了無限的嚮往，同時也引起了自己年將半百『四十五十而無聞焉，斯亦不足畏也矣』的感慨」。

　　這些分析都是很有見地的。但問題是：如果再追問下去，文章中所說的「政治上的挫折」究竟是指他生活經歷中的哪一段挫折，「作者的無限感慨」的具體內涵又是什麼等

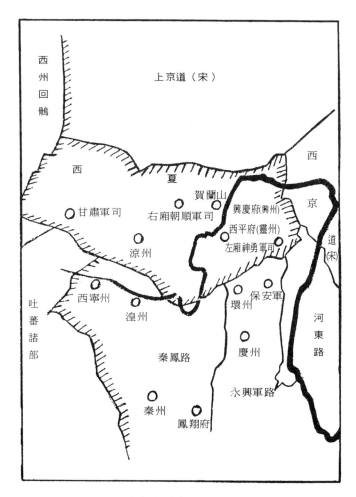

西夏與宋軍事衝突示意圖

等，都沒有涉及。而正確回答這些問題，對理清這首詞的創作背景、進一步理解詞中的含義無疑是很有幫助的。從有關資料來看，這首詞的產生與當時的西北戰事和作者的黃州之貶有關，感慨的具體內涵就是對當時朝廷處置失措、用人不當，用兵西夏連連失利表示不滿，並由此聯想到自己的無端遭貶、報國無門、有志難伸。這就是當時作者寫這首詞的具體背景。

一

詞中的感慨與西北戰事有關，是要表示對朝廷用人不當、處置失措，以致西北戰事失利的不滿。

當時，北宋主要的外患，一是北方的遼、金，二是西北的西夏。景德元年（1004），宋真宗與遼聖宗訂立了「澶淵之盟」，每年向遼納銀十萬兩，絹二十萬匹，換來苟安的局面，遼宋間沒有再發生大的戰事。但在西北方面同西夏的軍事衝突卻還繼續不斷。自西元 1038 年西夏元昊建國以來，夏就成為宋王朝西北一帶的主要邊患。史載，西元 1040 年初，元昊攻保安軍，襲金明寨，生擒都督李士彬，並趁勢攻占延州；西元 1041 年，元昊又敗宋軍於好水川，宋軍統帥任福戰死； 西元 1042 年，西夏兵襲宋定川寨，宋將葛懷敏等戰死，西夏軍俘虜宋降兵九千四百餘人，獲戰馬六百餘匹，並掠走了渭州一帶大批居民。北宋在連年慘敗的形勢下，只好冊封元昊為夏國主，每年「賜」給夏國絹十三萬匹、銀五萬兩、茶二萬斤。這種被動屈辱的局面直到熙寧年

間才有所改變。熙寧五年，王韶奉神宗之命經營西河。王韶的戰略是「欲取西夏，當先復河湟」①，避開正面戰場，繞道西夏的西南腹地湟州、西寧州一帶，從背後進襲。從當時的情況來看，王韶的這個方略是正確的，因西夏兵力重點是設置在以興慶府為中心的三角地帶，元昊以七萬人護衛興慶，五萬人鎮守東南的西平府，五萬人駐守西北的賀蘭山。而南面的河湟地區當時被吐蕃、西羌等少數民族所控制，元昊認為是個緩衝地帶，故沒有重點設防。王韶採取的避開東、北正面戰場，由西南腹地進襲的戰略，抓住了對方的弱點，避實而擊虛。所以一旦被神宗採納，對西夏的戰爭就一改過去的被動局面，進展得異常順利。這從《宋史·神宗紀》的記載中可以得到證實；熙寧四年，王韶招納青唐大首領俞龍河，俞「率其屬十二萬口內附」；熙寧五年，「王韶引兵城渭源堡，破蒙羅角，遂城乞神平，破抹耳水巴族」；熙寧六年，「王韶復河州」，「岷州首領摩琳沁以其城降」，「岩、洮、疊三州羌酋皆以城附，韶軍行五十四日，涉千八百里，得州五」；熙寧七年，王韶「率軍直趨定羌城，破四蕃結河川族，斷夏國通路，進臨寧河」。

由於對西夏用兵的連年獲勝，宋收復了河湟一帶的大片領土，從腹部對西夏構成了威脅。但是好景不長，這一大好形勢不久就被朝廷的處置失當斷送了。熙寧十年，王韶被罷去軍職，朝廷任命李憲、种諤、高遵裕、劉昌祚、王中正為

----

① 見《續資治通鑑》。

五帥。元豐四年，宋兵分五路伐夏。開始，宋軍還能在軍事
上取得一些勝利：九月，李憲攻入蘭州；十月，种諤收復米
脂，高遵裕收降西夏清遠軍，劉昌祚擊敗梁乙埋大軍。但由
於五路大軍沒有統一的節制，各自為政，互相拆臺，彼此掣
肘，而且每到一處都殺戮人民，掠奪牛馬，很快就使這場戰
爭罩上了失敗的陰影。

　　與此相反，西夏君主梁太后在各路戰敗、大兵壓境的情
況下，卻能聽從一個老將的建議，堅壁清野，縱敵深入，把
精兵聚集在興、靈二州。她指揮若定，先調十二監軍司十萬
精兵駐守興州要害之地，又派輕兵抄宋軍後路，斷絕糧運。
种諤、王中正部都因斷糧而潰退，高遵裕部則被西夏決開的
黃河水凍死、溺死無數，大敗而退。於是西夏反敗為勝，由
守轉攻。元豐六年，攻陷徐禧等倉卒築起的永樂城，徐禧戰
死，宋士卒民伕損失近二十萬。在戰事失利的情況下，宋只
好議和，進貢銀絹如故。於是王韶苦心經營了五年所取得的
一點軍事進展又付之東流。蘇軾的〈念奴嬌‧赤壁〉就寫於
元豐六年宋軍第一次大敗之後，第二次大敗的前夕。

　　在如何對待邊患這個問題上，蘇軾一直反對那種屈辱求
和、苟且偷安的妥協政策，主張堅決抗擊。早在宋仁宗嘉祐
六年（1061），年輕的蘇軾就在「制科」考試所作的策論中
明確指出：「昔者大臣之議，不為長久之計，而用最下之
策，是以歲出金繒數十百萬以資強虜，此其既往之咎，不可
追之悔也」②。他認為宋朝要消弭邊患，除堅決抗擊之外別
無他法：「今國家所以奉西北之虜者，歲以百萬計。奉之者

有限，而求之者無厭，此勢必至於戰。戰者，必然之勢也，不先於我，則先於彼；不出於西，則出於北，所不可知者，有遲速遠近，而要以不能免也」③。正因為如此，蘇軾才會在因反對新法被貶為密州太守的逆境裡，仍對王韶用兵西夏獲得的一系列軍事勝利感到興奮和歡欣，放下政見上的不合和個人遭遇上的不快，寫了有名的〈江城子・密州出獵〉。他在詞中用亢奮的情調，飛動的氣勢表達了自己被西北勝利所鼓舞起來的克敵報國壯志：「酒酣肝膽尚開張，鬢微霜，又何妨？持節雲中，何日遣馮唐？會挽雕弓如滿月，西北望，射天狼」。與此同時，蘇軾還寫了首〈祭常山回小獵〉，描寫了同一件事，抒發了同一種情，詩的最後兩句是：「聖朝若用西涼簿，白羽猶能效一揮」。在西北大捷的鼓舞下，蘇軾這時真是摩拳擦掌，躍躍欲試了。

元豐四年，李憲等進攻西夏之初，取得一些「勝利」時，蘇軾也同樣為之歡欣鼓舞，他在一首詩的序中寫道：「元豐四年十月二十二日，謁王文父齊愈於江南，座上得陳季常書，報是月四日种諤領兵深入，破殺西夏六萬餘人，獲馬五千匹，眾喜抃，各飲一巨觥」。詩云：「聞說將軍取乞闐，將軍旗鼓捷如神。故知無定河邊柳，得其中原雪絮春」。在〈代滕代甫論西夏書〉中更是興高采烈：「偏師一擊，斬名王，虜偽公主，築蘭會等州，此真千載一時，天以

---

② 《東坡全集・策略二》。

③ 《東坡全集・策略十六》。

賊授陛下之秋也」。但好景不長，緊接著來的消息卻是喪師
失地，大潰而回。原來的勝利不過是一種假象，是西夏布就
的一個圈套。西北用兵失利猶如一盆冷水使蘇軾興奮的頭腦
冷靜了下來，迫使他不能不認真地考慮：王韶的經營為什麼
能勝利？五帥的出擊又為什麼會失敗？結果他認為西北戰事
的失利主要是朝廷決策的失當，加上五帥不能同心，士卒不
肯用命的結果。但蘇軾當時的孤危地位和黃州團練副使的卑
賤身分，都不允許他直言此事。所以他只好通過文學形式，
委婉地表達出他的看法。

　　〈念奴嬌‧赤壁懷古〉是以三國赤壁之戰作為抒發感慨
的背景的。東漢建安十三年（208），曹操率軍二十餘萬南下
進攻孫權，當時年僅三十四歲的周瑜就任大都督，在孫權、
諸葛亮、黃蓋、魯肅等的支持下，統率孫劉聯軍在赤壁大破
強曹，奠定了鼎分天下的三國局面。赤壁之戰勝利的原因固
然很多，但蘇軾從本詞的寫作目的出發，主要擷取兩點：一

▲黃州赤壁

是決策正確，強敵當前能從容鎮定，指揮若定。詩人筆下的周瑜形象就鮮明地體現了這一點，他「羽扇綸巾，談笑間，狂虜灰飛煙滅」。這「羽扇綸巾」四個字栩栩如生地摹寫出了周瑜的風流儒雅之態，說明了這位年輕的軍事統帥在強敵面前仍氣度閒適，暗示出他對指揮這場戰爭早已成竹在胸；而「談笑間，狂虜灰飛煙滅」則以十分輕鬆的筆調，讚揚了周瑜所取得的輝煌勝利，嘲笑了強曹所遭到的慘痛失敗。兩相對照，有力地襯托出周瑜儒雅瀟灑的英姿和指揮若定的氣度。相形之下，宋王朝在用兵西夏時卻顯得失於算計，舉措失度。作者通過這兩句描敘在讚揚什麼，指責什麼，自在不言之中了。

　　二是上下同心，士卒用命，共破強敵。周瑜之所以能以三萬士卒戰勝二十多萬人馬的強曹，是與孫權的信任重用，友邦諸葛亮的通力合作，同僚魯肅的多方維護，部下黃蓋等的效死聽命分不開的。熟悉這一史實的蘇軾聯繫到令人喪氣的西北戰事，對此感慨尤深：「江山如畫，一時多少豪傑」。詩人通過「一時多少豪傑」這一句，高度集中地概括了赤壁之戰時孫劉聯軍方面的人才薈萃，戰將如雲；相形之下，用兵西北時卻連唯一的一員能將王韶也被罷免了；受到信用的五路統帥竟是各自為政、驕縱輕敵的無能之輩。難怪蘇軾要對著滔滔東去的大江頓生無窮的慨嘆了。

二

　　詞中的感慨與詩人的黃州之貶有關，是要抒發自己淪落

天涯、報國無門的無盡愁緒。

　　蘇軾對王安石變法持有不同意見，時常在詩文中「託事以諷」，因而引起變法派的忌恨。元豐二年（1079），太子中允權監察御史何大正、舒亶，諫議大夫李定說他用「詩文謗訕朝政及中外臣僚，無所忌憚」，因而被「送御史臺根勘」。他們羅織罪名，深文周納，對蘇軾「必欲置之死地」。只是由於蘇轍等人的援救，才從寬處理，「責以黃州團練副使本州安置」④。團練副使在宋代實際上是受地方官監管的政治犯的別稱。他的一舉一動都要受到監視，甚至在詩詞中發的牢騷也要受到極其嚴密的盤查。據說當時蘇軾就曾因寫的一首詞中有「夜闌風靜縠紋平，小舟從此逝，江海寄餘生」等語，而受到地方主管長官的嚴密盤查⑤。由此可知蘇軾當時的處境了。

　　另外在生活上，蘇軾當時也很困苦。他在〈答秦太虛書〉一文中曾描述了當時苦境：「初到黃，廩入既絕，人口不少，私甚憂之，但痛自節儉，日用不得過百五十，每月朔，取四千五百錢斷為三十塊掛屋梁上，平旦用畫叉挑取一塊，卻藏去叉，仍以大竹筒別貯，用不盡者，以待賓客」⑥。平素豪放揮灑、不以物務縈心的蘇東坡，弄到了必須把銅錢一個一個數著花，窘得連接待賓客也受限制，當時的心境也就

---

④傅藻《東坡紀年錄》。

⑤葉夢得《避暑錄話》卷2。

⑥《東坡全集・答秦太虛書》。

可想而知了。他在此之後曾寫了一首詩回顧這段生活:「我
謫黃州四五年,孤舟出沒煙波裡。故人不復通問訊,疾病饑
寒疑死矣」⑦。這正是他當時潦倒處境和頹喪心情的真實寫
照。在這樣的政治逆境中,人身自由尚不能保障,想要立功
邊塞,為國效力,以遂平生之志,當然成了泡影。而且在這
樣的生活環境中,人也容易身心交瘁,過早衰老。詩人把當
時的這種心情和處境,都通過形象化的文學語言,暗暗地融
進〈念奴嬌‧赤壁懷古〉這首詞中。詩人在詞的開篇就大發
感慨:「大江東去,浪淘盡千古風流人物」。歷史上的英雄
豪傑很多,但都被江水一樣的時光送去了,眼前剩下的只是
千百年來依然如故的「千古」江山。開頭的這幾句不但為下
面敘寫歷史展開了廣闊的現實場景,而且也暗示了隨著英雄
和英雄事蹟的消逝,眼前剩下的只是無語東流的大江和在如
畫江山面前無所作為的一群窩囊廢,從而抒發了作者無限悲
涼的情懷。這種情懷作為全詞的基調貫穿始終。所以當詩人
描摹了赤壁之戰取得輝煌戰果,正在感奮不已、興高采烈之
時,突然來了句「故國神遊,多情應笑我早生華髮」,從熱
烈的頂峰一下子跌入冷酷的深淵之中。這個「多情」,恐怕
既包括了作者對國事的關懷,同時也包括了作者對身不由
己、有志難伸的境遇所產生的憤懣和悲傷。而這個「早生華
髮」,當然也是因對國事的憂慮而致,也是因為對自己坎坷
遭遇的不平而致。

---

⑦《東坡全集》前集卷14〈送沈逵赴廣南〉。

既然作者當時的政治遭遇和生活環境如此，為國效勞不成，又處於任人擺布的地位，那麼怎樣才能從中解脫出來呢？詩人在詞的結尾處深沈地來個蕭疏冷落之筆：「人生如夢，一樽還酹江月」，這是沒有辦法的辦法，是「故作解脫之語」。這與作者在〈前赤壁賦〉中所說的「惟江上之清風，與山間之明月，耳得之為之聲，目遇之而成色，取之不盡，用之不竭」，是屬於同一種思想感情，都是對黃州之貶時自己身遭監視、報國無門、有志難酬的一種深沈的感慨，一種對現實反抗的方式──儘管這種反抗是消極頹喪的。

三

湖北省境內有三個赤壁；赤壁磯、嘉魚赤壁和黃岡赤壁，皆在長江北岸，蘇軾所詠歌的赤壁是黃岡赤壁，而赤壁之戰的發生地卻是嘉魚縣的赤壁。如上所述，蘇軾在〈念奴嬌‧赤壁懷古〉一詞中，是要藉赤壁之戰中孫權、周瑜君臣同心，合力破曹這段史實，來抒發自己對國事的關懷和無端被貶、壯志難遂的憤懣，這樣又必須與赤壁之戰掛起鉤來，於是，作者在詞中用了個巧妙的處理手法：「故壘西邊，人道是，三國周郎赤壁。」一個「人道是」，既排除了自己誤植史實的責任，又很自然地把古與今、自己與周郎關聯連到一起，做到藉賓寓主，以古慨今，很好地表達了主旨。這與李白的〈望廬山瀑布〉採用的是同一種手法：李白所詠歌的廬山瀑布叫馬尾瀑，位於鶴鳴峰上，與山後的香爐峰並無關係。但李白在詩中又必須有香爐峰，因為一方面香爐峰上紫

煙裊裊升騰，一方面瀑布從九天懸垂而下，這樣才能形成對比和動態感，也才能造成神奇、浪漫的氛圍，結句「疑是銀河落九天」也才有鋪墊和根柢。所以李白就用了個含糊的說法：「遙看瀑布掛前川」。因是遙看，前後山疊合在一起，符合物理，「掛前川」則是實情。至於讀者要誤植或聯想，則又是這樣含糊說法的必然（以致有的注本就把此解釋為「瀑布從香爐峰上凌空而下」）。可見大詩人們是很會處理題材與主旨之間關係的，既無礙於物理，又有利於表達主旨。

黃岡赤壁位於今黃州市的西北角，因斷岸臨江、崖石赭赤，屹立如壁，故稱赤壁。蘇軾貶居黃州後，常遊赤壁，寫下了前、後〈赤壁賦〉、〈念奴嬌‧赤壁懷古〉詞等千古名篇，黃岡赤壁自此名聲大振，遠勝於赤壁磯和嘉魚赤壁，清康熙年間，遂更名為「東坡赤壁」。今赤壁上尚存「二賦堂」、「雪堂」、「睡仙亭」、「棲霞樓」等遺址和「碑閣」、「涵暉樓」、「留仙閣」等紀念建築。「雪堂」原為蘇軾在黃州東坡墾荒之所，據蘇氏〈雪堂記〉：「蘇子得廢圃於東坡之脅，築而垣之，作堂焉。號其正曰『雪堂』，堂以大雪中為，因繪雪於四壁之間，無容隙也」（《蘇軾文集》卷12）。後移於赤壁以便集中紀念。「二賦堂」始建於清初，同治七年重建，為紀念蘇軾的名作前後〈赤壁賦〉而得此名，其匾為李鴻章所書，堂內正中木壁高約兩丈，正面為〈前赤壁賦〉木刻楷書，為程之楨書寫；背面為〈後赤壁賦〉木刻，隸書與魏碑交混，為近代書法家李開侁所書。堂有一對聯，為辛亥革命先驅者黃興所撰。棲霞樓在赤壁最高處，是宋代黃州

▲東坡黃州雪堂

的四大名樓之一。因樓背山面江，落日時晚霞染紅大江，照
映樓身，如霞歸樓，故名樓霞樓。「睡仙亭」亦是宋代建
築，清同治年間重修，原名「睡足堂」，亭內有石床石枕，
傳說蘇軾同友人遊赤壁時曾臥於此，大概是從〈赤壁賦〉中
「相與枕藉乎舟中，不知東方之既白」傳會而來。另外還有
「酹江亭」和「挹爽樓」，前者為明代建築，由蘇軾〈赤壁〉

詞中〉一樽還酹江月」而得名；後者為近代建築，因蘇轍〈黃州快哉亭記〉中「濯長江之清流，挹西山之白雲」而得名。

〈岳陽樓記〉現地考論

岳陽樓概況

　　岳陽樓在今湖南省的岳陽市。岳陽市在湖南省北部洞庭湖邊，現有人口十七萬，是一座有三千多年歷史的文化古城。在地理位置上，它不但是洞庭咽喉，湖南北部水路的門戶，而且也是南北交通的樞紐，京廣鐵路如沈沈一線從岳陽腹部穿過。岳陽樓就是該市城西門的堞樓，它的下面是芳草如茵的湖濱公園，瀕臨公園的就是煙波浩渺的洞庭。秀如螺髻的君山隱在茫茫的水霧之中，與岳陽樓遙遙相對。祝穆《方輿勝覽》云：「岳陽樓在郡治西南，西面洞庭，左顧君山。」①

　　岳陽樓建於東漢建安二十年（215），與武昌的黃鶴樓、南昌的滕王閣合稱江南三大名樓。此樓原是吳國魯肅在洞庭湖訓練水兵時的閱兵臺。唐開元四年（716）中書令張說任岳州刺史，在閱兵臺舊址建一樓閣，取名「岳陽樓」②。由

---

① 祝穆《方輿勝覽》卷29。

② 《輿地紀勝》岳州條引《岳陽風土記》。

於岳陽是五劇三條③交會之地,又加上瀕臨洞庭,湖光秀麗,所以「遷客騷人多會於此」,張說本人就「常與才士登此樓,有詩百餘篇,列於牆壁」④。與張說同代或稍後的著名詩人孟浩然、杜甫、劉禹錫、劉長卿等,在此都有過題詠。滕子京在重修岳陽樓時,曾「命僚屬於韓、柳、劉、白、二張(張說、張九齡)、二杜(杜甫、杜牧)逮諸大人集中摘出登臨寄詠,或古或律,歌詠並賦七十八首,暨本朝大筆如太師呂公端、侍郎丁公(丁謂)、尚書夏公(夏竦)之眾作,榜於梁間」⑤。在岳陽樓眾多的題詠中,當然是首推杜甫的〈登岳陽樓〉和孟浩然的〈臨洞庭湖贈張丞相〉。此詩一出,餘作皆廢,正像方回在〈瀛奎律髓〉裡所說的那樣:「予登岳陽樓,此詩(指孟詩)大書左序球門壁間,右書杜詩,後人自不敢復題也。劉長卿有句云,『疊浪浮元氣,中流沒太陽』,世不甚傳,他可知也。」

今日的岳陽樓是清同治六年(1867)重造的。樓基面積為二百四十平方公尺,樓高十五公尺,分為三層,頂為金黃色琉璃瓦,正中端懸著郭沫若西元1961年手書的「岳陽樓」三個鎏金大字。三層之間重簷疊翠、飛閣流丹、斗拱交錯、鈴響珠玉。從臺基拾級而上,憑窗而眺,只覺湖風撲面、地回天高,八百里洞庭盡收眼底,確實令人心曠神怡,寵辱偕

---

③見《爾雅·釋宮》和班固〈西都賦〉,指道路交錯的繁華之地。

④見《太平寰宇記·岳州》。

⑤《隆慶岳州府志》卷7〈職方考〉。

▲洞庭湖濱岳陽樓

忘。主樓的兩側是兩座輔助建築，右側為「三醉亭」，因呂洞賓在岳陽三次醉酒而得名，左為「仙梅亭」，因明朝時修整岳陽樓發現地下的枯梅化石而得名。在岳陽樓臨湖處還有座慈氏塔，為唐代建築，是我國現存的古塔之一。湖南省人民政府於西元 1956 年把岳陽樓定為省文物重點保護單位，對主樓和兩亭進行了修整，並在臨湖新建了一座「懷甫亭」，匾額為朱德先生所題。岳陽樓的正廳以及周圍保存了不少碑刻，最有名的是清代書法家張照手書的〈岳陽樓記〉全文，共三百六十六字，分別刻在十二塊紫檀木匾上。匾高九尺五寸，共長一丈二尺五寸。它橫懸在新修的大廳牆壁上，與洋洋大觀的巴陵勝狀相得益彰，顯得很有氣魄。此匾

兩旁，還有一幅對聯，上聯云：「一樓何奇，杜少陵五言絕唱，范希文兩字關情，滕子京百廢俱興，呂純陽三過必醉。詩耶、儒耶、吏耶、仙耶？前不見古人，使我愴然而涕下」；下聯是：「諸君試看，洞庭湖南極瀟湘，揚子江北通巫峽，巴陵山雨來爽氣，岳陽城東道岩疆。流者、瀦者、峙者、鎮者，此中有真意，問誰能領會得來？」

〈岳陽樓記〉寫作緣起

有關此文寫作緣起，范仲淹在〈岳陽樓記〉中曾作了明確的交代：「慶曆四年春，滕子京謫守巴陵郡，越明年，政通人和，百廢俱興，乃重修岳陽樓，增其舊制，刻唐賢今人詩賦於其上，屬予作文以記之。」但滕子京為什麼謫守巴陵，又為什麼要重修岳陽樓，范仲淹為什麼要寫〈岳陽樓記〉，歷代解釋有所不同，因而值得一提。

滕子京，字宗諒，河南（今洛陽）人，與范仲淹同年進士[6]，為人倜儻有大才，歐陽修曾稱讚他的政績是「去宿弊以便人，興無窮之長利」[7]，但滕子京從政的時代正是北宋政壇上新舊黨爭最激烈的時代。慶曆四年新政失敗後，改革派人士紛紛被排擠出朝廷，韓琦出守揚州，歐陽修出守滁州，范仲淹出為陝西、河東宣撫使。這時正任慶州太守的滕子京也受到誣陷，先是御史梁堅彈劾他「前在涇川費公錢十

---

[6] 見《宋史・滕子京傳》。

[7] 見〈與滕待制子京書〉。

六萬貫（一說六十萬貫）」，續而御史中丞王拱辰又誣他在范仲淹軍中任職時，「處置戎事，用度不節」⑧，由於范仲淹、韓琦、歐陽修等人的多方救援，才免於革職，先移官虢州，後又貶官岳州。在岳州時，他發揮了自己的政治才能，僅僅一年就使岳州「政通人和，百廢俱興」，這個百廢俱興中，當然也包括岳陽樓的重修。至於他重修岳陽樓的原因，周暉的《清波雜志》曾有一段記載：「滕子京守巴陵，修岳陽樓，或贊其落成。答以落成後，只待憑欄大慟數場。」由此可見，他重修岳陽樓，不光是要恢復古風，重興百廢，更主要的是要憑眺洞庭，怡情山水，來消自己胸中的塊壘，排遣自己無端遭貶、壯志難伸的積鬱。所以他請范仲淹作記，也並不僅是由於范是名人或文章高手，而主要是由於大家在「慶曆黨爭」中見解相同、遭遇相同，目前處境也相似。所以通過請范作記，藉此互通聲氣、相濡以沫，共同來排遣受打擊、被排擠的憤懣、抑鬱之情。

那麼，范仲淹答應作記的目的又是什麼呢？是不是也像滕子京那樣「憑欄大慟」，藉此來抒發自己抑鬱不平之氣呢？同時代的范公偁作這樣的解釋：「滕子京負大才，為眾所嫉。自慶曆謫巴陵，憤鬱頗見於辭色。文正與之同年友善，愛其才，恐後貽禍；然滕豪邁自負，罕受人言，正患無隙以規之。子京忽書抵文正，求岳陽樓記，故記中云，『不以物喜，不以己悲，先天下之憂而憂，後天下之樂而樂』，

---

⑧同⑥

其意蓋有在矣」⑨。看來，范公偁把范仲淹作記的原因看成是為了告誡子京：一是要他恭謙自守，以免貽禍；二是要他襟懷天下，不為個人戚戚。這樣的解釋恐怕失於偏頗，很不全面。我認為這篇記中是有對滕的勸勉和告誡，但又不止於此，更主要的還是自勉自勵，因為這時范仲淹的心緒亦不佳，他的遭遇也是很曲折的。景祐年間，范知開封府時，因上〈百官圖〉譏諷保守派領袖呂夷簡而被貶饒州，康定元年，任陝西經略安撫副使，為抵抗西夏侵略遠離家鄉，戍守在千嶂孤城之中。慶曆三年後回朝執政，因提出十項改革政治主張，又遭到守舊派群起而攻之，結果一年不到又出為陝西、河南安撫使，後又被貶邠州。在連續的政治打擊面前，在下野後的社會生活中，應該採取什麼樣的人生態度？作者通過〈岳陽樓記〉作了公開的表白。作者用洞庭湖霪雨霏霏和春和景明時兩種不同的景象作為比喻，表示自己不管在順境和逆境中都「不以物喜，不以己悲」，並公開表白自己無論在野在朝都要憂國憂民，先天下而後自己。這是作者的自勉，也是與滕的共勉，當然也是對天下人的表白和對政敵們的宣戰。我以為這樣的解釋是較符合作者當時創作意圖的。

另外，還有一點要特別提及的就是有一種相當流行的觀點，認為范仲淹並沒有見過洞庭湖，他是根據滕子京提供的〈洞庭晚秋圖〉等詩文圖畫資料，加上他在太湖邊的生活經驗來想像虛擬出洞庭風光的⑩。

---

⑨見范公偁〈過庭錄〉。

其實，這種觀點是沒有多少根據的。因為范仲淹雖祖籍
吳縣，但兩歲時因父親去世，隨母改嫁淄州長山朱軾，　朱
軾任岳州安鄉縣令，范仲淹也隨之在安鄉住了五年。關於這
點，《范文正公年譜》有明確的記載⑪：

> 兩歲而孤，母夫人謝氏貧無依，再適淄州長山朱
> 氏，亦以朱為姓，名說，上長山僧舍修學，後居南都
> 郡庠五年，大通六經之旨⋯⋯二十三，詢知家世，感
> 泣去南郡，入學舍掃一室，晝夜講誦，其起居飲食，
> 人所不堪，而公益自刻苦。

關於范仲淹離家赴郡之由，年譜中所附的〈家錄〉還有
詳細的敘述：

> 公以朱氏兄弟浪費不節，數勸止之。朱兄弟曰：
> 「我自用朱氏錢，何予汝事？」公聞此疑駭，有告者
> 曰：公乃姑蘇范氏子也，太夫人攜公適朱氏。公感憤
> 自立，決欲自樹立門戶，佩琴劍逕趨南郡。謝夫人亟
> 使追之，既及，公語之故，期十年登第來迎親。

---

⑩濮之奇〈岳陽樓記評說〉，見安徽省教研室《教學研究》1983 年
　3 期。吳小如〈岳陽樓記考析〉，見山西師院《語文教學通訊》
　1980 年 1 期。
⑪見《范文正公集・年譜》。

年譜及〈家錄〉中所說的南郡即安鄉，在隋前稱南郡，據《清一統志》：「安鄉縣治，治所在今治北，三國吳為南郡郡治」。至唐上元年間，改稱南郡，宋代復為縣，屬澧州；明洪武三十年改屬岳州，現屬岳陽地區⑫。今安鄉縣在洞庭湖北，鸛江從其西側注入洞庭，縣城距鸛江入湖口僅二十多公里。

另外，湖南《岳州府志》、《安鄉縣志》也載明朱軾曾任過安鄉縣令，范仲淹少年時代曾在安鄉生活過一段時間。

乾隆年間安鄉縣令張綽修的《安鄉縣志》寫道⑬：

> 朱軾，淄州長山人，端拱中蒞任，官至朝散大夫；范仲淹，蘇州人，幼孤，從其母歸朱軾，令安鄉，仲淹隨之。稍長，特築室於鸛江之北為讀書地，至今名曰書臺⑭。

按：端拱為宋太宗趙炅的年號，共用了兩年，端拱中不是西元988年即989年，據〈范文正公年譜〉，范仲淹生於端拱二年，可見〈年譜〉中所云的兩歲隨母適朱軾來安鄉與

---

⑫見〈湖南省志·地理志〉。

⑬見光緒年間刊行的胞與堂藏版〈安鄉縣志〉卷4〈宋知縣表〉、卷6〈僑寓表〉。

⑭見《岳州府志》卷3《秩官年表·宋知縣表》，卷14〈僑寓表〉

《安鄉縣志》記載是相符的。范仲淹少年時代是在洞庭湖邊的安鄉度過的。

寧波天一閣所藏的明隆慶刻本《岳州府志》也有類似的記載：

> 安鄉，朱軾，長山人，官至朝散大夫⑮。

> 宋，范仲淹，蘇州人，幼孤，從其母歸朱軾，軾宰安鄉也，仲淹隨之，稍長，築室鸛江北讀書焉，今曰書臺⑯。

縣志和府志中所提及的「讀書臺」，據查閱有關資料，在宋代就維修過三次，有明確記載的是宋理宗寶慶二年（1226）岳州知州董與幾維修擴建的，董擴修時，曾請澧州軍事推官任友龍寫了篇〈文正公讀書堂記〉，記中有段文字是很值得注意的：

> 初，文正公少孤且貧，從其母歸朱氏。朱宰澧之安鄉，公侍母偕來，嘗讀書於老氏之室，曰興國觀者，寒暑不倦，學而成仕，為時名卿，邑之士咸知敬慕，築堂祠之，既毀於兵，慶元初，憲使范公處義復創於觀側，因陋就簡，將頹圮也。

記中除范仲淹讀書處為道士觀，與〈年譜〉中所云的長

山僧舍略有出入外，其餘與〈年譜〉、州縣方志記載完全吻合。文中提到的「慶元」是宋寧宗趙擴的年號，此年號共用了六年，慶元初當是西元 1195 年或 1196 年，這時距范仲淹去世的西元 1052 年僅一百四十多年，而且據「記」中所敘，范處義整修還是第二次，那麼第一次距范仲淹生活的時代則更近。可見，在范仲淹之後不久，宋代人們對范曾生活在洞庭湖邊是沒有疑義的。況且，范仲淹生為參知政事，死諡文正，是個勳業顯赫的大人物，在他死後不久，人們對他生平若是含糊不清，就可以臆造一個讀書臺遺址，這也似乎是不可能的。

從上可知，范仲淹的青少年時代是曾在洞庭湖邊的安鄉縣度過的，洞庭風光當然在他心中留下了深深的印記。從政後滕子京要他為岳陽樓作記，我們並不排斥他可能參考了滕附送的〈洞庭秋色圖〉及唐賢今人詩賦，但更重要的是他記憶中的洞庭又會浮現到眼前，過去的坎坷以及後來的聞達也都會一一閃現。在〈岳陽樓記〉中，他對洞庭陰晴不同景色的描繪，對順境逆境中人們不同情緒的感慨，對自己「不以物喜，不以己悲」的自勵，不能說與安鄉時期的生活經歷沒有很大的關係。

對〈岳陽樓記〉藝術上的評價

對〈岳陽樓記〉的思想意義和作者本人的品格，正像岳陽樓裡一塊詩碑所讚譽的那樣：「氣蒸波撼常如此，後樂先憂有幾人？」古今都沒有多少疑義，至多在褒揚的分寸上有

所區別，但對此文藝術上的成就卻毀譽不一。從南宋林之奇的《觀文瀾集》、呂祖謙的《宋文鑑》，直到近代的《古文觀止》，對此文都多加褒美，把它作為古典散文的典範而選入文選。但從宋代起也就有人唱反調：「范仲淹以對話說時景，世以為奇，尹師魯譏之曰，『傳奇體耳』。」清代桐城派編的《古文辭類纂》也不予收錄，其原因是說它語近對偶，不符合桐城派主張的「古文義法」。下面，我想就上述的不同意見談談此文的藝術特色，至於大家都公認的如立意高超，敘述、描寫、抒情三者結合等藝術特色就不再饒舌。

第一，此文駢散相間、錯落有致，反映了北宋早期散文的典型特色。

唐以前並無古文這個概念，古文之說，始於韓愈，他把上繼三代、秦、漢，奇句單行的文體稱為古文，與六朝以後駢四儷六的時文相對立，由於韓愈、柳宗元等人的大力提倡，中唐以後這種文體形成了一種占壓倒優勢的文學潮流。這就是文學史上所說的古文運動，也就是桐城派恪守的所謂「古文義法」。但到了晚唐時代，浮靡文風又開始復甦，特別是經過五代動亂，到了宋初，西崑派在文壇上已占統治地位。西崑體講究聲律諧和、對仗工穩，但內容浮靡，粉飾太平，引起了范仲淹等改革派的極大不滿，范認為「國之文章，應於風化，風化厚薄，見乎文章」。並建議仁宗「敦諭詞臣，興復古道，以救斯文之薄而厚其風化」⑫。在實際創作中，他努力實踐自己的主張，賦與散文以現實的生活內容，來反映他憂國憂民的政治態度。與此內容相適應，他把

一味講求聲律、對偶的駢體改造為駢散相間、韻白雜陳。散文不拘長短、自由靈活而且突兀不偶，顯得很有骨力，駢體則講究排偶、聲律、藻飾，有一種形式美。〈岳陽樓記〉中，作者把這兩種文體熔於一爐，在敘述和議論時多用散文，而在描景時多用駢體，在結構上，駢文用在中間兩段，散文則用在首尾。這種駢散相間的形式使全文既整飭嚴密、句麗辭暢，而又錯落有致、開闔自如。這正是北宋早期散文革新的成果。桐城派責其不合「古文義法」是失之偏頗的。

第二，此文不重於記而重於議，開宋代歐、王、蘇等散文大家遊記文之先河。

尹師魯批評〈岳陽樓記〉是以對話說時景的「傳奇體」。其實這正道著了此文的特色。本文在構思上是很有見地的。這篇散文的題目叫〈岳陽樓記〉，但是既不像篇遊記，也不像篇樓記，之所以說它不像遊記，是因為它不像一般記遊文那樣交代遊覽的時間、地點、人物以及遊覽的經過。至於說它不像篇樓記，是因為它不像〈黃岡竹樓記〉等正統樓記那樣，去記敘此樓的興廢沿革、重修始末以及樓的結構規模，而是著重於議論。它的重議論，不僅表現在全文的中心是放在後面整整一段的議論上，通過它來表現作者對古仁人的仰慕之情，以及自己的遠大胸襟。而且就在中間兩段的描景裡，亦是描景夾雜議論，描景是為了議論。這種遊記不著重於記而著重於議的寫法，對後來的散文大家王安

⑰見《范文正公集‧奏上時務書》。

石、蘇軾等都有極大的影響。蘇軾的〈石鐘山記〉雖然記敘了自己乘小舟夜泊絕壁之下，考察石鐘山得名之因的經過，但重點在於議論，是要告訴人們：「事不耳聞目見而臆斷其有無」是不行的這樣一個客觀真理。王安石的〈遊褒禪山記〉則更是重於議論，對褒禪山的景色、山勢，幾乎都未觸及，而把闡述學者要深思慎取和求學要有志與力的道理放在首位，這種宋文多議論的特徵，范仲淹的〈岳陽樓記〉可以說是開風氣之先。

第三，此文章法多變，文勢曲折，深得行文之妙。

〈岳陽樓記〉不到四百字，但全文跌宕騰挪，曲折多變。結構嚴謹而不板滯，條理清晰而有波瀾。例如當作者在描繪洞庭湖景色時，鋪敘它「銜遠山，吞長江，浩浩蕩蕩，橫無際涯，朝暉夕陰」的萬千氣象，看來似乎要淋漓盡致地描繪一番了，哪知他卻用「此則岳陽樓之大觀也，前人之述備矣」一句帶住，戛然而止。相反地，當作者大段地描述了洞庭湖陰晴不同的景象和人們登覽的不同感慨後，讀者以為是淋漓盡致、無話可說了。但作者突然筆鋒一轉，又來了第三大段，極力摹寫「或異二者之為」的古仁人之心。另外，在本文中洋洋灑灑揮寫的，卻並非要旨，而三言兩語道出的，卻是關鍵。作者要否定的，卻先一本正經地道出，而作者極力追求的，又用假設否定的方式出現。這都表現了此文變幻奇譎、曲折騰挪的行文特色。正像唐代傳奇那樣，峰迴路轉，曲折多變，想像出人意表。如果從這個角度來說，〈岳陽樓記〉類傳奇體，倒也並非貶語。

北固亭與稼軒詞

　　鎮江，古稱京口，位於長江和京杭大運河交會處，它三面環山，一面臨水，猶如出穴之虎，所以每當南北分治之時，它就成為拱衛金陵的要塞和北伐進擊的理想之所。三國時孫權在此建都，並在甘露寺前與劉備結成軍事聯盟，共抗強曹；東晉安帝義熙十二年（416），北府大將軍劉裕在此渡江北伐，一直打到長安渭橋邊。十四年後，其子劉義隆又學乃父北伐，結果卻被北魏太武帝拓跋燾一直追到與京口一江之隔的瓜洲；宋高宗紹興四年（1134），金將兀朮又從瓜洲渡江，與南宋名將韓世忠鏖戰於鎮江一帶江面，韓妻梁紅玉親冒如蝟箭矢，在船頭擂鼓助戰，這就是後世傳為佳話的「擂鼓戰金山」；宋寧宗嘉泰四年（1204），宰相韓侂冑又雄心勃勃，準備北伐，任命一代詞人辛棄疾知鎮江府，惜謀畫未畢即被罷職，韓侂冑草草北伐，只落得個和宋文帝一樣的「倉皇北顧」；至於後來的元兵南進、清軍進擊南明弘光政權，其主力也都是沿揚州南下，在瓜洲渡江，先占領鎮江，再攻打南京的。在這一千多年的烽火硝煙中，文學史上留下光輝一筆的，應數南宋初年的宋金對峙之時。陸游、陳亮、岳珂、辛棄疾都曾在此，面對江北的淪陷山河，抒發過慷慨

的愛國之情。其中最著名的當然要數辛棄疾，他在任鎮江知府前後，寫過七篇有關鎮江風物和抒發抗金之志的詞章，其中的〈永遇樂・京口北固亭懷古〉和〈南鄉子・登京口北固亭有懷〉更是傳誦千古。

歷代文人與北固山

北固山係著名的京口三山之一。它的東面是焦山，西面是「白娘子水淹金山寺」的金山，北固山雄踞其中。此山高五十八公尺，長200公尺，宛如一條巨龍，昂首、拱背、翹尾，由南向北飲於大江之中。山體拔地而起，巨石懸空，原東、西、北三面皆臨大江，驚濤拍岸，聲震數里，古人曾有「此山鎮京口，回出滄海潮」之句。後因江水改道，山東西兩側的江水退去，才形成今日「三面連崗、如虎出穴」之勢。

北固山的山名亦屢有更迭：秦漢時叫「土山」，大概因為當時山上荒涼、黃土裸露而得此名，此名一直沿用到唐宋，如宋《太平寰宇記》云：「甘露寺在城東北土山上」，唐代詩人劉禹錫詩云：「土山京口峻，鐵甕群城牢」。劉詩中所說的鐵甕城是孫權在漢獻帝建安十四年（209）所建，位置就在土山前峰山麓，因此地原名京口里，所以又叫京口城，後人把鎮江稱作京口，即緣於此。大概因為土山在北面拱衛著鐵甕城，又固若金湯，所以從此又稱北固山。據說劉備來甘露寺招親時，見此山雄崎江濱、控楚負吳，盛讚「此乃天下第一江山也」。大詩人李白有詩曰：「丹陽北固是吳

關，畫出樓臺雲水間。千巖烽火連滄海，兩岸旌旗繞碧山」
①。宋以後的詩詞，也多稱此山為北固山，如歐陽修的〈甘
露寺〉：「尚有南朝樹，能留北固雲」；辛棄疾的〈京口北
固亭懷古〉；元薩都剌的〈清明日登北固山〉；，明姚孝廣
〈登多景樓〉：「欲上南朝寺，先登北固山」。看來，北固山
之名，唐以後一直沿用至今。北固山又名北顧山，此名始於
梁武帝蕭衍。大同十年（544）春正月辛巳，梁武帝「幸京
口城北固樓，改名北顧」②，意為在此可以北望中原，大概
有匡復之志。唐高祖武德九年（626），鎮江改稱金陵，而北
固山由於地勢險要，風景壯麗，足以代表金陵，所以北固山
在唐時又稱為金陵山，唐張氏的〈行役記〉稱「甘露寺在金
陵山上」③就是一證。

　　北固山是一狹長的山體，由南向北，分為前、中、後三
峰，之間有條山脊相連，山脊名龍埂，又名甘露嶺。古時龍
埂東西兩側皆為大江，浩蕩的江水極力要撞開龍埂東去而始
終未能如願，最後只得易道北去，鎮江今日仍能屹立江濱，
亦是此嶺之功。前峰又稱鼓樓崗，唐以前所說的北固山即指
此。三國時吳國在鎮江建都，在此峰下築鐵甕城，東吳官員
的府第亦多建於此，今東、北、西三面殘存有夯土的牆垣。
該牆依山而築，高約 10 公尺，寬 0.6 公尺，呈馬蹄形，磚面

①《李太白集》〈永王東巡歌〉。

②《梁書》卷3〈武帝紀〉。

③見宋王懋《野客叢書》引。

飾有繩紋，在古建築史上有較高的價值。峰西南有魯肅墓，明清以還，均有修葺，墓前曾有巨大碑銘，「文革」中被擊毀。清代鎮江詩人張崇蘭有首憑弔詩，題為〈魯肅墓〉，其中四句寫到：「直將諸葛同心事，空被張昭識姓名。大業竟從身後定，豐碑且向墓前橫」，較好地概括了魯肅聯劉抗曹、奠定東吳基業的一生主要業績。前峰下有一牌樓，上書清人所撰楹聯：「峰巔片石雷三國，檻外長江咽六朝」，此處為遊北固山的登山道起點。

中峰，又名百果山，它和前峰間原有山脊相連。明世宗嘉靖年間，倭寇突襲鎮江，地方官倉卒應戰，為了便於防守，遂將兩峰間的山脊鑿斷，切斷處現為東吳路通道。山麓西面有鳳凰池，相傳明太祖朱元璋曾在此議事。山上有東吳大將太史慈墓，還有一座中山造林紀念塔，塔四周嵌有孫中山先生的造林遺訓。山上原有柳永墓，今已湮沒無存。柳永為北宋著名詞人，晚年流寓潤州（鎮江另一名，隋文帝開皇十五年所改），死後無錢安葬，寄於僧舍「槁殯久無歸者」，後來陳朝請出資，將其葬於北固山下。明萬曆年間，鎮江水軍統制羊滋鑿土時，「得柳墓誌銘並一玉簪，以及搜訪摹本。銘乃其侄所作，篆額曰『宋故郎中柳公墓誌』」。明萬曆《鎮江府志》、清光緒《丹徒縣志》以及葛仲勝《丹陽集‧陳朝請墓誌》對此皆有明確的記載。《丹徒縣志》並指出：「王漁洋〈真州雜詩〉乃謂墓地儀徵，失考」。

後峰，又稱北峰，是北固山的最高峰，因其斷崖絕壁高懸於江上，故又名別嶺，這裡既是北固山風景絕佳之處，又

是名勝古蹟集中之地。天下第一泉、天下江山第一樓、天下第一亭、北宋鐵塔、甘露寺，以及三國時孫劉聯盟的有關遺跡，如狠石、遛馬澗、試劍石等。鐵塔位於後峰山門處的清暉亭旁，是我國僅存的六座鐵塔之一，具有極高的文物價值。此塔原為石塔，為唐朝宰相李德裕為潤州刺史時，於寶曆元年（825）所建，約在唐僖宗乾符年間（874～879）倒塌。北宋神宗熙寧九年（1076），由甘露寺住持募緣在原塔基上再建鐵塔，為七層。至明萬曆十一年（1583），因「海嘯塔頹」，又「由僧人性成、功琪重建」。西元1842年鴉片戰爭時，英軍炮擊鎮江，鐵塔也被擊毀。現今的鐵塔為西元1960年重修，僅四層，其須彌座和一、二層為宋代鐵塔。從鐵塔向左，有一山門通向甘露寺，寺下坡壁上嵌有一塊石刻，曰「天下第一江山」，原為大同十年梁武帝蕭衍登北固山時所題，現為宋代書法家吳璩所書，清代鎮江府通判程康莊臨摹刻石。北固山被稱為「天下第一江山」即由此而得名。相傳甘露寺建於東吳甘露年間（265～266），寺因年號而得名。劉備到東吳招親，這裏是吳國太相親的地方。其實，這個傳說並不可靠。據《三國志》：劉備為荊州牧，「（孫）權稍畏之，進妹固好。先主至京見權，綢繆恩紀」，事在建安十四年，而吳國太死於建安七年，喬玄更是已死去二十六年，怎能去相親呢？況且此時還沒有甘露寺。甘露寺的修建，是在西元六世紀左右，南朝的蕭梁時代，原在山下，唐代宗寶曆年間，潤州刺史李德裕為求福佑，在建鐵塔的同時，將甘露寺由山下遷到了山上，同時遷來的還有三國

時孫劉結盟的一些傳說和遺跡，以此作為寺廟周圍的景點，甘露寺成為劉備招親之處和吳國太相親之所，即由此敷衍而來。今天甘露寺周圍仍存有「狠石」、「遛馬澗」、「試劍石」等遺跡。「狠石」今在甘露寺後，是一隻無角石羊，大小與真羊相似，左側腹部刻有「狠石」二字，傳說孫權曾坐在狠石上與劉備共商破曹大計。晚唐詩人羅隱有首詩曰〈題狠石〉：「紫髯桑蓋此沈吟，狠石猶存事可尋。漢鼎未安聊把手，楚醪雖美肯同心？英雄已往時難問，苔蘚何知日漸深。還有市廛沽酒客，雀喧鳩聚話蹄涔。」看來，至少在晚唐前，孫劉狠石共議破曹的故事已為市井所熟知。在歷史滄桑中，狠石屢次失而復得。最後一次見到狠石是明正德十年（1515），郡守滕謐在北固山下演武場發現了自宋元符年間（1098～1100）就丟失的狠石，為此立碑建亭，並撰文為記。隨後又遺失於明末的戰亂之中。今天的狠石是清光緒十六年的仿製品。遛馬澗又叫駐馬坡，在甘露寺西側的峭壁上，兩面雲山夾峙，下有一徑如線。據說孫權為了證明「南人善駕舟，亦善騎馬」，曾與劉備比肩衝下山澗小徑，又連轡登上此坡，「披襟振衣，揚鞭大笑」。清代丹徒舉人解懷有首題詩，曰〈題走馬澗〉：「千秋豪傑半消沈，古澗長存獨到今。可恨蒼苔迷舊跡，馬蹄踏處不堪尋」。試劍石在寺前的鳳凰池中，完全是附會《三國演義》中孫劉各懷鬼胎、劈石許願的故事，也就是晚唐詩人羅隱詩中所云的「漢鼎未安聊把手，楚醪雖美肯同心？」之意，故事的背景還是很真實的。

　　甘露寺自李德裕之後，與金山的江天寺、焦山的定慧寺並為鎮江三大名寺，也成了全國各地香客、遊人瞻仰之所，杜牧、歐陽修、米芾、薩都剌等唐以來的詩人皆有題詠，其中以發明活字印刷的北宋沈括題詩最有滄桑感：「丞相高齋半草萊，舊時風月滿亭臺。地從日月生時見，天到江山盡處回。三國是非春夢斷，六朝城闕野花開。心隨潮水漫漫去，流遍煙村半日來」。從詩意來看，李德裕當年在甘露寺裡亦有寓齋，只是到了北宋，甘露寺一帶，已是三國吳都半成丘墟，六朝繁華亦如春水了。

辛棄疾與北固亭

　　南宋愛國詞人辛棄疾與北固山可以說是結下了不解之緣。在他的詞章中，至少有五首與北固山有關，這還不包括他知鎮江府時所上的奏章和寫給政要及友人的書信。在這五首詞章中，又有三首是寫北固亭，只不過他在詞中，將北固亭與北固樓混在一起。例如在〈南鄉子〉中，題為「登京口北固亭有懷」，詞中卻是「何處望神州，滿眼風光北固樓」。其實，北固亭與北固樓是兩回事，雖同在北固山上，卻是兩處景點。

　　北固樓創建於唐代，大概又與李德裕有關，因為此樓又名多景樓，樓名即取自李德裕〈臨江亭〉詩中「多景懸窗牖」之句。民間則稱之為「相婿樓」或「梳妝樓」，這仍與上述的吳國太相婿和劉備招親故事有關。多景樓位於北固山後峰最高處，為兩層建築。檐牙高啄，飛閣流丹，樓內迴廊四

通,面面皆景:東面是一瀉千里的大江,遠處的焦山帶著淡淡的翠靄漂浮在萬頃碧波之中;西面則峰嶺相連,重巒疊翠,一直延伸到天地相接之處;近處有金山匍匐於腳下,遠望則是星火萬點的瓜洲。北宋大詩人曾鞏對多景樓前的山光水色曾有過形象的描繪:「欲收佳景此樓中,徙倚欄杆四望通。雲亂水光浮紫翠,天含山氣人青紅。一川鐘唄淮南月,萬里帆檣海外風。老去衣襟塵土在,只將心目羨冥鴻」④。正因為如此,它與武昌的黃鶴樓、洞庭的岳陽樓齊名,並稱為「萬里長江三大名樓」,北宋的書法家米芾更把它稱為「天下江山第一樓」。今天,米芾的題額高懸在多景樓頭,兩邊的廊柱則有今人題寫的一聯:「北固暫停槎,縱我雙眸看天邊風月;東瀛方用武,問誰隻手扶第一江山」,此聯題於抗日戰爭初期,此衛國之志、豪宕之情,倒是與七百多年前的辛稼軒樓頭題詠一脈相連。樓內的正堂各懸一聯,底樓是一長聯:「杯酒弔南朝,空餘半壁殘山長向江流作砥柱;梯雲登北固,願借一杯甘露化為霖雨濟蒼生」。此聯寫於內戰時期,撰者借古諷今,有許多現實的感慨;「甘露」既是撰者理想,又是借用身邊的甘露寺,虛實兼有,巧妙又妥帖。樓上一聯為「地窄天寬江山雄楚越,漚浮浪捲棟宇自孫吳」,歷史與現實,描景與抒情妙合無痕,亦是一幅佳聯。

兩宋時期,多景樓是文人或達官顯貴最喜愛的雅集唱和娛賓送客之所,歐陽修、曾鞏、蘇軾、沈括、米芾、辛棄

---

④《曾鞏集》「甘露寺多景樓」。

疾、陳亮、陸游等詩人、學者和科學家，在此留下了大量題
詠。尤其是辛棄疾，自宋高宗紹興三十二年（1162）南歸，
開始，一直在沿江一帶任職，如任江陰府簽判、建康府通
判、京西路轉運判官、知江陵府等，赴任、卸任途中，都要
經過鎮江，臨江而峙的多景樓當然是他賞目登臨之處；另
外，自孝宗乾道元年（1165）春至乾道三年秋，即詩人二十
六至二十八歲這三年時間，詩人一直在吳楚一帶漫遊，名聞
遐邇的北固山和多景樓，詩人亦不可能不到。由於史料匱
乏，我們難以在現存詩文中對此一一加以指認，但集中有兩
首寫於淳熙五年（1178）的詞，可以確認與多景樓有關。這
兩首詞一是〈水調歌頭·舟次揚州，和楊濟翁、周顯先
韻〉，另一是〈滿江紅·江行，簡楊濟翁、周顯先〉。據鄧廣
銘《辛稼軒年譜》：淳熙五年，詞人年四十。這年秋，詞人
由大理少卿調任湖北轉運副使。其赴任路線是先由杭州沿京
杭大運河北上達揚州，再沿江西溯。達揚州時，友人和同鄉
楊濟翁與周顯先為其接風送行，並同遊對江的北固山多景
樓。據楊萬里《誠齋詩話》：楊炎正，字濟翁，江西吉水
人，楊萬里的族弟，「年五十二乃登第」，周顯先生平不
詳。從辛棄疾的「和詞」小序來看，楊周二人皆有詞相贈，
周詞今不存，楊詞曰〈水調歌頭·登多景樓〉⑤，詞中抒發
了報國無門的悲慨和今日心情的灰暗，所謂「可憐報國無
路，空白一分頭。都把平生意氣，只作如今憔悴，歲晚若為

---

⑤見《西樵語業》。

謀」！辛棄疾在和詞中，既同情其遭遇，又給與安慰和鼓
勵：「二客東南名勝，萬卷詩書事業，嘗試與君謀。莫射南
山虎，直覓富民侯」。〈滿江紅〉一詞則是離開鎮江時寄贈
楊、周二人的。如果說上首詞是同情楊周的遭遇，此詞則是
抒發自己的感慨和不平：

> 過眼溪山，怪都似，舊時相識。還記得，夢中行
> 遍，江南江北。佳處徑需攜杖去，能消幾兩平生屐？
> 笑勞塵，三十九年非，長為客。　　吳楚地，東南
> 坼。英雄事，曹劉敵。被西風吹盡，了無塵跡。樓觀
> 才成人已去，旌旗未捲頭先白。嘆人間，哀樂相轉
> 尋，今猶昔。

　　詞中提到「英雄事，曹劉敵。被西風吹盡，了無塵
跡」，顯然與北固山、甘露寺的孫劉聯盟有關；而「樓觀才
成人已去」更是直接詠嘆多景樓和與孫權有關的傳說和史
事，至於「旌旗未捲頭先白」則既有嘆古，也有傷今：稼軒
自南歸以後，由於「歸正人」的身分和「持論勁直，不為迎
合」⑥的處世態度，受盡排擠和打擊，儘管他雄才大略，一
直「以氣節自許，以功業自負」⑦，然而事與願違，南宋小
朝廷一直未讓他在抗金大業中發揮重要作用。始而冷落閒

⑥《宋史・本傳》。
⑦范開〈稼軒詞序〉。

曹，繼而調動頻繁，終而落職閒居，使他有才難展，報國無門。淳熙五年，詩人正值不惑之年，人生有為之時，就在上一年春，詩人方由江西提點刑獄改任湖北安撫使，當年冬，又改任江西安撫使；到了第二年即淳熙五年春，又召往杭州做大理少卿，下半年，又調任湖北轉運副使。這樣頻繁調職，使他在任何一個職位上都不可能有所作為，因而產生年華虛度、壯志成空的人生感慨，所以，他在詞中慨嘆「樓觀才成人已去，旌旗未捲頭先白。嘆人間，哀樂相轉尋，今猶昔」，以及「能消幾兩平生屐？笑勞塵，三十九年非，長為客」，皆並非全在懷古，亦在傷今。至於「過眼溪山，怪都似，舊時相識」，則是由於乾道初年曾在吳楚一帶漫遊，也是辛棄疾在此之前曾到過北固山、多景樓的證據。

北固亭又名凌雲亭、臨江亭、祭江亭、江山第一亭，在

▲北固亭

多景樓下東側絕壁之上，檻外即是大江，是北望中原的最佳之處，所以又名臨江亭。相傳三國時劉備兵敗彝陵，病死於白帝城，孫夫人聞訊後登上此亭，向西遙祭，然後投江而死，故又得名祭江亭。至於「江山第一亭」，則是近代康有為所書。今日的北固亭是明末崇禎年間所建，四面石柱上刻有兩幅楹聯，一幅曰：「客心洗流水，蕩胸生層雲」，為集杜甫詩句而成；另一聯是：「此身不覺出飛鳥，垂手還堪釣巨鰲」。亭北的臨江胸牆上，鐫刻著辛棄疾的草書〈南鄉子·登京口北固亭有懷〉。辛棄疾詠歌北固亭的詞章，則是在晚年任鎮江知府之時。宋孝宗淳熙八年（1181），稼軒被誣陷削去江西安撫使一職，從此在上饒帶湖斷斷續續閒居了二十二年。「稼軒」這一別號也就是在此時起的。直到寧宗嘉泰三年（1203），宰相韓侂冑當權籌措北伐，大力擢用「士大夫之好言恢復者」[8]，一生力主收復失地又極有軍事才能的辛棄疾，自然又被朝廷想了起來。這年六月，辛被起用為紹興知府兼浙東安撫使，歲末，又召赴行在，寧宗要親自垂詢北伐大計。臨行前，好友愛國詩人陸游寫長詩相送[9]，要他一切以抗金事業為重，同時要謹慎從事。第二年正月，寧宗召對，辛棄疾沒有辜負老友及一切愛國者的希望，提出了「金國必亂必亡，願付之元老大臣，務為倉卒可以應付之計」[10]這一既積極又慎重的北伐方略。召對以後，辛棄

---

[8]《續資治通鑑》卷156。

[9]〈送辛幼安殿撰造朝〉，見《劍南詩稿》。

疾擢升為寶謨閣待制、並任北伐前沿軍事重鎮鎮江府的知府，去作伐金準備。辛棄疾一到鎮江，不顧六十五歲的高齡，竭盡全力規畫北伐措施：他首先訂做了一萬套軍服，準備從沿邊招募一萬邊民組成先遣隊。因為「沿邊之人，幼則走馬臂弓，長則騎河為盜，其視虜人，素所狎易」。而且這些邊民要單獨組軍，不要與官軍混雜，不然受軍中腐敗之氣影響，不但會削弱戰鬥力，而且會沾染爭功自戕的壞習氣⑪。在軍事部署上，他建議在淮東山陽和淮西安豐設立兩屯，各置一軍，「新其將帥，嚴其校閱」。對鎮江諸務，他亦力加整頓，為北伐作好各項準備。根據對當時形勢的分析，他認為「更需二十年」積極備戰，北伐定能成功⑫。就在此間，他兩次登上北固亭，先後寫下了〈南鄉子・登京口北固亭有懷〉和〈永遇樂・京口北固亭懷古〉這兩首流傳千古之作：

南鄉子・登京口北固亭有懷

何處望神州？滿眼風光北固樓。千古興亡多少事？悠悠，不盡長江滾滾流。　　年少萬兜鍪，坐斷東南戰未休。天下英雄誰敵手？曹劉，生子當如孫仲謀。

---

⑩《建炎以來朝野雜記・乙集》卷18。

⑪程珌《洺水集》卷1〈丙子輪對札子〉（二）。

⑫袁桷《清容居士集》卷46〈跋朱文公與辛稼軒手書〉。

永遇樂‧京口北固亭懷古

　　千古江山，英雄無覓，孫仲謀處。舞榭歌臺，風流總被雨打風吹去。斜陽草樹，尋常巷陌，人道寄奴曾住。想當年，金戈鐵馬，氣吞萬里如虎。　　元嘉草草，封狼居胥，贏得倉皇北顧。四十三年，望中猶記，烽火揚州路。可堪回首，佛貍祠下，一片神鴉社鼓。憑誰問，廉頗老矣，尚能飯否？

　　這兩首詞的共同之處就是雖為登臨之作，卻無一句關於北固亭或亭前風景的描繪，完全是抒發收復失地、統一中原的愛國之志，或是借古喻今，闡明北伐方略，與自己在鎮江的軍事處置相表裡。在前一首詞中，他稱讚敢於與強曹對抗的孫權，說他是曹、劉的唯一敵手，表示要「生子當如孫仲謀」，藉此來激勵士氣，表達自己的抗金決心。在後一首詞中，他除了表達自己老當益壯的愛國之志外，更著重於闡明自己的北伐見解，即既要積極又要慎重的方針。他舉南朝宋文帝劉義隆草草準備，便匆忙北伐，導致「倉皇北顧」為例，告誡當局要準備充分方可北進。可是，急於求成以鞏固自己地位的韓侂冑根本聽不進這些意見，相反卻在開禧元年（1205）七月，下令內外諸軍「密為行軍之計」，與此同時，又莫名其妙地將辛棄疾調離鎮江，改知隆興府。還未等其上任，又以「好色貪財，淫刑聚斂」的罪名撤回新的任命，使辛棄疾又一次回鄉閒居。就在離開京口前夕，詩人連續寫了

三首詞：〈瑞鷓鴣‧京口有懷山中故人〉、〈瑞鷓鴣‧京口病中起登連滄觀偶成〉、〈生查子‧題京口郡治塵表亭〉；離開京口返鄉途中，又寫了兩首詞：〈玉樓春‧乙丑京口奉祠西歸，將至仙人磯〉、〈瑞鷓鴣‧乙丑奉祠歸，舟次餘干賦〉。在這些詞中，詞人雖也極力表現解脫政務後的輕鬆感，和對歸隱生活的嚮往，如「偷閒定向山中老，此意須教鶴輩知」、「悠悠興廢不關心，唯有沙洲雙白鷺」，但內心深處，對韓侂冑等只求虛名、不務實際葉公好龍式的做法，還是耿耿於懷的，對韓等斷送了收復中原的大好機會更是悲憤難平，這從詞中的「鄭賈正應求死鼠，葉公豈是好真龍」，「悠悠萬世功，矻矻當年苦……不是望金山，我自思量禹」等詩句中，充分地表現了出來。

就在辛棄疾返鄉後不久的第二年春天，韓侂冑在匆忙之中草草北伐了，由於招募的民兵不是當地邊民，又與官軍混雜在一起，結果是「一出塗地，不可收拾」，甚至自相殘殺，據當時曾到淮甸視察，親眼目睹宋軍潰敗情況的程珌回來報告說，「無一而非辛棄疾預言於三年之先者」[13]。韓侂冑本人，也為這次草草北伐付出了腦袋。至於辛棄疾，也在壯志成空後的這年秋天，帶著「生前恨不見中原」的無窮遺憾與世長辭了。因此我們可以說：知鎮江府，是辛棄疾政治生涯中最後一個亮點；在鎮江尤其是在北固亭的題詠，是稼軒詞中最輝煌的絕唱。

---

[13] 同[12]。

姜白石的合肥之戀

　　姜白石，名夔，字堯章，生於南宋高宗紹興二十五年乙亥（1155），卒於宋寧宗嘉定十四年（1221）。享年六十七歲。因他曾居住過弁山（在今浙江吳興）的白石洞下，所以又稱「白石道人」。

　　他是南宋著名的詞人，為人風流自任，布衣終身。他的詞作，格調高妙，清空峭拔，對南宋以後的雅詞影響甚著，清初的浙西詞派更奉為圭臬。姜夔的一生與今天的安徽省省會合肥市曾結下不解之緣。

　　他原是饒州鄱陽（今江西省波陽）人，自幼年就隨著父親宦遊湖北漢陽。父親死後，他流寓湘、鄂之間。當時在湖北做官的名詩人蕭德藻（千岩）賞識姜夔的才華，就把侄女嫁給他，並且帶他到湖州居住（今浙江吳興）；因此他經常往來江淮之間杭州、蘇州、金陵、合肥等地。又經蕭德藻的介紹，他結交了當時的名詩人楊萬里、范成大、辛棄疾。三十歲之前，他寓居合肥時，結識了合肥赤闌橋邊兩位琵琶藝妓，遂結良緣而且一往情深。在以後的二十多年中，他寫了近二十首懷念這兩位情人或詠歌合肥風物的詞章，占他的全部詞作約四分之一；而他對髮妻蕭氏，卻無一語提及；可見

他情有獨鍾。可惜光陰荏苒,八百年彈指過去。今日山河播
遷,風流雲散,斯人斯物,蕩然無存。因此重溯歷史長河,
拂去歲月灰塵,對姜白石當年合肥情事的有關古蹟和詞章試
加考索,是很有意思的。

合肥古城與赤闌橋

合肥,顧名思義就是肥水會合之地。肥水,又作「淝
水」;所以在歐陽修編的《新五代史》上,合肥又作「合
淝」。

合肥在秦漢之際(前206)建縣,屬九江郡。合肥地處

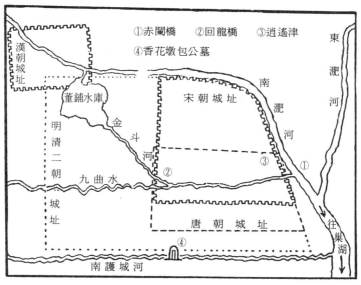

▲合肥古城及赤闌橋圖

巢湖、瓦埠湖之間，向南可經巢湖入長江，與長江沿岸各城鎮交通；向北與瓦埠湖相隔僅百里，可朝發而夕至。經瓦埠湖可入淮河，又與沿淮河的城鎮相通。由於合肥處在長江水系和淮河水系的銜接處，自然成為當時水陸交通的樞紐。司馬遷在他的《史記・貨殖列傳》中寫到：「合肥受南北潮，皮革、鮑、木，輸會也。」正因為它是商貨集散中心，所以在西漢初年就以一個縣躍為全國十大商業城市之一，由縣升為郡治，稱合州。隋代又改合州為廬州。以後，從唐代直到清代，行政上皆無很大的變化。西元 1945 年抗日戰爭勝利後，合肥又成為安徽省的省會，一直至今。

漢代的合肥，在今市區的西北角，大蜀山下的董鋪水庫附近。三國時，魏、吳爭奪合肥，反覆鏖戰多年。東吳幾次圍合肥，皆仗水軍，從所控制的巢湖沿南淝河達城邊。為改變城在水邊被動挨打的局面，魏將滿寵將合肥城址遷往城西三十里的雞鳴山下，使吳軍無法發揮水軍的優勢。西晉統一後，又遷回合肥舊址。到唐太宗貞觀年間（627～649），大將軍尉遲敬德（585～658）鑑於舊城地勢低窪，又在城東的淝河南岸高地築新城，城為土築。到唐德宗貞元年間（785～804），廬州刺史路應求改土城為磚城，又因「合肥分野入斗度多」改稱金斗城，南淝河稱金斗河。到南宋孝宗乾道五年（1169），為防禦金兵進犯，淮西帥郭振將唐城橫河變成橫貫城東西的一條內河。到明武宗正德七年（1512），因河北劉七起義軍南下淮泗，有進攻廬州之勢，「議者以金斗河東西貫城，慮水關難守。乃閉水關，築堤以

障之」。從此，金斗河改道城北，成今日模樣。城內故道乾涸成為一條橫貫東西的街道，這就是今日市內最繁華的一條主街「長江路」的前身。而長江路口的東門大橋，在古代叫作「赤闌橋」。兩宋時代，赤闌橋位在穿城而過的金斗河上。河的兩岸，店鋪林立，是個繁華的商業區。岸上樓館，水下亭閣，日日笙歌，夜夜管弦。當時橋邊多楊柳，別浦縈迴之際，多少遊子折柳相送；曉風殘月之時，多少佳人橋邊相思；至今留下眾多的文壇佳話，美詩妙詞。姜白石當年就是住在赤闌橋西的小巷內，亦是楊柳夾道。他在給朋友的詩中就曾說：「我家曾住赤闌橋，鄰里相過不寂寥。君若到時秋已半，西風門巷柳蕭蕭。」

他還專門用「淡黃柳」為詞牌，自製了一首詠合肥的詞。與赤闌橋相對的水西門內九曲水上有座橋叫回龍橋。相傳曹操與孫權攻奪合肥，於此回馬，故得其名。此橋之所以出名，還因為橋公（玄）曾住此。橋公有二女，長曰大喬，次曰小喬，皆一代國色。孫策攻合肥得二喬，自納大喬，策好友周瑜納小喬。姜白石在詠合肥諸詞中常提到二喬。如〈淡黃柳〉：「正岑寂，明朝又寒食。強攜酒，小喬宅。」〈解連環〉：「為大喬能撥春風，小喬妙移箏，雁啼秋水。」大概因為姜夔在合肥與一對姊妹歌妓相愛，赤闌橋與回龍橋又相距不遠，所以常以二喬喻他所愛的二歌妓。

姜白石的合肥情事

姜白石來往江淮間次數雖多，但留住時間較長者有兩

次：一次是宋孝宗淳熙十二年（1185），白石三十歲之前，住在赤闌橋西小巷內，第二次是宋光宗紹熙二年（1191）秋，三十五歲時。逗留的原因與他在合肥的戀情大有關係。青年時代的姜白石曾從湖北寄居處沿江東下，在江淮間遊歷。在他的集子中所載的編年最早的一首詞是〈揚州慢〉，即是丙申至路過揚州時作。丙申至日是西元1176年，此時白石二十二歲。如前所述，合肥位於巢湖之濱，下連東吳，上接荊楚。宋時屬揚州西路，距揚州不過兩百多里。況且合肥為一大郡，人文薈萃，也是江淮一帶遊歷者必到之處。姜白石在合肥歌樓雲集的赤闌橋邊，結識了兩個身為歌妓的姊妹燕燕和鶯鶯。燕燕居長，善彈琵琶，鶯鶯為幼，善彈箏弦。白石把她倆戲稱為「二喬」。在一首惜別詞〈解連環〉中寫道：「玉鞭重倚，卻沈吟未上，又縈離思。為大喬能撥春風，小喬妙移箏，雁啼秋水。」為與燕燕鶯鶯朝夕相處，白石就賃屋居住在赤闌橋西的小巷內。他寫了一首〈淡黃柳〉詞，描繪他居處周圍的情形。詞前有序，其序與詞如下：

予客居合肥南城赤闌橋之西。巷陌淒涼，與江左異。惟柳色夾道，依依可憐。因度此闋，以紓客懷。

空城曉角，吹入垂楊陌。馬上單衣寒惻惻，看盡鵝黃嫩綠，都是江南舊相識。　正岑寂，明朝又寒食。強攜酒，小喬宅。怕梨花，落盡成秋色，燕燕飛來，問春何在？唯有池塘自碧。

▲宋代的赤闌橋：今日合肥市長江路橋

　　不少學者因失於實地考察，根據詞序，皆以為赤闌橋在今合肥城南，實際上卻在城中部偏東，即今日小東門附近的「長江路橋」。因如前所述，宋城是截唐城一半，向北延至南淝河，這樣原在城中部金斗城上的赤闌橋就變成城南了。明清以後城區擴大，赤闌橋一帶又變成偏東的市中心地區。至於詞中抒寫的早春季節乍暖還寒，寒食客愁皆詞客抒情慣技。惟攜酒小喬之宅，燕燕飛來，問春何在，似是以物喻人，暗指與燕燕鶯鶯的情事。

　　姜白石三十二歲時，又一次路過合肥，但這次卻只能遙望，不能停住。因為上一年冬（淳熙十三年）蕭德藻罷官由湖北回故鄉，帶白石一道去湖州與其侄女完婚。歲暮從武昌沿水路東下，第二年正月初二達金陵。遙望淮南群峰，他又

252

想起了與燕燕鶯鶯的朝夕相處以及離別時的難捨難分，以至
於形諸夢寐。醒過，寫下了著名的〈踏莎行〉一詞。其序與
詞如下：

> 自沔東來，丁未元日至金陵，江上感夢而作。
>
> 燕燕輕盈，鶯鶯嬌軟，分明又向華胥見。夜長爭
> 得薄情知，春初早被相思染。　　別後書辭，別時針
> 線，離魂暗逐郎行遠。淮南皓月冷千山，冥冥歸去無
> 人管。

同時，他還寫了一首〈杏花天影〉詞。他以「桃葉
渡」、「鴛鴦浦」、「燕啼鶯舞」來抒發昔日的相聚之樂和今
日的相思之苦，可見戀情之深之重。更何況，這種戀情形於
夢寐，見諸詞章，又在新婚的前夕，這更讓人感慨萬千，產
生更多遙想和推測了。白石第二次寓居合肥是在宋光宗紹熙
二年（1191）秋，詞人終於又回到了思念已久的「二喬」身
邊，心情十分歡暢，詞集中對此有明確的記載。〈摸魚兒〉
序云：「辛亥秋期，予居合肥。小雨初霽，偃臥窗下，心事
悠然。起與趙君酋露坐月飲，戲飲此曲。蓋欲一洗鈿合金釵
之塵。」詞中寫到：「閒記省，又如還是，斜河舊約今再
整。」「雲路回，漫說道，年年野鵲曾併影。」詞人終於踐
舊約，了夙願，又回到二喬身邊。鵲橋今渡，併影雙飛；鈿
合金釵，刮垢磨光，其心情歡暢與悠然，不覺流露於詞作之
中。

　　這次歡聚不久，詞人又離開二姬而乘舟東下。其原因，
一是受蘇州范成大之邀，前去石湖相聚；二是年關將至，要
趕去湖州與家人團聚。詞人和二姬都感到再也無緣相會了，
所以這次離別倍感傷情。白石有〈解連環〉詞，記相別場面
如下：

　　　　玉鞭重倚，卻沈吟未上，又縈離思。為大喬能撥
　　春風，小喬妙移箏，雁啼秋水。柳怯雲鬆，更何必十
　　分梳洗。道郎攜羽扇，那日隔廉，半面曾記？　　西
　　窗夜涼雨霽。嘆幽歡未足，何事輕棄？問後約空指薔
　　薇，算如此溪山，甚時重至？水驛燈昏，又見在，曲
　　屏近底。念唯有夜來皓月，照伊自睡。

　　詞中不但感嘆幽歡未足，後會無期，甚至回憶起他們初
次相識的情形，帶有一種總結的性質了。
　　白石在石湖，與范成大盤桓一月有餘，寫下〈暗香〉、
〈疏影〉等著名的詞章。現代詞學名家夏承燾先生依據詞中
「嘆寄與路遙」、「紅萼無言耿相憶」、「早與安排金屋」等
語，認為這與合肥情事有關，仍是對燕燕鶯鶯的懷念。此事
雖然確記，但姜白石一直在范家住到歲末，別人要過年了，
他才在除夕之夜乘船匆匆由石湖趕往湖州苕溪。姜白石對家
庭、對妻子眷戀不深，這點是可以指實的。這年白石三十七
歲。
　　自此以後，姜夔未再與二姬相會。但這合肥之戀，給詞

人留下了終生難忘的孽緣。宋寧宗慶元二年（1196）冬，詞人在無錫，又打算再去合肥，可是因事未果，又形之於夢寐，醒後作〈江梅引〉以寄相思。詞云：

> 人間離別易多時，見梅枝，忽相思，幾度小窗，幽夢手同攜。今夜夢中無覓處，漫徘徊，寒侵被，尚未知。　　濕紅恨墨淺封題，寶箏空，無雁飛。俊游巷陌，算空有，古木斜暉。舊約扁舟，心事已成非。歌罷淮南春草賦，又萋萋。飄零客，淚滿衣。

就在寫此詞的一年前，他在鑑湖還寫了一闋〈水龍吟〉，深情回憶十年前與二姬相識之時，嘆息道：「我已情多，十年幽夢，略曾如此。」他寫此詞的一年之後的元宵之夜，又在夢中與二姬相會，醒來則長嘆：「淝水東流無盡期，當年不合種相思。」（〈鷓鴣天·元夕有所夢〉）相思之樹所結下的苦果，這位詞人幾乎品嘗了一生。

姜白石四十歲後徙居杭州。宋寧宗慶元三年（1197），他曾向朝廷獻上〈大樂議〉和〈琴瑟考古圖〉，建議朝廷下詔整理國樂。不久又獻上《聖宋鐃歌十二章》。他晚年流落在嘉興、金陵一帶，逝世於杭州，葬在錢塘門外西馬塍。

他的著述有十多種，現在仍存者有《白石道人歌曲》、《白石道人詩集》、《詞集》、《絳帖評》等書。其中詩有一百八十多首，詞約八十多闋。因為他一生不仕，過著寄人籬下的生活，無雄心壯志，所以他的作品只反映了南宋偏安的

現實。他的詞作以記遊、詠物、慨嘆身世者多。他精通音律，擅長作曲，今存有他自注「工尺」旁譜的十七闋詞，是研究宋代詞樂的最佳文獻。

褒山、華山、馬山與
〈遊褒禪山記〉

　　近幾年來，外地不斷來信詢問褒禪山的有關情況，為了理清大家比較關注的一些問題，最近，我們同含山縣教育局、褒山中學的幾位好友到褒禪山作了一些考察，現將考察的情況整理成這篇「散考」，以饗詢者並就正於高明。

　　褒禪山屬於大別山餘脈，它與西面的黃鶯山、昭關，東面的華陽山、雞籠山等相連，像一條東西走向的巨蟒，橫亙於巢湖地區的巢縣、含山、和縣之間。王安石的〈遊褒禪山記〉涉及其中三座山峰，一是褒禪山，慧空禪院所在地；二是華陽山，前洞及什碑所在地；三是馬山，後洞所在地。下面依次介紹兼作考證。

　　褒禪山，亦名華山，今稱褒山，位於含山城北十五里的褒山公社境內，海拔二〇四公尺，相對高度一八〇公尺左右，山頂東面一塊稍高，其餘地方則平而長，宛如一面綠色的旗幟飄揚在起伏的崗巒之上。《含山縣志》云：「褒禪山舊名華山，以唐貞觀慧褒禪師得今名，山色翠靄，四面如圍，中有起雲峰，欲雨則雲先起，春夏往往見之，又有龍洞，羅漢洞、玉女泉、白龜泉……山腰有一小塔，與大塔相望」。據褒山中學趙校長介紹，大塔與小塔在文化大革命前

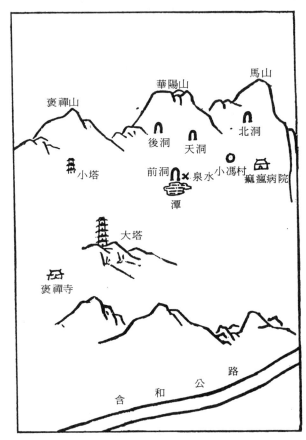

▲褒禪山一帶示意圖

仍在。大塔氣勢雄偉、風格粗獷，小塔精巧玲瓏、氣度清
秀。傳說大小塔為師徒倆所造，徒弟年輕好勝，憑千斤氣
力，硬用石條在山下壘成了七層大塔。師傅年老力衰，自度
氣力不如徒弟，只好以智慧取勝。他在山腰造了一座小塔，
憑著所據的地勢和精巧的工藝壓倒了大塔。據介紹，當時的
兩座塔是很有特色的，尤其是大塔，全由千斤以上的大石條
壘成，一共七層，七丈多高，上面還有張孝祥所書的「寶
塔」二字，一人多高，字體遒勁。可惜在文化大革命中，這
兩座塔都被當作四舊掃光了。當我們帶著悵惘的心情踏上大
塔遺址時，只見碎石叢集，坑灰散亂，初夏的驕陽把婆娑的
樹影灑在那坑坑窪窪的塔基之上，斑斑點點，搖曳不定。遙
望山腰，灌木青青，怪石嶙嶙，一時之秀的小塔也不見了蹤
影。當地大廟大隊林場小學的田克金老師告訴我們，最近有
個趙姓的社員在清理塔基時，發現有塊大石中空，內有一
盒，裡面裝有許多銅錢。當我們懷著興奮的心情趕到這位社
員家時，這位社員說，銅錢一共三十枚，已賣給含山廢品收
購站，得錢四角四分，只記得上面好像有「開元」等字樣。
我們又只得扼腕而嘆。

　大石塔的西南坡下為褒山寺舊址，即王安石所謂「慧空
禪院」。據陳廷桂《歷陽典錄》：「褒山寺築於唐貞觀年
間，黃庭堅、王安石、王深文皆在寺內留有文跡。寺內曾藏
有玉杵、鐵杖、金磬、錦帨、玻璃盤、旃檀、避塵珠、藏經
櫝等。寺院近旁絕壁斷碑，往往有宋人題刻」。田老師告訴
我們，大廟（當地人稱褒山寺為大廟，所在地大廟大隊即以

此命名）。在西元 1952 年前仍然香火鼎盛，廟有三進大殿，前殿匾額上題有「褒禪山寺」四個鎏金大字。門前有兩棵大銀杏樹，一雄一雌，皆徑粗合圍，枝葉茂密。現今大廟和雄樹已毀，雌樹尚在。從《歷陽典錄》上來看，附近應有不少宋人碑刻，但今天已蕩然無存。我們不甘心一無所獲，順著村道細細尋訪，終於在田間小道上發現一塊明代詩碑，題為「褒禪寺」，詩云：「乾坤好景難如此，今古浮名總是閒。我亦中原詩酒客，白雲清夜宿褒山」。落款是「嘉靖十三年八月十日賜進士出身奉訓大夫直隸和州知州孟雷書」。

從褒山寺東行三里即達華陽山前洞。王安石說五里，不確。因據《含山縣志》「褒禪山，縣北十五里」，「華陽山，縣北十八里」，兩地相距為三里，我們實地考察也為三里。華陽山舊名蘭陵山，海拔二三〇公尺，相對高度一九〇公尺左右。山坡平緩，兩側幾乎等高，山頂平而長，遠遠望去，像一架扁梯豎立在金色麥浪之中。華陽山下有一洞，當地人叫華陽洞，亦稱碑洞，即王安石所云前洞。他在描述前洞時曾說「其下平曠」。這句話引起了一些人的爭論。有人認為「其下」是指山下，有人則認為「其下」是指洞下。其實，只要到實地一考察，就會發現這種爭論宛若笑話中所說的兩個近視眼看匾一樣，爭論的前提根本不存在。因洞口與山腳齊，洞前就是碧綠的秧田，洞下平曠也就是山下平曠。

據介紹，華陽山下過去亦有一寺，今遺址猶有石礎。寺前道上曾有一碑，據《歷陽典錄》，碑曰「大唐花寺碑，文字漫漶不可讀，亦未知誰氏書撰。王荊公記所謂其額可識，

曰花山也」。王安石通過這塊碑上「花山」二字，就推斷華山即花山，認為當地人讀作「華山」是「音謬也」，進而發了一通「學者不可以不深思慎取」的宏論。據我們看，這個推斷也是不確的。因為這塊碑上說的是花山寺，並不是說這山叫花山，況且這碑和寺的所在地是華陽山，而不是三里外的褒禪寺和褒禪山（華山），更不能從此得出華山叫作花山的結論。含山人宋時的「花」、「華」如何讀音，已不可考。但從今天來看，區別是很明顯的，「華」讀陽平 huá，「花」音短促，如古入聲字讀法，兩字讀音似不會謬混，今含山縣城南五里另有一山曰花山，當時的「花山」是否就另有所指，亦未可知。

「大唐花寺碑」何時亡佚，今尚不知。《歷陽典錄》成書於清同治四年，可見此碑至少同治年間尚在。有人撰文說：「大唐花寺碑毀於文革」，這又是根據傳聞誤記，因前洞當地人稱碑洞，洞前原有一塊碑，文革中被打碎扔入洞前潭中，我們考察時發現此碑仍在水中，透過清澈的山泉，殘存的字句隱約可辨，其中寫道「……雨者，閔雨也……」，落款為「……望日門生從事郎知和州歷陽縣王管、縉雲縣主簿馮……」，看來這塊碑與雨有關。據《含山縣志》：「宋寧宗慶元六年，和州太守王大過嘗祈雨於此，築喜雨亭，縣令陳仲巽有記」。這塊碑可能就是宋代的祈雨亭碑，或是後人對此碑記的重刻。

洞的東側有一石罅，高丈餘，山泉從中汩汩流出，這大概就是王安石所云的「有泉側出」了。泉水在洞前聚成一小

潭，潭水清冽，黝黑的小魚若在空中游動，殘斷的石碑倒臥潭心，日光把碑邊的綠苔照得明晃晃的，苔端的茸毛隨著微波輕輕漾動。泉後，石壁上鐫著四個大字「萬象皆空」，為明萬曆海陽范懷□刻。石壁的下端就是前洞，洞口直徑約兩公尺，洞內空闊處高六公尺，廣約四公尺，類一大廳。人在洞內說話，嗡然和鳴，格外響亮。洞的右側石壁上有題刻，因年久剝蝕，加上光線昏暗，多不可辨。用電筒細探，辨一石刻為「熙寧四年，過華陽至淮南，江寧楊□□」。熙寧四年為西元 1071 年，距王安石作記的至和元年（1054 年），僅十七年。可見此洞在宋代是經常有人探遊的。洞內路徑由下往右上方斜伸，至二十五公尺處為亂石所阻，道遂斷。深邃處，無數蝙蝠蟄伏壁上，體大如拳，被人腳步聲驚起，撲撲亂飛。洞的盡頭處，嗡嗡作響，伏壁細聽，可辨出是右側的流水聲。

　　從前洞出後，我們準備去探王安石所云的後洞，但後洞在哪裡呢？據《含山縣志》，前面洞均在華陽山上，有人據此撰文，說前洞的右上方即是後洞，但據當地人的介紹和我們的考察，《含山縣志》有誤。因華陽山上有三個洞，下面為前洞，亦稱碑洞，前洞的右上方為天洞，前洞的左上方為後洞。後洞距前洞約五十公尺，為一石罅，淺而窄，人縮身以入，匍伏約二公尺即達盡頭，無勝景可道。無論從距離上還是從地形、地貌上，與王安石所記的後洞毫無相似之處。景色稍勝的是天洞，從前洞攀壁而上十五公尺即達此洞，洞口為一陡坡，有巨石當洞口，洞口直徑約一公尺五左右，呈

喇叭狀，從巨石踏蹴而下直達洞底。洞內高約三公尺，右上方像被一巨斧劈開，直插峰頂，從頂端透出亮光，當地人稱一線天。進洞約五公尺，又有石壁擋道，中有一孔徑約尺許，鑽進去後又另是一番洞天。洞高十餘丈，白色鐘乳石布滿壁頂，溪水湍急，寒氣逼人，陰森恐怖。我們當時曾懷疑天洞即是王安石所云的後洞。但又有兩點不能解釋：一是距離，王安石云後洞在前洞上五、六里，但此洞距前洞僅五、六丈，如說王安石將「丈」誤記為「里」，形、音皆不似，況數量概念差別又如此之大，誤記似不可能；再者王安石記中又沒有提及湍溪，中途退出亦不是因溪流阻道，看來王安石所云的後洞定是另有所指。褒山中學的張主任告訴我們，從前洞的右上方往前走五里，即馬山，馬山中部有一洞叫北洞，與王安石所云的後洞很相類。於是我們又循前洞東上，翻過華陽山脊到達馬山。馬山是三座山峰中最高的一座，海拔三六〇公尺，相對高度二五〇公尺左右。與褒山、華陽山不同的是，它山頂尖，兩側陡，宛若一等腰三角形。由於地處偏僻，人跡罕至，山腰今設一痲瘋病院，此洞就在痲瘋病院的左上方。洞口約兩公尺，探頭向內，昏黑莫辨，寒氣逼人，確如王安石所云「有穴窈然，入之甚寒」。據張主任說，這洞過去非常深邃，曾有人從此洞一直走到和州的小西門。清代洞內出一巨蟒，經常出來偷吃山下廟內的供食。於是和尚們用糯米飯摻黃泥石塊，在洞內狹窄處將洞封死。我們進洞後，前進約二百公尺左右，確實看見了泥巴封洞的痕跡。洞內石壁上似有多處石刻，但辨認再三，也讀不出完整

的句子。從洞的方位、距離及形狀來看，似可確認此即後洞。

　　考察之後，對褒禪山的一些疑點冰釋了。但前疑釋後，又生新疑：王安石當時任舒州通判，而含山縣從東晉置歷陽郡後即屬歷陽（按：當時含山稱龍亢，唐武德初改為含山，歷陽郡亦於隋大業十三年改為和州，即今和縣），況且褒山等三山今都地處荒僻，不在交通線上，在舒州做官的王安石為什麼會跑到和州來遊山呢？我們認為這與以下兩點有關：一是與王安石當時的經歷有關。王安石從宋仁宗皇祐三年起任舒州通判至皇祐六年（即至和元年），由於文彥博和陳襄的推薦，朝廷徵為集賢校理，王安石以「先臣未葬，二妹當嫁，家貧口眾，難住京師」為理由，於同年三月二十二日和四月某日兩次上表辭讓。舊任已免，新任未就，疑王安石在此期間經江寧回江西探親，路過含山而作。二是與宋代的驛道有關。從前洞壁上熙寧四年楊氏石刻來看，華陽山為從淮南道到江寧府的古驛道必經之處。它的東面是伍子胥經過的昭關，西面是霸王自刎的烏江。王安石從舒城出發，可能經巢縣柘皋（古稱高井驛），再從尉橋驛、常山山脊而達褒禪山。其證據是王安石經過含山東面的清溪時曾寫了一首〈清溪河〉詩。詩云：「泠泠一帶清溪水，遠遠來穿歷陽市。涓涓出自碧湖中，流入楚江煙樹裡」。清溪水發源於褒山西面，柘皋東北面的大茅廬尖與青龍尖之間山谷中，今為「和平」、「林場」兩水庫，「涓涓出自碧湖中」即指此。湖水向東即得勝河，經歷陽由烏江口注入長江。「遠遠來穿歷陽

▲含山境內的襃禪山

市」即指此。可見王安石是由舒州、廬州往和州的這條古驛道往江寧的。另一個證據是同年六月六日，他在江蘇海門寫了〈通州海門興利記〉，接下去是到家鄉江西寫了〈金溪吳君墓誌銘〉，可見王安石是取道江寧回老家探親的。唯一的疑問是按路線遊襃山應在前，但時間卻記為七月某日；達海門在後，記的日期反為六月六日。我們認為這可能是由於遊襃山後，王安石並未馬上作記，而是以後補記的。所以〈通州海門興利記〉明確為六月六日，而〈遊襃禪山記〉只記為七月某日。

（本文與巢湖教委錢德車先生合寫）

梅花嶺與〈梅花嶺記〉

　　梅花嶺，在名城揚州西北的古城河邊，本為疏濬河道堆積泥土的無名之所，自從三百多年前，它與一個響亮的名字——史可法連到一起，這裡就成了民族氣節的象徵和愛國志士心中的聖地。如今，嶺頭紅梅似火，似乎還在幻化著那血流漂杵的「揚州十日」，嶺下史公祠內的陣陣松濤，似乎還在回響著史公那「城存與存、城亡與亡」的慷慨之聲。

史閣部與揚州十日

　　西元 1644 年春夏之交，中國大地上正是風雲遽變、天崩地解之時。4 月 25 日，崇禎帝自縊於煤山，李自成則氈笠縹衣、跨烏駁馬進了北京，建立了大順朝。5 月 27 日，吳三桂迎多爾袞入關，中國最後一個封建王朝——大清從此載入史冊。6 月 3 日，李自成退出北京，半個月後，被殲於湖北九宮山。6 月 19 日，鳳陽總督馬士英擁立神宗之孫朱由崧在南京即位，年號弘光，這就是中國歷史上最短暫、也是最腐敗的南明王朝。弘光從 6 月 19 日稱帝到 1645 年 6 月 8 日南京陷落被俘，前後不到一年，他本人更是歷史上少有的昏庸之君，就在李自成餘部未平，清軍又大舉南下直逼

淮、徐，國勢風雨飄搖之際，他卻在南京大修宮殿、沈湎酒色，終日「惟以演雜劇、飲火酒、淫幼女為樂」①。朝廷大臣更是「萬事不如杯在手，一年幾見月當頭」②。醉生夢死的同時，更將明季的黨派紛爭帶到小朝廷之中。馬士英、阮大鋮等把持朝政，藉江北四鎮壓制東林餘黨，並將小朝廷中唯一的砥柱史可法排擠到江北督師，而屯兵武漢牽制清軍中原主力的左良玉，因不滿馬士英專權，竟不顧國勢傾危，以「清君側」為名傾兵東下，討伐馬士英。5月8日，左軍打到安慶；9日，南侵的清軍即傾巢出動由泗州渡淮，而駐守臨淮、淮安的劉良佐、劉則清兩鎮，則聽命於馬士英，以「入衛為辭，避而南下」③，將江北要塞拱手相讓，轉而去對付左良玉。面對唯馬士英之命是從、內戰不已的江北四鎮，身為督師的史可法實際上已無師可督，只好率本部的三千士卒退守揚州。13日，清軍包圍揚州；14日，弘光帝才召見群臣商討禦敵之策。有大臣提出「淮揚最急」，建議調兵增援，然而將朋黨之爭看得高於一切的馬士英，卻「寧可君臣皆死於清，不可死於良玉之手」④，在朝堂上瞋目大呼：「有議守淮者斬！」⑤於是，史可法血書的求援信被丟

①婁東梅村野史《鹿樵紀聞》卷上「福王」上。

②《南疆逸史》卷49。

③徐鼐《小典紀年》卷10。

④鄒流綺《明季遺聞》卷3。

⑤楊陸榮《三藩紀事本末》卷1。

到了一邊，而駐守在廬州，防衛滁、和等十一州縣的黃得功，卻在此時接到命令移防蕪湖，阻擊左良玉東下；此時的揚州守軍，只有史可法帶來的三千士卒。無奈之中，史可法只好命駐守在白洋河、和揚州成犄角之勢的劉肇基部四千人退守揚州。就這樣，揚州守軍仍不到一萬，而包圍揚州的卻是清軍主帥多鐸親自率領的十萬主力。況且，揚州四面被圍，援兵無望，清軍一心攻城，無腹背受敵之虞，揚州的陷落已是早晚之事了。

面對如此孤危之勢，史可法表現出中國士大夫「知其不可而為之」的剛勇之氣和「鞠躬盡瘁，死而後已」的忠正之節。一方面，他發布文告，力圖安定已渙散的人心；同時加固城防，準備決一死戰；另一方面，他又深知大廈將傾，作好盡節的各種準備。大戰之前，他即召集部將，表明自己與城共存亡的決心，為了不至於在城破時落入敵手，他事先請求部將在他自殺時幫忙將他刺死。當副將軍史德威願當此任時，史可法高興得將史德威收作義子，並寫信給母親，請將史德威譜入諸孫中⑥，可見他對能盡節是發自內心的高興，而且是非常認真的。與此同時，他先後寫了四封遺書，給母親、夫人、叔父和兄弟交代後事，其中 4 月 21 日給母親、岳母和夫人的信中寫道：「北兵於十八日圍揚城，至今尚未攻打，然人心已去，收拾不來。法早晚必死，不知夫人肯隨我去否？如此世界，生也無益，不如早早決斷也」⑦。他不

_____

⑥全祖望〈梅花嶺記〉。

但自己盡忠，也鼓勵親人盡節，可謂一門忠義了。至於清軍圍而不攻的原因，亦主要想誘降史可法。因為多鐸深知史可法係南明人望所歸，史可法一降，即可兵不血刃收取江南。多鐸先後派降將李遇春等五次持書招降，史可法則或是用箭射退、不讓進城，或是當眾燒毀來信，以表其志，使揚州軍民深受感動，因而此時的揚州雖勢單力薄，卻同仇敵愾，殺伐之中，往往「薄有斬獲」。就在21日這一天，甘肅總兵李棲鳳、監軍副使高鳳岐率四千兵來援，這本可以增強揚州守軍的戰鬥力和士氣，可是這兩個懦夫一看揚州周圍的形勢，不但不協助抗清，竟然想用武力脅迫史可法一同降清。此時史可法已無力鎮壓這夥叛賊，只能義正詞嚴地回答：「此吾死所也，公欲何為？若求富貴，請各自便」。李、高見史不為所動，又怕被市民知曉此事，便連夜率部縋城降清。此事對揚州軍民來說，在兵力和士氣上都是個打擊。

4月24日，清軍開始攻城，以「紅衣大炮」猛轟城牆，鉛彈「小者如杯，大者如罍」，城堞轟塌之處，史可法即帥兵民冒著炮火填修，磚石用盡後，即以「黃草大袋，盛泥其中，須臾填起」⑧。終因眾寡懸殊，退守舊城。多鐸占領新城後，再次致書史可法勸降，史在此危殆之際仍不為所動，決心以身殉國。多鐸見硬攻難破，遂於25日命士卒改著明軍裝束，打著黃得功部旗號，詐稱「黃爺兵到矣」，守城將

⑦見梅花嶺史公祠展出的石刻手跡。
⑧《明季稗史初編》卷27〈揚州十日記〉。

▲梅花嶺下的「大將軍炮」，史可法當年守揚州時用

士誤以為真，開門迎接，清兵「猝起殺人」⑨，城方為所破。城破時，史可法見大勢已去，欲拔劍自刎，卻被諸將抱住，史可法大呼史德威相助，德威卻「流涕不能執刃」，遂被諸將擁行突圍，行至小東門，清兵如潮水而至，可法不忍軍民被戮，挺身向前，大呼：「我史閣部也」，於是被俘。多鐸以賓禮相待，口稱先生，當面勸降，史可法嚴加拒絕，說：「我為朝廷大臣，豈肯偷生為萬世罪人！吾頭可斷，身不可辱，願速死，從先帝於地下」⑩。被害於揚州南城樓，

⑨同註⑧。

⑩戴名世〈揚州城守紀略〉。

時年44歲。隨史可法殉難的，還有副使馬鳴騄、太守任民育、都督劉肇基等十八人。城破後，都督劉肇基率殘部四百多人，奮勇巷戰，血濺滿街，無一人投敵。清軍攻下揚州後，從4月25日至5月5日，十日之中，大肆燒殺，以洩其忿，這就是歷史上有名的「揚州十日」。當時的被害人數，據和尚的「燒屍符」說是數十萬人，《南明史略》說是八十萬人，民間更是傳說揚州被屠成一座空城，「僅剩賈家、馬家五十三口」。居民王秀楚一家八口，雖多方逃避，也被殺的只剩下三人。他有一篇〈揚州十日記〉，逐日記載了他親歷的清兵屠城時的情景，其中的第三第四天是這樣的：「初三日，天晴，烈日蒸曛，屍氣薰人，前後左右處處焚燒，煙結如霧，腥聞數十里……初五日，幽僻之人始稍出來，相逢各淚下，不能出一語。予等五人雖獲稍甦，終不敢居宅內。晨起早食，即出處野畔，其裝飾一如前日。蓋往來打糧者，日不下數十輩，雖不操戈，然各持槌恐嚇，詐人財物，每有斃於杖下者。一遇婦女，仍肆擄劫。」

清軍的暴虐行為當然激起了揚州一帶民眾更加劇烈的反抗，而史可法自然是一面旗幟。當時揚州就傳說城破時史並未被俘，「有親見忠烈青衣烏帽，乘白馬，出天寧門投江死者，未嘗殞於城中」（全祖望〈梅花嶺記〉）。一些志士更是假借史可法之名，聚集百姓繼續抗清。揚州城破一年後，盧州人馮弘圖藉史可法之名起兵抗清，十天之內就攻下六安、英、霍諸縣，周圍百姓雲合影從，皆以為史可法未死。三年之後，鹽城又有人藉史可法之名以抗清，其聲勢曾「聲震白

下（南京）」⑪。另有浙江人厲韶伯，曾做過史可法的幕僚，與史身材、面貌亦相似，於是又冒史可法之名，召集敢死者數百人抗清，曾連續攻破巢縣、無為等州⑫。到後來，連清軍也將信將疑，懷疑史可法是否死去。《小典紀年附考》中記載了這樣一個故事：吳中志士孫兆奎反清兵敗被俘，審問他的是洪承疇。洪承疇原是明朝名將，曾被崇禎派往遼東督師。松山一役，洪承疇被俘降清，外界則傳聞洪為國殉難。洪與吳曾是好友，此時洪已成為七省經略，他問吳：「先生在軍中，可知揚州史可法果真死了還是未死？」吳趁機挖苦道：「經略公從北來，可知松山督師的洪承疇是真的死了還是未死？」弄得洪承疇羞愧難當，立即吩咐將吳處死，可見史可法的精神在當時巨大的影響和震懾作用。方東樹〈書史忠正公家書後〉也記載了相類的一件事：廬州人馮弘圖兵敗被俘後，堅持說自己就是史可法，弄得清將也將信將疑，只好將史可法的親屬押來辨認。史可法守寡的八弟媳因有姿色，「奸人聶某見而艷之，欲強取之以媚大帥」，夫人自毀其容，自裁而死。全祖望的〈梅花嶺記〉中也有類似的記載，並稱讚她「以女子而踵兄公之餘烈乎！梅花如雪，芳香不染」。

　　正因為史可法有如此巨大的號召力，為了安定人心、穩住東南，必須要對史可法作出表敬之類的行動；全國統一，

---

⑪ 《明通鑑·附編》卷5。

⑫ 《小典紀年附考》。

政權穩固後，當然更需要提倡史可法這種忠誠和獻身精神。因此，為史可法建祠、對其旌表、褒揚，已成為當時形勢之必需，後來國家長治久安之必要；在梅花嶺建史公祠也成為歷史之必然。

梅花嶺和史公祠

梅花嶺在古江都縣廣儲門外，明萬曆年間，揚州太守吳秀濬河積土而成此嶺，因嶺上遍植梅花，故得名梅花嶺[13]。史可法生前曾有遺言吩咐義子史德威，死後將他葬在梅花嶺[14]。史可法欲葬梅花嶺，大概出於兩個原因：一來這裡是宋末抗元英雄李庭芝、姜才祠堂之所在。西元1275年4月，元右丞相阿朮率軍南下包圍揚州，李、姜二人率眾在高郵、泰州一帶軍民支援下，前後堅持達14個月之久，其中阿朮多次勸降，均不為所動。甚至在南宋滅亡後，元軍持恭帝的詔書命降，他二人仍拒不投降，曰：「奉詔守城，未聞有詔諭降也」。結果戰敗被俘，英勇就義。揚州人感其忠昭日月，在梅花嶺畔建「雙忠祠」以紀念。史可法當時的境遇，與李、姜二人相類，從他欲葬梅花嶺，亦可看出他決心追隨李、姜，為國殉節的決心。二來此地名梅花嶺，嶺頭盛開梅花。梅花不畏雪壓霜欺，傲然挺立，自古即是高潔的象徵。史欲葬此，與梅花為伴，亦不枉此生。據王振世《揚州攬勝

---

[13]《嘉慶重修一統志‧揚州府》。

[14]《小典紀年附考》卷10。

錄》：明代梅花嶺頭之梅多為春梅、玉牒種，梅開如雪。既
為史公祠以後，嶺頭之梅多為冬梅、紅蕊，梅開如血。這大
概也是揚州民眾對史可法無聲的仰慕和詠歌吧！據史載，多
鐸在「揚州十日」後封刀不到一個月，即「令建史可法祠，
優恤其家」，祠原建在大東門外姜家墩，乃是利用殘存的民
房草草改建而成，這大概是官方「恩」建的第一座史公祠。
而史德威則遵史公遺囑，「覓其遺骸，（由於）天暑，眾
屍蒸變，不可辨識」，前後查詢一年之久，最後只好「舉公
衣冠及笏，葬於揚州郭外梅花嶺，封坎建碑，遵遺命也」
⑮。由於祠、墓不在一處，墓又屬私建，所以衣冠塚前十分
荒涼。雍正末年，邑中名士劉重選得皖籍鹽商馬曰琯兄弟幫
助，在嶺下建書院，取名「梅花書院」，史可法衣冠塚才得
以修葺，朝夕與衣冠相伴。書院取名「梅花」，其中深意亦
不言自明。官方在梅花嶺建史公祠墓，始見諸文字的是兩淮
鹽運使程儀洛的〈重修梅花嶺明史閣部督師祠墓記〉，記中
詳細地記載了史公祠墓的格局和修建的歷史過程，其中有這
麼一段：

> 今上二十八年壬寅夏，儀洛修葺廣儲門外國朝諡
> 「忠正」、明史閣部祠墓，既竟。巡除周章，恤焉。慨
> 碑石之荒闕，雖忠烈昭鑠史冊，自永永天壤，亦景行
> 仰止，弗遑慰……乃重即墓建祠。自德威歸老山

---

⑮同⑩。

▲梅花嶺上史可法衣冠塚

右,而裔孫康、乾間,迭來省墓,請於有司,始繚垣四周七十丈許,既拓旁近,益環種梅林,間植松柏。知府謝公啟昆記其事,乾隆甲午三十九年也。

這段記載告訴我們:梅花嶺的史可法祠墓雖不知建於何年,但在乾隆二十八年(1763),程儀洛曾代表官方修葺過一次。此時,史可法已得謚號「忠正」。史德威晚年回山西養老,但其子孫在康熙、乾隆年間不斷來梅花嶺給史公掃墓,並向當局請求擴建史公祠。也許正是民間的不斷請求,才導致乾隆三十九年揚州知府謝啟昆重建史公祠。此番重建在周圍築了七十多丈長的圍牆,內部也進行了清理,四周種上了梅花。謝啟昆有篇文章記敘此事,可惜沒有保存下來。乾隆後期,政局穩定,經濟繁榮,出現了史稱的「乾嘉盛世」,此時,清廷一方面對當年降清的明臣進行貶辱,將錢謙益等列入「貳臣傳」,並將其著作《初學集》毀版,列為禁書;另一方面,則大力褒揚為明盡節的志士仁人。乾隆四十二年,乾隆為史公祠御書匾

額「褒慰忠魂」，並賜詩一首：「紀文曾識一篇篤，予諡仍
留兩字芳。凡此無非勵臣節，鑑此可不慎君綱？像斯睹矣牘
斯撫，月與霽而風與光。並命復書畫卷內，千秋忠跡表維
揚」。詩中提到的「像」與「牘」是指侍郎彭元瑞、學士于
敏中等搜集呈上的史可法畫像和文集；「紀文曾識一篇篤」
則是指弘光元年史可法答覆清攝政王多爾袞的拒降書。乾隆
的這首詩晦澀而多語病，實在不敢恭維，但其目的卻非常顯
豁，那就是提倡「臣節」。 乾隆還專門寫了一篇〈御制書明
臣史可法復睿親王書事〉，敘述他命儒臣搜尋這篇覆多爾袞
書的經過，對史可法的「臣節」大讚揚，說自己對此書「卒
讀一再，惜可法之孤忠，嘆福王之不惠，有如此之臣而不能
用」。這位「明君」要達何目的，再明白不過了。皇上帶頭
表彰，群臣自然蜂擁而上，一大批「應制詩」紛紛出籠，不
過目的已不是仰慕史可法，而是藉此向皇上表忠心了。按乾
隆諭旨，他的御制詩、書以及群臣的「應制詩」皆在史公祠
刻石，「以彰後世」。史可法的文集也由乾隆下令刊刻印
行。

　　嘉慶、道光年間，史公祠未作大的修葺改建，只稍有增
飾，如嘉慶年間，史公後裔史以鶴等在衣冠塚西月門兩側牆
上，增飾了四幀梅花石刻條屏，梅花嶺後又建一座假山。咸
豐三年（1853），太平軍林鳳翔、李開芳部攻入揚州，史公
祠在戰火中迭遭破壞，「奎章鉅製，都付煙燼，獨封墓無

----

⑩程儀洛〈重修梅花嶺明史閣部督師祠墓記〉。

恙。家書片石零落，亦僅有存者。」⑯同治五年（1866），湘軍統帥曾國藩在收復南京、蕩平太平軍後兩年為了收拾人心，「表揚盡節效忠之士」，對史公祠進行了大規模的整修，將「朽折者、橈壞者、黧黯者、逶迤者，翼之、甓之、楹之、堵之、封之、植之，別布平砥方石饗堂前塍百餘尺，祀事趨拜，免饗者泥濘患。計周墓門及肩，直墓道，前緣庭為堂，堂西別院為饗堂」⑰。同治以後，史公祠屢遭兵燹和動亂，但亦代有修葺，曾公所籌畫的格局和規模，一直保持到今天。

今天的史公祠外城垣，已變成寬闊的「史可法路」，路與祠之間是垂楊倒映的護城河，一座白石小橋橫跨其上，將祠與馬路相連。史公祠內的建築主要由饗堂、衣冠塚和祠堂三部分組成，中有庭院、碑林、亭閣相連。饗堂前有一門廳，現為遊人進出口，門廳上有一楠木匾，橫書「史可法紀念館」六個鎏金大字，為朱德所書。門廳正對饗堂，中有一庭院，中間是一丈多寬的磚石通道，兩旁有兩株高大的銀杏，經過太平軍的戰火和抗日烽煙的洗禮，至今仍枝繁葉茂，猶如史公青春永存。饗堂兩邊的廊柱有一幅楹聯，詞曰：「時局類殘棋，楊柳城邊懸落日；衣冠復古處，梅花冷艷伴孤忠」，為浙東人朱武章所撰，詞義蒼涼而慷慨。饗堂中央是史可法的塑像，身著明朝官服，頭戴烏紗，正襟危坐，眉宇間一股剛正凜然之氣，兩邊有一篆書對聯：「生有

---

⑰同⑯。

自來文信國，死而後已武鄉侯」，丹徒嚴保庸太史撰，儀徵吳熙載書。文信國即文天祥，文曾封信國公。據《明史·史可法傳》：史母「夢文天祥入其舍，生可法」。武鄉侯乃諸葛亮封爵，諸葛亮「鞠躬盡瘁，死而後已」，的更是世人皆知的。這幅對聯用「夢文信國而生，慕武鄉侯而死」來概括史可法一生，確實是再準確不過的了，況且，此聯對仗又工穩，所以被稱為「空前絕後」之作，據說文章名家梁章鉅拜史公祠，欲為之撰聯，見此聯後遂為之擱筆。塑像兩旁還有一聯，為郭沫若所撰：「騎鶴樓頭，難忘十日；梅花嶺畔，共仰千秋」。

饗堂後面即衣冠塚。墓前有一磚石牌坊，上書「史忠正公墓」五個隸字。坊下三門，均設半截木柵；坊柱下有一對小巧玲瓏的石獅，據說是宋代遺物。衣冠塚東西俱有矮牆，與後院牆相連，使墓單獨成院。塚為封土墓，約兩丈見方，墓臺四周長滿茂密的茜草，經冬不衰，四季長青，人們謂之「忠臣草」。墓臺前面左右植松柏，後面植紅梅，意蘊堅貞與泣血、時局艱難與威武不屈之意。墓臺前兩棵銀杏樹之間有一碑，題為「明督師兵部尚書兼東閣大學士史可法之墓」，為「文革」後所立。衣冠塚東西各有一月門，通往後院。東月門外的梅花仙館即當年梅花書院的遺址，所以又稱讀書樓，現為碑林，牆上嵌有乾隆與彭元瑞等臣的瀛臺唱和，以及古今名人詠歌史可法的多塊碑刻。我最欣賞的倒不是那些詠嘆臣節的古風律絕，而是今人題的九字贊語：「史可法，事可法，人可法」，語語雙關，深沈雋永。仙館兩邊的

廊柱上懸一聯，為清代名詩人王士禛所撰，曰：「竹覆春前雪，花寒劫外香」，亦是語意雙關。園內遍植冬梅，梅叢中有一塊高大的太湖石，空中而多竅，玲瓏剔透，據說是宋徽宗時「花石綱」的遺物。

饗堂的右邊即是祠堂，所謂史公祠，原本專指此。祠堂正南有一門樓，下面是四扇裝飾著梅花形鐵環的黑漆大門，這本是史公祠正門，今已閉，皆從左面饗堂的門廳進出。祠為三楹，中間一楹高出兩廂約三尺，堂中間供著史公的神主和肖像，左右懸著舒紹基撰的對聯：「公去社已屋，我來正梅花」。據《揚州覽勝錄》，原來東西兩楹還供有與史可法同時殉國的文武將士牌位，今已無存。堂內東壁上掛著史公生平年表，西壁則恭抄著全祖望〈梅花嶺記〉全文。堂內的櫥中則陳列著《史可法集》、《小典紀年》、《揚州十日記》等文獻，以及蔡廷鍇、趙樸初等人的詞、聯，其中趙樸初題的是一首七絕：「江左文恬與武嬉，當年急難幾男兒？朋爭族怨今陳跡，獨耀民魂史督師」，感慨頗為深沈。祠堂內的兩幅史公手跡，尤為引人注目。其一是拓片，曰：「自學古賢修靜節，惟應野鶴識高情」；另一是手書：「潤雪壓多松偃蹇，崖泉滴久石玲瓏」。此為史公在崇禎十四年（1641）題鎮江焦山大明寺畫誌之親筆，極為難得。兩幅手跡，一似節士，剛勁渾厚；一似文士，瀟灑飄逸，正好代表了這位進士出身的兵部尚書的外表和內心。祠堂外面的八扇鏤花大門兩旁，懸著轉運使姚煜的長聯；廊柱上則是張爾藎的名聯：「數點梅花亡國淚，二分明月故臣心」。

　　祠堂的後面，即是梅花嶺。嶺頭有一亭，曰梅花亭；嶺下有一閣，曰晴雪軒。軒前有一株古梅，樹齡已二百多年，仍枝繁葉茂，落瓣如雪，晴雪軒大概因此而得名。軒前的楹柱上懸掛著史可法自撰的聯句：「斗酒縱觀廿一史，爐香靜對十三經」。堂內正中牆壁上嵌著史公手跡的三塊石刻：上面一塊是弘光元年守揚州時寫給母親、岳母、妻子的遺書，下面一塊則是著名的〈復多爾袞書〉。正因為此軒存有史公遺墨，所以又稱遺墨廳。軒東有一碑碣，刻有程儀洛的〈重修梅花嶺明史閣部督師墓祠記〉，軒西的松林中有一尊鐵膛炮，曰「大將軍」，據說是史可法當年守城所用。沿著嶺下的石砌小徑登上嶺頭的梅花亭，放眼四望，只見嶺上嶺下紅梅似火，臘梅如雪；饗堂、祠堂、衣冠塚掩映在松竹翠柏之中，伴著陣陣松濤，似乎又傳來史公在揚州城頭那振臂殺敵的慷慨之聲；嶺頭的紅梅，又彷彿幻化出忠烈從容就義時那不屈的身影。唯有護城河外史可法路上的車水馬龍，鼎沸人聲，提醒著憑弔者：現在已是滿漢一家，史公已逝去三百五十多年。

〈遊黃山記〉小釋

關於黃山概況

　　黃山，位於北緯30°1′、東經118°1′，屬南嶺山脈，地處皖南的歙縣、太平、休寧、黟縣之間，面積約一二〇〇平方公里。秦代稱黟山，因傳說黃帝曾與仙人容成子、浮丘公在此山煉丹成仙，故唐天寶六年（747）改名黃山①。

　　黃山是我國著名的風景區之一，素有「天下第一奇山」之稱。有人評它兼有泰山之雄，華山之險，廬山之瀑，衡山之石，雁蕩之怪，峨眉之涼。其風景區有一五四平方公里，有二湖、三瀑、十四洞、十六溪、二十潭、二十四泉、七十二峰。其中天都峰、蓮花峰、玉屏峰、清涼臺等處更是黃山勝景所在。

　　自唐以來，黃山就以它巍峨奇特的石峰、蒼勁多姿的青松、清澈不絕的山泉和波濤起伏的雲海吸引了眾多的遊客。唐天寶年間，詩人李白「攀岩歷萬重」登上黃山，面對著黃山瑰麗奇幻的風光，驚嘆叫絕，寫了六首歌詠黃山的詩歌。

---

①見《歙縣志‧山川志》，《黃山志》。

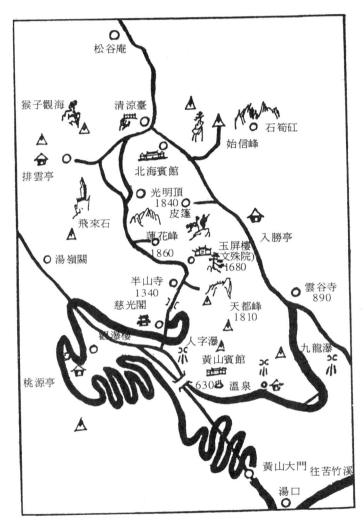

▲〈遊黃山記〉示意圖

其中一首寫道:「黃山四千仞,三十二蓮峰,丹崖夾石柱,菡萏金芙蓉。……回溪十六度,碧嶂盡晴空。他日還相訪,乘橋躡彩虹」②。〈遊黃山記〉的作者徐霞客也兩次登上黃山,均寫了日記,高中語文課本中摘選的是後記。在前一篇日記中他曾慨嘆黃山勝景是天下獨步,說「五岳歸來不看山,黃山歸來不看岳」。

關於徐霞客的登山路線

登黃山共有四條路。南路由湯口經黃山大門達賓館,北路由輔村翻芙蓉嶺達北海,西路從焦村經釣橋庵達湯嶺關,東路從苦竹溪涉九龍瀑達雲谷寺。徐霞客兩次都是從南路登山的。

第一次是萬曆四十四年(1616)。第二次是萬曆四十六年,作者時年三十二歲,他從湯口出發行五里而「至湯寺」(即今黃山賓館),「浴於湯池」(即賓館右側的溫泉),再往北越白龍橋、人字瀑,「望朱砂庵而登」。朱砂庵即今慈光閣,因閣後有硃砂峰,峰上有硃砂洞,據《黃山志》載:「此峰有泉沸如湯,常堆硃砂,世傳黃帝嘗命駕與容成子、浮丘公同遊,合丹於此。」從湯寺經慈光閣至半山寺,約十里,作者稱為「十里黃泥崗」,即今金沙嶺。從朱砂庵以上,嶺道就很難行,道左有缽盂、蝦蟆等峰,道右有蠟燭、

---

②李白〈送溫處士歸黃山白鵝峰舊居〉,見《李太白全集》王琦集
　　注本卷16。

青鸞諸峰，青鸞峰尤為峻峭，前傍絕壁，下臨深淵；霧籠眉際，雲生腳後，道旁有幾道很明顯的第四紀古冰川擦痕。從半山寺再往前翻龍蟠坡，下坡即達「石門」（即今天門坎）。這裡是個三岔路口：前行即雲巢洞，左行往文殊院（即今玉屏樓），右上則為天都峰。徐霞客先是左折經蓬萊三島再達文殊院的。

　　文殊院在玉屏峰下，前有一伸出的石崖曰文殊臺。文殊臺臺高底深，四周群峰錯列，左有天都，右有蓮花，與後面的玉屏在此構成了一個自東南向西北的S形深谷，萬丈雲煙翻騰於深谷之中，使群峰忽隱忽現。站在臺上，可前觀雲海勝景，後眺皮蓬雲山，近賞迎客、送客松和蓬萊三島。這就是徐霞客在遊記中所記述的「左天都，右蓮花，背倚玉屏

▲天都峰上鯽魚背

風，兩峰秀色，俱可手攬。四顧奇峰錯列，眾壑縱橫，直黃山絕勝處」。

徐霞客在登上文殊院後，「懼阻險行後」的僕夫才趕來，這時雖時已過午，他仍不顧澄源和尚的勸阻，決意去攀左面的天都峰。黃山有名的山峰共有七十二座，其中一千八百公尺以上的有三座：蓮花峰、天都峰、光明頂。而天都峰尤為險奇。在老虎嘴、探海松等險絕處，今天開鑿了梯道，安了扶手，但人行其上仍心驚膽戰，下來時大都是「遂前其足，手向後據地，坐而下脫」。當年在無路可登、無物可持的情況下去攀天都，需要何等的勇氣，是可想而知的。文中所描繪的「壁起猶數十丈」的「石頂」，即「鯽魚背」，是天都峰最為險絕處，但不是峰頂。峰頂是桃花石，需要翻過鯽魚背再往上攀越。徐霞客記中有誤。

關於〈遊黃山記〉中著意描摹的景物

奇松、怪石、雲海、溫泉歷來被稱為黃山四絕。除溫泉外，徐霞客在遊記中都加以著意描摹。

一是奇峰怪石。黃山地貌可分為前後兩個部分。前山雄偉，壁立千仞；後山雋秀活潑，玲瓏剔透。前山山體為粗花崗石所組成，由於受第四紀冰川的影響，花崗石常常發育為直立或近乎直立的主要紋理，在侵蝕或地殼變遷等外力作用下，岩體形成巨大的柱狀體，這樣便出現了巍峨的山峰和幽深的山谷。徐霞客所描摹的峰與石，正是體現了這種險與怪的前山特色。作者筆下的谷間小道是「石峰片片夾起，路宛

轉石間，塞者鑿之，陡者級之，斷者架木通之，懸者植梯接之」。通往峰頂的陡坡是「石塊叢起，石崖側削」，天都峰頂是「唯一石頂壁起猶數十丈」。作者正是通過這些奇峰怪石的描寫，以示登山之險及涉險之樂。

二是黃山松。人稱黃山是「無石不松，無松不奇」。黃山松的祖先乃是油松，靠風、鳥為媒，帶它來到黃山落戶，由於受黃山獨特的地理構造和氣候、風力諸因素的影響，日積月累變異而成。西元 1936 年由中國植物學界正式命名為「黃山松」。黃山松要生長在一定的高度上，黃山上八百公尺以上的松為黃山松，八百公尺以下的就是馬尾松了。在體型上，黃山松打破了生長上的對稱和平衡，特別講究側重，甚至放棄了它另一側枝條的生長。由於山高風急，松幹大都短而粗，針葉短而密，而且頂平如削，平貼在石上生長，黃山松的生命力也特別旺盛，它可以生長在少土甚至無土的石縫之中，只要可以立腳，就能負勢而長，即使是斷崖峭壁之上，也能破石而出，而且形體奇特，或偃蹇盤旋，或仰屈倒掛，或異幹同體。稱著於世的黃山十大名松，如蒲團、迎客、臥龍等松，都是取其形似而命名的。在〈遊黃山記〉中，徐霞客以極大的興趣描摹了我國植物志中這一獨特的品種，或是渲染它的色彩：「峭壑陰森，楓松相間，五色紛披，爛若圖繡」；或是勾勒它的形狀：「其松猶有曲挺縱橫者，柏雖大幹如臂，無不平貼石上，如苔蘚然。」應當說，無論從文學的角度，還是從植物學的角度，徐霞客對黃山松的描摹都是既準確又形象的。

　　三是黃山雲海。徐霞客在遊記中以親身體會作了很生動的描繪：「時濃霧半作半止，每一陣至，則對面不見。眺蓮花諸峰，多在霧中。獨上天都，予至其前，則霧涉於後；予越其右，則霧出於左。」「山高風鉅，霧氣來去無定，下盼諸峰，時出為碧嶠，時沒為銀海；再眺山下，則日光晶晶，別一區宇也。」

　　雲海是黃山得天獨厚的勝景。它是由於黃山地區山高林密、雨水充沛和寒流時來等獨特的自然條件而形成的。比較起來，泰山孤峰獨聳，雲氣不大能留住；廬山飛峙江邊，雲霧暢行而少波折；峨眉地處西南，氣候沒有東南濕潤而少雲氣。只有黃山群峰聚居，空氣暖濕，特別利於雲霧積聚而多波折，從而形成了黃山雲海獨有的風格。

　　黃山一年之中約有三分之二時間在雲蒸霧蔚之中，四季均有雲海壯觀，以春季觀雲為最妙。按雲海形成的區域可劃為前海、後海、東海、西海。觀前海在玉屏樓，觀後海在清涼臺，觀西海在排雲亭，觀東海在白鵝嶺，總觀四海則在光明頂。其中以玉屏樓的文殊臺為觀雲海的絕勝處。站在臺前，萬丈雲煙如千條白龍在深谷中翻滾騰挪，層巒疊嶂忽隱忽現；風起時，雲浪滔滔，拍崖而過，呼嘯有聲，人又如立在錢塘潮頭。夕照往往會在谷前呈出七色光圈，中有觀濤人的形象，這就是神奇的佛光。

〈失街亭〉史實考

　　〈失街亭〉是《三國演義》中很精彩的一個章節。它以蜀魏兩國在安定郡街亭一次遭遇戰為主，組織了「失街亭」、「空城計」、「斬馬謖」三個互相連貫的故事，安排了諸葛亮、司馬懿、馬謖、王平、張郃等眾多人物的活動。通過這些故事情節的展開和人物之間的矛盾衝突，諸葛亮的深謀遠慮、料敵如神而又賞罰嚴明、不徇私情；馬謖的剛愎自用、言過其實和脫離實際；司馬懿的老謀深算、瞻前顧後等性格特徵，都鮮明生動地展現在我們面前。它給今天的讀者提供了生動的藝術形象和深刻的歷史借鑑。

　　值得注意的是，《三國演義》中的〈失街亭〉一段，雖取材於陳壽的《三國志》和裴松之的注，但又加了不少民間傳說和作者個人的虛構和想像，於是真真假假，非幻非真，撲朔迷離，是歷史與文學、事實與虛構相結合的一個範例。因此，考證一下與〈失街亭〉有關的史實，研究作者是怎樣對史實進行取捨、裁併，並以此為基礎展開想像，肆力鋪寫，是有益於歷史題材的改編與創作的。

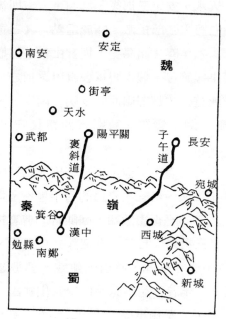

▲街亭之戰示意圖

街亭之戰的魏方統帥是誰

在小說《三國演義》中，街亭之戰魏方的主帥是司馬懿，攻新城殺孟達的是他，圍街亭敗馬謖的是他，殺奔新城、逼擒孔明的也是他。總之，在諸葛亮一出祁山，街亭之戰的前後，司馬懿是作為諸葛亮的主要對手而活躍在各次戰役之中的。

但在史實上，諸葛亮由漢中北上，初次與魏交鋒時，魏方的主帥不是司馬懿而是大將軍曹真，在諸葛亮節節勝利，

攻下了南安、天水、安定三郡後，魏明帝曹叡即親自西征，坐鎮長安，命右將軍張郃拒敵。關於這點，《三國志》上有明確的記載：「六年春（諸葛亮）揚聲由斜谷道取郿，使趙雲、鄧芝為疑軍據箕谷，魏大將軍曹真舉眾拒之。亮身率諸軍攻祁山，戎陣整齊，賞罰肅而號令明，南安、天水、安定三郡叛魏應亮，關中響震。魏明帝西鎮長安，命張郃拒亮。」①

另外，從史實上看，不但諸葛亮一出祁山時的對手不是司馬懿，而且第二次、第三次交鋒的對手也不是司馬懿。第二次的情況是「冬，亮復出散關，圍陳倉，曹真拒之，亮糧盡而還」②。第三次是「七年，亮遣陳式攻武都、陰平。魏雍州刺史郭淮率眾欲擊式，亮自出建威，郭退還，遂平二郡」③。直到十二年春，諸葛亮第四次兵出祁山，這時曹真病危，交鋒的對手才是司馬懿。「十二年春，亮率大眾由斜谷出，以流馬運，據武功五丈原，與司馬宣王對於渭南」④。可見，街亭之戰是與司馬懿無關的。

至於諸葛亮的「空城計」，也只是小說或戲劇中虛構的一個情節，歷史上並無此事。關於空城計的最早說法，見於晉人郭沖的「三事」：「亮屯於陽平，遣魏延諸軍並兵東下，亮惟留萬人守城。晉宣帝（司馬懿諡號）率二十萬拒

___

①②陳壽 《三國志・蜀志・諸葛亮傳》。

③ 《資治通鑑・魏紀》。

④ 《三國志・魏志》裴松之注。

亮，與延軍錯道徑至前，當亮六十里所。偵侯白宣帝說亮在城中兵少力弱，亮亦知宣帝垂至，已與相逼，欲前赴延軍，相去又遠，回跡反追勢不相及。將士失色，莫知其計，亮意氣自若，敕軍中皆臥旗息鼓，不得妄出庵幔，又令大開四城門，掃地卻灑。宣帝常謂亮持重，而猥見勢弱，疑其有伏兵，於是引軍北趣山。明日食時，亮謂參佐拊掌大笑曰：『司馬懿必謂吾怯，將有強伏，循山走矣。』侯邏還白如亮所言。宣帝知後，深以為恨。」⑤

　　羅貫中《三國演義》空城計一節，即是採用郭沖之說並進一步加以虛構和想像的，只不過把陽平關改作了西城，而且把時間改在失街亭之後。其實，郭沖之說本身就是不可信的，其理由有四：

　　第一，陽平關在漢中郡，當諸葛亮駐漢中時，司馬懿尚為荊州都督，住河南宛城，兩人不可能在關中交鋒。《三國志‧魏紀》：「明帝太和元年（227）三月，蜀丞相諸葛亮率諸軍北駐漢中，六月，以司馬懿都督荊豫諸州軍事，率所領鎮宛……太和二年春正月，諸葛亮將入寇……帝遣曹真都督關右諸軍，軍郿」⑥。可見諸葛亮與司馬懿並未在陽平或西城遭遇過，當然諸葛亮也就不可能在西城用空城計來對付司馬懿了。

　　第二，諸葛亮當時從漢中伐魏，進軍的路線可以有兩

----

⑤同④。

⑥《資治通鑑》卷70，魏紀㈡。

條：一是由漢中郡向北入箕谷，沿褒斜路北上，占領長安西側的武都、隴西、漢陽、安定等郡，然後再揮戈東向，進逼長安；另一條是由褒中循秦嶺東進，由子午谷折向北，直搗長安腹部。這兩條進軍路線，前者迂迴，但道路平坦，從用兵上看穩妥一點；後者雖是捷徑，但翻山越嶺，要凶險一些。「一生唯謹慎」的諸葛亮在進軍路線上自然是選擇了前者，而且為此還和他的部下魏延有過爭論，史書上是這樣記載的：「諸葛亮將入寇，與群下謀之，丞相司馬魏延曰，『聞夏侯楙，主婿也，怯而無謀，今假延精兵五千直從褒中出，循秦嶺而東，當子午而北，不到十日可到長安，楙聞延奄至，必棄城逃走。長安中惟御史、京兆太守耳，橫門邸閣與散民之穀，足周食也，比東方相合聚，尚二十許日，而公從斜谷來，亦足以達。如此，則一舉而咸陽以西可定矣。』亮以為此危計，不如安從坦道，可以平取隴右，十全必克而無虞，故不用延計。」⑦據此看來，諸葛亮不可能採取東下的進軍路線，也不願讓魏延分兵東下。可見郭沖「三事」上說的「遣魏延諸軍並兵東下。亮惟留萬人守城」這種冒險的行軍路線和冒險用兵之法，正是諸葛亮所極力反對的，也是沒有歷史根據的。

第三，諸葛亮對魏延一直是有戒備的。〈魏延傳〉：「延每隨亮出，輒欲請精兵萬人，與亮異道會於潼關，亮制而不許，延常謂亮為怯，嘆己才用之不盡也。」⑧平時要求

---

⑦《三國志‧蜀志‧魏延傳》。

統萬人單獨行動尚不可，怎麼可能設想諸葛亮讓他統帥重兵「當衝要之路，總守漢中咽喉」成為「以代吾權」的「大都督之任」呢？

第四，如前所述，空城計這個故事的主要依據是晉人郭沖的「三事」。郭沖是晉人；「三事」是對晉扶風王的告誡，作為後人而毀先王，這在封建時代是大逆不道的。所以裴松之在注《三國志》時，就對這一說法的真實性提出了懷疑：「沖與扶風王言，顯宣帝之短，對子毀父，理所不容，而云『扶風王慨然善沖之言』，故知此書舉引皆虛。」⑧

綜上所述，可見空城計這個富有戲劇性的故事是小說家的創造，是缺乏史實根據的。

既然歷史上並沒有空城計，諸葛亮在街亭交鋒的對手是曹真而不是司馬懿，那麼，《三國演義》的作者為什麼要虛構一個空城計的故事放在失街亭之後，而且把對手改成是司馬懿呢？主要有以下四個方面的原因：

第一，虛構「空城計」這一故事放在失街亭之後，這樣就更突出了街亭在戰略上的地位，也更強調了街亭失守給諸葛亮北伐事業帶來的重大損失。

街亭，位於甘肅秦安縣東北，當時屬安定郡⑨。它不但位於當時叛魏降蜀的安定、南安、天水三郡三角形的中心地

---

⑧同①。

⑨對街亭位置，有不同說法，我以為在安定郡為宜，這裡考證從略。

帶，而且也是陽平關的門戶，蜀中沿褒斜路北上的咽喉之道。對街亭在戰略上的重要地位，《三國演義》中的諸葛亮是充分認識到的。他告誡馬謖：「街亭雖小，干係甚大，倘街亭有失，吾大軍皆休矣。」對街亭一帶的軍事布置，也反映了此地在諸葛亮心目中的地位。他任命馬謖據守街亭，不光是由於馬的主動請戰，而且還由於馬謖過去有過建樹，「深通謀略」，是蜀中著名的參軍。就這樣，孔明還不放心，又進行了一系列的安排：一是向馬謖陳說街亭據守的重要性，並要他立下軍令狀；二是派「平生謹慎」的王平去協助馬謖；三是派高屯領一萬精兵屯兵於街亭東北的列柳城，又派魏延引本部兵去街亭之後屯紮，也正因為精兵良將都圍繞街亭布防，才造成了大本營的空虛。所以一旦街亭失守，形勢立即急轉直下，諸葛亮跌足長嘆：「大事去矣」，立即準備撤退。在這種情況下，虛構一個空城計，就可以更形象地看出街亭失守給蜀軍造成的極為不利的局勢，也更清楚了蜀魏雙方為什麼要圍繞街亭之役進行如此慎重的部署。這就使讀者對馬謖在這次戰略行動中應承擔的責任有了更進一步的了解。

第二，虛構了「空城計」這個情節，也更好地展示了諸葛亮與司馬懿這兩個中原逐鹿的主要對手的各自性格特徵與精神面貌。

應當說，在「失街亭」一節中，雙方的性格特徵已有了較生動的表現。你看，當司馬懿出關消息傳來，諸葛亮馬上便作出判斷：「今司馬懿出關，必取街亭，斷吾咽喉之

路」。當馬謖口出狂言，輕視敵方時，諸葛亮馬上告誡：「司馬懿非等閒之輩，更有先鋒張郃，乃魏之名將，恐汝不能敵之」。當他拆開王平呈來的圖本，看罷便拍案大驚：「馬謖無知，坑陷吾軍矣」。而司馬懿聽說街亭有兵把守，便嘆道：「諸葛亮真乃神人，吾不如也」。但一旦聽說把守的是馬謖，便又訕笑：「徒有虛名，乃庸才耳，孔明用如此人物，如何不誤事」。這幾處言行，不但表現了諸葛亮的料事如神、工於思慮和司馬懿的老謀深算、見地超人等性格特徵，而且也寫出了這兩個主要對手彼此是互相了解，互相佩服，才幹上是各有千秋的。

　　但是，如果小說只寫失街亭，諸葛亮與司馬懿的性格特徵還不能充分地表現出來。因為在這場戰鬥中，諸葛亮是敗者、失算者，而司馬懿是勝者、成功者，如不寫空城計，諸葛亮性格中傑出的一面，司馬懿性格中愚蠢的一面，還無法加以充分的表現，而這一點正是《三國演義》的作者竭力要加以渲染的。如果說街亭之戰是一場戰術和權謀鬥爭的話，那麼「空城計」更是一場毅力、智慧和膽略的較量。諸葛亮在「大事去矣」、形勢危殆的情況下，臨危不懼、冷靜沈著地分析敵方形勢，測度司馬懿當時的心理狀態，出人意外地演了一場空城計。當司馬懿十五萬大軍鋪天蓋地而來時，他卻「坐於城樓之上，笑容可掬，焚香操琴」，以鎮定沈著的態度，大開城門。終於以旁若無人的莫測之深嚇退了司馬懿，贏得了時間，順利地完成了撤退計畫。諸葛亮的大智大勇、沈著果斷、高深莫測的性格特徵，也就充分地表現了出

來。而司馬懿發現自己中計後的一聲長嘆：「吾不如孔明也。」則是很出色地用司馬懿的感慨為諸葛亮的高明作反襯，同時也把老謀深算的司馬懿謹慎到近於膽怯的性格暴露出來。

第三，《三國演義》的作者把街亭之戰的魏方統帥改成司馬懿，是為了使情節更加集中、緊張和生動，也更好地進行對比映襯。因為曹真雖然官階很高，但其實是個庸才，是靠與魏王朝的親戚關係才占據高位的。在諸葛亮第一、第二次出兵祁山的戰鬥中，曹屢敗於蜀，以致傷感不已，「憂憤成疾」，在羞憤中病死。用這樣的人作為魏軍統帥與蜀軍對壘，當然就顯不出諸葛亮的高超，何況街亭之役，諸葛亮居然因失算而敗於這樣庸才之手，就更有損於這位作為智慧象徵的蜀軍主帥形象。因此，作者從曲為號迴護出發，把曹真改成了司馬懿。並在街亭之役之前，就對司馬懿的大智進行大量渲染。首先通過太傅鍾繇之口，稱他是「國家柱石，若復用此人，則諸葛亮自然退矣」。副都督郭淮認為他「深識諸葛亮用兵之法，久後破蜀兵者，必仲達也」。曹真在病危之際也極力保舉司馬懿，認為只有仲達才能退蜀兵。不僅如此，作者還強調蜀方感到最棘手的也是司馬懿。所以在一出祁山前，諸葛亮就採納馬謖建議，用反間計使魏主解除了司馬懿兵權，為兵出祁山掃清了最大的障礙。所以小說中用司馬懿作為魏軍統帥，與諸葛亮就勢均力敵，不相上下，只要哪方稍一疏忽，就會全盤皆輸。這樣諸葛亮在街亭之役軍事部署上的失算，也就不會受到過多的責備；而且在這樣的高

手面前，諸葛亮居然在極為不利的條件下轉危為安，嚇得對方倉皇退兵。相比之下，更顯得諸葛亮是高手中的高手、強者中的強者了。

第四，用司馬懿代替曹真，也使小說情節更集中，主要人物更加突出。因為從歷史上看，在諸葛亮和後繼者姜維多次出兵祁山的戰鬥中，與之較量的主要對手都是司馬懿。諸葛亮秋風五丈原，也主要是與司馬懿相持不下的結果。而且就在失街亭之前，攻下新城、殺死孟達的也是司馬懿。因此，如果按歷史史實來寫，街亭之役中魏方就必然出現兩個主帥：一是街亭之役的主帥曹真，一是從荊州襲取新城的另一統帥司馬懿。這樣就要分散筆力，兩面都寫，容易主次不分，影響對主要人物的重點刻畫和情節的集中安排。因此無論從人物的刻畫還是情節的安排來看，這樣的改動都是非常必要的。

關於斬馬謖的有關史實

諸葛亮斬馬謖，在歷史上是確有其事的，但與《三國演義》中揮淚斬馬謖卻有一些不同之處。

一是街亭失守經過。《三國志・諸葛亮傳》中只交代「謖違亮節度，舉措煩憂，捨水上山，下城不據，張郃命絕」其汲道，擊，大破之」，共六句話，二十七個字。《三國演義》據此敷衍成「請戰」、「拒諫」、「潰敗」一個完整生動的故事。特別是通過馬謖同諸葛亮和王平的對話，以及駐守街亭後得意的三次發笑，把一個狂妄輕率只會紙上談兵、言

過其實的庸才形象，生動地勾勒了出來。

二是諸葛亮對馬謖的任用。史書上是這樣記載的：「越嶲太守馬謖，才器過人，好論軍計，諸葛亮深加器異。漢昭烈臨終，謂亮曰：『馬謖言過其實，不可大用，君其察之。』亮猶謂不然，以謖為參軍，每引見談論，白晝達夜，及出軍祁山，亮不用舊將魏延、吳懿為先鋒，而以謖都督諸軍在前，與張郃戰於街亭」⑩。《魏紀》上還記載了在魏文帝黃初六年（225）諸葛亮率眾討雍闓時，採納參軍馬謖的建議，對險遠的南方採取攻心的辦法，讓其心悅誠服。

《三國演義》的作者在引用這段史實時，把諸葛亮對劉備的告誡不以為然，仍以謖為參軍改成「追思先帝之言，大哭不已」，而且把「每引見談論，白晝達夜」一段故意避開不談，在任命街亭守將這個問題上，把諸葛亮不用魏延、吳懿等舊將，而以馬謖都督諸軍改成馬謖主動請戰，並以全家老幼生命作為擔保，諸葛亮再三告誡讓其立軍令狀後才同意的。

三是揮淚斬謖的經過。史實上很簡單：「收謖下獄，殺之。亮自臨祭，為之流涕。撫其遺孤，恩若生平」⑪。到了《三國演義》中則變得很有戲劇性。下獄殺之變成了斬於轅門之外，而且斬前還有兩次對話，一次是馬謖與諸葛亮的對話，形象地表現了兩人平時的情誼和斬謖的不得已；另一次

⑩同註⑥。

⑪《三國志‧蜀志‧馬謖傳》。

是諸葛亮與蔣琬的對話，一方面交代了馬謖非斬不可的原因，另一方面也表現了諸葛亮斬謖後，追思先帝痛定思痛的愧悔之情。

小說對史實所作的如上變動，在故事情節的構思和人物形象的塑造上是起了很大作用的。

首先，作者竭力誇張、渲染馬謖在街亭戰役之前和進行中的種種狂妄言行，這樣就使這個「言過其實，不堪大用」的庸才形象更加鮮明生動，另外也是在強調這場戰役失敗的主要責任在馬謖。這樣一方面為諸葛亮減輕了應承擔的責任，另一方面也為諸葛亮揮淚斬謖提供了豐富的潛臺詞。

其次，把史實中諸葛亮平時對馬謖的信任以及公然違反先帝遺教的地方略去或改掉，這樣就不會有損於諸葛亮的形象，從而與《三國演義》中竭力塑造的忠貞不二，「鞠躬盡瘁，死而後已」的諸葛亮形象保持了一致性。

還有，作者著意描述斬謖之前諸葛亮與馬謖、蔣琬的兩次對話，更突出了諸葛亮的執法嚴明、不徇私情以及忠於先主、嚴於責己的高尚品質，使這個文學形象更加可親可敬、更能打動讀者。

總之，通過對史實的改動和一些細節的虛構，使〈失街亭〉的情節更加豐富、更加生動，人物更加集中，也更加形象。這正是〈失街亭〉成為文學名篇，人們百讀不厭的一個主要原因。

〈中山狼傳〉考論

〈中山狼傳〉作者是誰

　　誰是〈中山狼傳〉的作者，歷來有三種說法。一說是趙
宋的謝良，另一說是明代的馬中錫，第三種是存疑——可
能是謝良，也可能是馬中錫。新版《辭海》採用的是第三種
說法，語文課本採用的是第二種說法，而筆者持的卻是第一
種說法——〈中山狼傳〉為謝良所作。其證據是：在馬中
錫之前、同時和之後的一些著作中，凡提及〈中山狼傳〉
者，除《明文英華》外，皆注為宋謝良所作。在馬中錫之前
的《宋人小說百種》，在〈中山狼傳〉下題為謝良著；與馬
中錫同為明人的陸楫所編的《古今說海》中，亦確指〈中山
狼傳〉為謝良所著；在馬中錫之後的清人黃文暘編的《曲海
總目提要》康海「中山狼」條下，也注明原作為趙宋謝良所
作。可見，〈中山狼傳〉的原作者應是謝良。

　　那麼，有沒有這種可能？宋代的謝良和明代的馬中錫都
分別寫了〈中山狼傳〉，像勒維烈和亞當斯各自在自己的天
文鏡下發現了冥王星，像巴祖諾夫和斯蒂芬遜分別通過自己
的努力發明了蒸汽機車呢？這種可能性也是沒有的。因謝本

與馬本不但情節完全相同，而且語言也幾乎完全一樣；兩本相較，不同之處只有一百七十四字。天下不可能有這樣兩部幾乎完全相同的作品。況且謝本在前，馬本在後；謝本簡，馬本繁。可見馬中錫是在謝本〈中山狼傳〉基礎上加以稍稍修改，就收到自己的《東田集》中去的。關於這點，鄭振鐸先生分析得很精當：「〈中山狼傳〉見於《古今說海》及《宋人小說百種》者為簡本，趙宋謝良作。繁本文字較整飭，且與康王二劇尤相近，疑係馬中錫改舊本為之」①。

　　既然〈中山狼傳〉為謝良所著，世人為什麼又認為是馬中錫所寫呢？這與《明文英華》的關係很大。因為〈中山狼傳〉在馬中錫之後出現了兩種流傳本，一是謝良本，文學史家稱為簡本，一是馬中錫本，稱為繁本。《明文英華》的編者未細考其源流，就把〈中山狼傳〉當作馬中錫作，而收進明代的這部文章總集中去。於是以訛傳訛，鑄成大錯。關於這點，清代的鈕琇也早就指出：「〈中山狼傳〉原為宋謝良所著……馬東田或有憾於獻吉，書此相誚，遂以為撰者東田，《明文英華》仍之，蓋以未深考矣」②。

作者的創作意圖是什麼

　　馬中錫之後，有種說法，認為〈中山狼傳〉的創作意圖是諷刺李夢陽對康海的負恩③，這種說法並不可信。《四庫

①《世界文庫》第四冊《中山狼傳後記》。
②鈕琇《觚剩》。
③王士禛《池北偶談》卷12。

全書總目提要》對此已作辯證，這裡不一一列舉。西元
1949 年以後，對〈中山狼傳〉創作意圖的解釋，也帶上了
新的時代色彩。有人認為〈中山狼傳〉的創作意圖是「作者
通過這個寓言，徹底揭露了狼的本性」④。有本參考資料引
伸得更遠：「這篇文章要我們對狡猾、凶狠的豺狼本性必須
有個清醒的認識，絲毫不能存幻想，切不可書生氣」⑤。我
認為，以上說的並不是這篇小說的創作意圖，而是今天的讀
者通過文學鑑賞聯繫現實生活而得出的結論，或者說是作品
的社會效果。作者的創作意圖與作品的社會效果往往是兩回
事，兩者可能相符，也可能不符，甚至相反，許多作品的創
作、鑑賞、實踐都證明了這一點。我認為這篇小說的創作意
圖是諷刺墨家「兼愛」，而馬中錫恰恰是看中了這一點，才
對舊本加以增刪而收入本人集中去的。

　　這篇小說有兩個既對立又聯繫的主要人物，一是墨者東
郭先生，另一是中山狼。無可諱言，中山狼是作者著意描摹
的形象之一，它既狡詐又凶殘，向人求援時能抓住對方的心
理，委婉陳情以達到目的；要吃人時，又能說出一番吃人的
道理。但作者描繪狼凶殘、狡詐的本性並不是目的，而只是
手段，是用來給墨者東郭先生作反襯的。用狼的狡詐來反襯
墨派學者的迂闊，用狼的凶殘來反襯墨派學說的無能。特別
是當狼鼓吻奮爪撲向東郭先生時，居然用墨家言論來制服墨

④《中華活頁文選》㈢。

⑤《中學語文教學參考資料》，安徽人民出版社 1979 年版。

者，為自己吃人製造藉口：「先生既是墨者，摩頂放踵，思一利天下，又何吝一軀啖我而全微命乎？」作者著意設計的這一情節，是對墨家一種極大的諷刺，從中更可看出作者非墨的創作意圖。

為了非墨，作者除了用狼的「言」、行作為反襯外，又通過對東郭先生的正面描繪來實現這一意圖。作者描繪他急功好利，為求仕途進取，清晨就騎跛腳驢趕路，結果迷了道；又寫他不能審時度勢，在危急之中還慢吞吞地把狼裝入袋中，生怕壓壞了狼；為了嘲笑墨派學說的迂闊無用，作者採用欲貶先揚的手法，先讓他在救狼之前慷慨陳辭，說出一番墨派的大道理：「私汝狼以犯世卿，忤權貴禍且不測，敢望報乎？然墨之道，兼愛為本，吾終當有以活汝，脫有禍，固所不辭也。」然後，又用事實來證明這派議論是迂闊無用的，東郭先生信奉這派議論是可悲的。為了醜化墨者，作者著意描繪東郭先生在狼撲來時的張皇失措之狀：一面以手搏之，且搏且卻，引蔽驢後，便旋而走；一面痛心疾首地高喊「狼負我！狼負我！」直到拜跪啼泣於杖藜老人面前乞其救命。這時，不但先前的慷慨之氣全無，而且連騙趙簡子時的那點小慧也沒有了。作者有意進行這樣的對比，是要說明墨家的兼愛在實際上是行不通的，他們的摩頂放踵，以身許天下也只是口頭上的，一旦危險來臨，他們就驚恐萬狀，不知所措。作者這樣非墨，還感到意猶未足，又藉杖藜老人之口，對墨者進行正面指斥：「禽獸負恩如是，而猶不忍殺，子固仁者，然愚亦甚矣……仁陷於愚，固君子所不為也。」

作者筆下的杖藜老人，儼然是一位儒家長者，他斥狼所用的就是儒家忠孝節義和父子親親的道德觀：「儒謂受人恩而不忍背者，其為子必孝，又謂虎狼知父子，今汝背恩如是，則並父子亦無矣」。杖藜老人與東郭先生一儒一墨，一貶一揚，作者的思想傾向是很明顯的。

必須指出的是，作者筆下的墨家是個被扭曲了的形象，墨派雖主張兼愛，並為此而摩頂放踵，到處奔走，但他們是主張「交相利」的，對那些「不愛人之身」，甚至「不憚舉其身以賊人之身」的殘者，他們是堅決反對的；墨家是主張非攻的，但它並不反對一切暴力行為，一旦強敵壓境，他們為伸張正義，赴湯蹈火也在所不辭。這從墨子教禽滑釐戰守策，以及助宋拒楚等行動中，即可看出⑥。而在〈中山狼傳〉中，東郭先生為救惡狼不惜去騙趙簡子，甚至在狼要加害於他時，他猶不忍匕狼，把這說成是墨者的行為，是不公正的。

如上所述，〈中山狼傳〉作者的創作意圖是非墨，那麼，人們不禁要問，馬中錫為什麼會對〈中山狼傳〉產生興趣，在修改中又為什麼要更加充分地發揮非墨思想呢？這與下述兩點是分不開的：

㈠是與馬中錫的思想主張有關

馬是個正統的儒者，在六卷《東田集》中，大量充斥著空泛枯燥的儒家說教。就在文學創作這個問題上，他也尊奉

---

⑥孫詒讓《墨子間詁》「兼愛」「非攻」篇。

著「有德者不必有言」的先師遺訓，強調「文學已是末事，
舉子業又其次者」。因此，從學派的門戶之見出發，非墨亦
是意中之事。

(二)是與馬中錫的個人遭遇有關

馬所生活的明代弘治、正德年間，正是廠衛橫行、宦官
專權的時代，其父馬偉曾因直諫下獄，他本人也因不願諂附
劉瑾而兩次下獄，所以他對這些得志便猖狂的中山狼們是深
有感慨的。他曾在一首〈猰㺄圖〉中提到：「平生不識負山
虎，末路乃逢當道狼」⑦。豺狼當道的現實生活使他感到墨
家的迂闊和闇懦，因此他藉〈中山狼傳〉這個寓言故事來告
訴人們，兼愛學說在現實生活中是行不通的。

馬中錫修改〈中山狼傳〉的功過

如上所述，〈中山狼傳〉的作者是謝良，馬中錫只是作
了加工修改。那麼，怎樣來評價馬中錫修改的功過呢？有人
認為「謝本原較粗糙，馬文比較形象，增強了藝術性，故後
人將〈中山狼傳〉與馬聯繫到一起，足見修改的歷史功績」⑧。
我的看法恰恰相反，馬本除個別地方較原本好一點外，絕大
部分修改處卻是敗筆，我們只要對兩本加以比較，即可看
出。

---

⑦馬中錫《東田集》卷3。

⑧薛祥生〈關於中山狼傳的幾個問題〉見《破與立》1978年4
期。

　　馬本比起謝本來，修改計 11 處，共 174 字。其中加添八處，修改三處，大體可分以下幾種情況：

　　一是更露骨地非墨，更充分地表現修改者的儒學正統觀念。如在杖藜老人以杖叩狼之後加上一段對儒家的讚揚：

　　　　儒謂受人恩而不忍背者，其為子必孝，又謂虎狼之有子，今汝背恩如是，則並父子亦無矣。

　　在杖藜老人批評東郭先生「愚亦甚矣」之後又加上大段非墨的議論：

　　　　從井以救人，解衣以活友，於彼計則得，其如就死地何！先生其此類乎？仁陷於墨，固君子所不與也。言已大笑，先生亦笑。

　　這兩段議論用在小說的對話中，顯得囉嗦而空泛，從藝術的角度來看，也是不足取的。

　　二是畫蛇添足。如馬本在「隋侯救蛇而獲珠」之前，又加了一句「昔毛寶放龜而得渡」。毛寶放龜故事見於《搜神後記》，是東晉時代的事，戰國時的狼居然引用八百年後發生的典故，豈不謬哉？另外在狼請東郭先生速裝它於袋中時，簡本寫道：「狼請曰：『事急矣，惟先生速圖！』蛇盤龜息，以聽命先生」。馬中錫為了進一步渲染氣氛，在「惟先生速圖」之後，又加上「乃跼蹐四足，引繩而束縛之，下

首至尾，曲脊掩胡，蝟縮蠖曲」二十三字。這段文字，不但艱深花梢，而且與事理難通：四足既已跼蹐，又怎能引繩而束縛之？

三是受明代八股取士的文風影響，按駢四儷六對偶方式來修改文句。如隋侯救蛇之前加上毛寶放龜，「驚塵蔽日」之後加上「足音鳴雷」，「蛇盤龜息」之前加上「蝟縮蠖曲」。當然，駢句如用得恰當，可使文章音韻和諧、增加節奏感，但從馬本的修改處來看，大部分卻不是這樣，而是詞句堆砌、文意重複。如狼請入袋這一段，簡本已有「蛇盤龜息」一詞來形容狼蜷曲之狀，修改者又加上「跼蹐四足」、「曲脊掩胡」、「蝟縮蠖曲」等一連串修飾詞，而所有這些詞都只表達了同一個意思：狼縮成了一團。過去有人批評江西詩派是「以艱深文其淺陋」。把這個評語用在〈中山狼傳〉的修改本上，也是很恰當的。

四是個別地方經過修改，文字上也準確形象了些。如把「引匕擿狼」改成「引匕刺狼」，把「先生猶豫猶未忍」改為「先生曰：『不害狼手？』」但在十一處修改中，像這樣的改動只有二、三處，以此相較，修改本是過多功少了。

〈早發白帝城〉現地考論

　　〈早發白帝城〉是李白寫的一首有名的七絕。自問世以來，一方面以它那輕快的筆調和秀美的詩句，激起了無數唐詩愛好者的極大興趣，另一方面也由於其寫作時間、地點的不明，引起了一些研究者持續的爭論。爭論主要集中在以下幾個方面：

　　一、關於寫作時間。

　　一是認為寫於開元十三年，李白仗劍去國，辭親遠遊，「出蜀途中離開白帝城到江陵時作」①。

　　二是認為寫於開元十五或十六年，此時李白在湖北安陸娶了許圉師的孫女並以安陸為中心開始第一次漫遊時。如楊慎《升菴詩話》云：「太白娶江陵許氏，以江陵為還，蓋家室所在」。唐懷遠先生在《〈早發白帝城〉寫作時間質疑》②一文中，還進一步推測大概是二十六、七歲時李白出外漫遊，從白帝城返回江陵許宅時所作。

---

①王瑤《李白》。

②唐懷遠《〈早發白帝城〉寫作時間質疑》，見《社會科學戰線》1982 年 4 期。

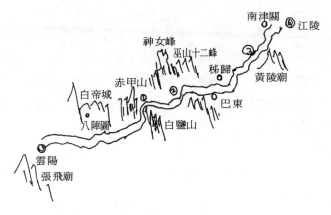

▲白帝城至江陵示意圖

　　三是認為寫於乾元二年李白長流夜郎中途遇赦，從白帝城返回江陵時所作。專家學者持此觀點者甚多。如上海古籍出版社編選的《李白詩選注》：「這首有名的七絕，是李白在白帝城遇赦回江陵時作。」葛傑《絕句三百首》：「西元759年春，李白在流放途中到達白帝城時遇赦，便乘船回到江陵一帶。」

　　二、關於寫作地點。

　　一是認為在準備返回江陵前，寫於白帝城：「這首詩大約是乾元二年春，李白流放夜郎，行至白帝城遇赦，將還江陵時所作」③。

　　二是認為江行途中寫的：「乾元二年（759）李白長流夜郎，行至白帝城，遇赦，乘舟東返。這詩是在江行途中所

③馮沅君《中國歷代詩歌選》㈡，373頁。

作」④。

三是認為寫於到達江陵之後：這首詩「明明是遇赦東下，過了三峽，回到了荊州時作的」⑤。

我的看法是：這首詩應寫於開元十三年，李白首次離蜀，辭親遠遊之時。具體的寫作地點則應是舟達江陵之後，反過來回味從白帝城乘舟東下的情形。下面試對這一看法作些闡述：

一、從詩的感情色彩來看，不可能是作於長流夜郎、中途遇赦之時。

〈早發白帝城〉這首詩節奏輕快流暢，調子悠揚開闊，感情樂觀向上，充滿一種青春的蓬蓬勃勃的朝氣和一往直前的精神，這中間沒有歷盡世途艱難、嘗夠人生苦果的那種精神創傷，也看不出遇赦後絕處逢生的傷感和喟嘆。而這種精神創傷，在李白的後期詩歌中，即使是遇赦後的詩作，也是處處可見其痕跡的。

肅宗至德元年，李白從永王李璘「東巡」，儘管各家對此舉的評價不同，但就李白來說，卻是懷著「為君談笑靜胡沙」的報國平亂赤忱的。所以一旦李璘敗績，李白也頓時成了「世人皆欲殺」的罪人，又是下獄，又是流放。這時他的心情是異常悲憤而且哀傷的。悲憤的是自己一片志誠，卻遭此不白之冤，所謂「辭官不受賞，翻謫夜郎天」，「日月無

---

④朱東潤《中國歷代文學作品選》中編上冊，121 頁。

⑤郭沫若《李白與杜甫》，77 頁。

偏照，何由訴蒼昊」⑥。哀傷的是不但自己受縲紲，被流放，而且也給自己的親人帶來了災難，所謂「穆陵關北愁愛子，豫章天南隔老妻。一門骨肉散百草，遇難不復相提攜」⑦。這時的詩作，以〈萬憤詞投魏郎中〉、〈上崔相百憂草〉為代表，集中反映了這種思想情緒。

值得注意的是這種悲憤哀傷之感，不但表現於下獄時，流放中，也一直殘留在遇赦以後的詩作之中。如在流放路上，突遇恩赦放還時寫的〈流夜郎半道承恩放還兼欣克復之美，書懷示息秀才〉：「黃口為人羅，白龍乃魚服。得罪豈怨天，以愚陷網目。鯨鯢未翦滅，豺狼屢翻復。悲作楚地囚，何由秦庭哭。遭逢二明主，前後兩遷逐。去國愁夜郎，投身竄荒谷……」。儘管是中途遇到金雞報赦的好消息，又加上洛陽克復的大喜訊，但詩人的自怨自艾情緒，對忠而遭逐的不公正待遇，仍耿耿於懷。詩的開頭說自己由於幼稚、愚蠢而陷網目，這之中是有微詞的。一個「陷」字就說明了自己的無辜，所以「得罪豈怨天」也就成了一句帶抱怨語意的反語。而「悲作楚地囚」以下四句更是直接表白自己對遭到不公正待遇的不平。這首詞結尾的調子，也是既低沈又憤慨：「弋者何所慕，高飛仰冥鴻。棄劍學丹砂，臨爐雙玉童。寄言息夫子，歲晚陟方蓬。」意思是我要學冥鴻，避居

---

⑥〈經亂離後天恩流夜郎，憶舊遊贈江夏韋太守良宰〉，見《李太白全集》。

⑦〈萬憤詞投魏郎中〉，見《李太白全集》。

深山修真養性了，這下你們的網羅搆不著了吧！

　　還必須指出的是，不但在歸途中是如此，而且在離開荊楚一帶，盤桓於當塗、南陵時，仍對長流夜郎耿耿於懷，時常提及。我們在〈懷秋浦桃花舊遊時竄夜郎〉、〈江上贈竇長史〉、〈江夏贈韋南陵冰〉、〈贈從弟南平太守之遙二首〉都可以聽到「人悶還心悶，苦辛長苦辛」、「夜郎遷客帶霜寒」這類憤慨而又低沈的調子。如果拿這些詩同〈早發白帝城〉一比，可明顯看到屬於不同的心境、不同的節奏、不同的感情色彩。當然，也只能是不同時期的作品。

　　與此相反，〈早發白帝城〉的感情色彩與李白初次離蜀、辭家遠遊時的心境和胸懷，倒是很相類的。開元十三年⑧，二十五歲的太白懷著「奮其智能，願為輔弼，使寰區大定，海縣一清」⑨的「四方之志」，從家鄉東下辭親遠遊。此時的李白豪邁而自信，認為自己可以「一飛沖天，一鳴驚人」。在他看來，夔門以東似乎有一個錦繡前程正在等著他的來臨。我們從他當時寫的〈代壽山答孟少府移文書〉、〈上韓荊州書〉、〈安州應城玉女湯〉等詩中，都可以感受到那種意氣豪宕、慷慨激昂的情懷，出現在讀者面前的是一個朝氣蓬勃、樂觀向上的浪漫主義詩人形象。而在〈早發白帝城〉一詩中，那清晨白帝城瑰麗的五彩雲霞，那「千里江陵一日還」的銳不可擋的氣勢，也都映照出了這一形象的影子。至

---

⑧一說為開元十四年，這裡從王琦《李太白年譜》之說。

⑨〈代壽山答孟少府移文書〉，見《李太白全集》。

於巴東三峽淒厲的猿啼，本來是很容易使離家遠遊的遊子「淚沾裳」的，結果詩人卻用「輕舟已過萬重山」作答，不僅毫無哀戚之感，反倒充滿輕鬆愉悅之情，這也只有洋溢著青春豪氣、準備鵬途大展的青年李白，才能具有這樣的心境。因此從詩的感情色彩上來看，這詩似應寫於李白初次離蜀之際，不應是長流遇赦之時。

　　二、從詩中江陵這個地名來看，也不應是乾元二年間的作品。

　　據《舊唐書·地理志》和清《一統志》記載，江陵是在漢代置縣，為南郡的治所。唐天寶元年，改為江陵郡，乾元元年三月改為荊州大都督府。雖說古人詩文中的地名有時沿用舊稱，但查《李太白全集》，乾元元年以後所寫的詩文，凡涉及江陵者皆稱荊州而不稱江陵。因江陵在乾元初改為荊州大都督府，在平叛中占有重要地位，李白對這點也是很敏感的，所以凡涉及江陵，在乾元後皆用新稱，不用舊名。如乾元二年，李白投詩贈被貶為荊州長史的宰相張鎬，詩題為〈張相公出鎮荊州，尋除太子詹事，余時流夜郎，行至江夏，與張公相去千里。公因太府丞王使車寄羅衣二事，及五月五日贈余詩，余答以此詩〉，詩題中稱江陵為荊州；又，在〈答族侄僧中孚贈玉泉仙人掌茶〉一詩的序中，亦稱江陵為荊州。由此可見，假如〈早發白帝城〉一詩是寫於乾元二年，這時江陵已改稱荊州，詩句就不會再寫成「千里江陵一日還」了。

　　三、從乾元二年秋荊州動亂的形勢來看，李白也不可能

於此時回到江陵（荊州）。

　　據《唐大詔令集》載：乾元二年三月，因關內大旱，肅宗下令赦「天下現禁囚徒死罪從流，流罪以下一切放免」[10]。因此，赦免李白應在三月之後。那李白什麼時候接到詔令，返歸巴東的呢？李白在贈江夏太守韋良宰的一首詩中提到赦免的消息：「五色雲間鶴，飛鳴天上來。傳聞赦書至，卻放夜郎還。」也提到當時的季節是秋天：「樊山霸氣盡，寥落天地秋。江帶峨眉雪，川橫三峽流」。在〈江夏贈韋南陵冰〉一詩中，也指出返歸的季節是秋天：「天地再新法令寬，夜郎遷客帶霜寒。」那麼，秋天的荊州社會狀況如何呢？《資治通鑑》曾有記載：「乾元二年八月，襄州將康楚元、張嘉延據州作亂，刺史王政奔荊州。楚元自稱南楚霸王。九月，張嘉延襲破荊州，荊南節度使杜鴻漸棄城走，醴、朗、郢、峽、歸等州，官吏聞之，爭潛竄山谷，十一月康楚元等眾至萬餘人，商州刺史充荊襄道租庸使韋倫發兵討之，生擒楚元，其眾遂潰，得其所掠租庸二百萬緡，荊襄皆平。」從上可知，從八月到十一月，荊州一帶皆在戰亂之中，荊州亦為叛軍所據，在這種形勢下，如說李白返歸的地點是江陵，而且還帶著輕鬆愉快的心情返回，恐與事理有悖。事實上，我們從李白長流夜郎遇赦返歸的諸詩作來看，地點多為江夏、岳州、瀟湘一帶，稍後則是豫章、歷陽、宣城等地，根本沒有一首點明是寫於荊州的。可見說李白遇赦後從白帝乘舟往

---

[10]《唐大詔令集》卷84。

江陵，證據恐不充分。

四、從李白的行蹤來看，此詩也不可能是開元十五、六年，李白從白帝城返回江陵許氏家室時所作。

從詩的感情色彩來看，可以說是開元十三年離蜀東下時所作，也可以說是以安陸為中心四出漫遊時所作。因這段時期，李白對功名事業都充滿了強烈的自信心，詩歌的調子也都是昂揚向上的。但如從李白的遊蹤來看，就不可能是在娶了許氏之後。因為從開元十三年李白離蜀到天寶元年應詔去長安，這十五、六年中，他浮洞庭，歷襄漢，上廬山，東至金陵、揚州、剡中，北到龍門、太原、嵩山，又遊歷了齊魯一帶，足跡所至，幾乎遍及半個中國⑪，唯獨沒有再入夔門，重返四川。其原因大概是由於功名未就，無顏見江東父老吧。李白當時寫的一些文章可作佐證。如〈與韓荊州書〉云：「士生則桑弧蓬矢，射乎四方，故知大丈夫必有四方之志。乃仗劍去國，辭親遠遊。南窮蒼梧，東涉溟海，見鄉人相如大誇雲夢之事。雲夢有七澤，遂來觀焉。而許相公家見招，妻以孫女，便憩跡於此，至移三霜焉。」文中提及的遊蹤是洞庭、瀟湘以及江浙一帶，未涉足歸、夔等州。在安州寫的〈上安州李長史書〉云：「寄絕國而何仰，若浮雲而無依，南徙莫從，北遊失路。遠客汝海，近還郎城。」也只提到他南徙北遊，到過汝海（河南南陽汝水一帶），又回到郎城（即安州安陸縣城），卻沒有提到他遊歷白帝城所在的夔

⑪王琦〈李太白年譜〉，見《李太白全集・附錄》。

州（當時的奉節為夔州州治所在，屬山南東道）。由此可知，說〈早發白帝城〉是寫於娶許氏之後，從白帝城返回江陵許宅之時，是沒有多少根據的。而從詩的感情色彩、江陵地名的沿革來看，似應寫於李白首次離蜀東遊之時。也許有人認為，如果此詩是寫於首次離蜀東下之際，那麼「千里江陵一日還」的「還」字就解釋不通了，因「還」是返回之意，既說成是首次離蜀，又怎麼談得上是「還」呢？其實，這種看法未免有些片面。因「還」固然可以解釋成「復」、「返回」之意，但也可以解釋成「速」「立刻」之意。《漢書・董仲舒傳》中就有「此皆可使還至而有效者也」。「還至」即應解為速至，這與「千里江陵一日還」中的「還」意思很相似，都是「速」或「立刻」之意，是說千里之遙的江

▲江陵一帶的江面，前方為西陵峽前南津關

陵一日即可速至，並非一定要解釋「返回江陵家室所在」
⑫。

　　至於此詩的寫作地點，我認為是在舟達江陵之後所作。

　　首先，它不可能是「將還江陵時作」，因為詩中有「千
里江陵一日還」一句。也許有人會說，這句話並不是實寫，
而只是根據酈道元《水經注》所產生的誇張和聯想。但請注
意，下面還有「已過萬重山」五字，這五字不但描繪出小舟
在驚濤駭浪中向前急馳的情形，而且還明確告訴了人們小船
駛離白帝城的距離，這時再說是寫於「將還江陵」之時，就
扞格難通了。

　　另外，此詩也不是寫於「江行途中」，而是描寫一日之
間（當然是誇張）從白帝城到江陵沿途所見的江景和詩人的
興奮心情。這從《水經注》的「朝發白帝暮到江陵，其間千
二百里，雖乘奔御風不以疾也」的描述，可以得到佐證。詩
人李白所寫的情況也正是如此：早發白帝──「朝辭白帝
彩雲間」，暮至江陵──「千里江陵一日還」。大概詩人在
到達江陵之後，回想起乘船急下的情形，那「急湍甚箭、猛
浪若奔」的江水，那波濤之上疾若乘奔御風的輕舟，那從耳
旁掠過的淒厲猿啼，深深激盪著詩人的情懷，與他當時愉悅
的心境，闊大的胸襟和蓬勃的朝氣融為一體，終於化為豪宕
的詩情，寫下了這首有名的〈早發白帝城〉，作為對這段難
忘生活的懷念和總結。

---

⑫同註②。

〈涉江〉與〈離騷〉考異

　　每提起屈原的〈涉江〉，人們總喜歡把它與〈離騷〉作一比較，有人說它「是一部小型的〈離騷〉」①。有人認為「〈涉江〉同〈離騷〉一樣，反映了詩人對真理的追求和遭貶後的憤懣和不平」②。在分析屈原作品藝術風格時，人們也多把〈涉江〉和〈離騷〉作為浪漫主義手法的例證。固然，〈涉江〉與〈離騷〉有著相同的地方：它們都像一面閃光的鏡子，反映出屈原偉大的人格和堅貞的品質；也像是一道深深的轍印，印下了詩人求索中坎坷的歷程。但是，兩者間的不同也是很明顯的：它們寫於不同的時期，不同的地點，有著不同的思想傾向，也呈現出不同的藝術風格。下面，著重對這兩篇作品加以考異：

不同的寫作時間與地點

　　有些學者把〈離騷〉和〈涉江〉都定為屈原晚年的作品，認為皆寫於放逐江南之時。如：

---

① 《楚辭研究論文集》。

② 《語文教學參考資料》，人民教育出版社 1956 年版。

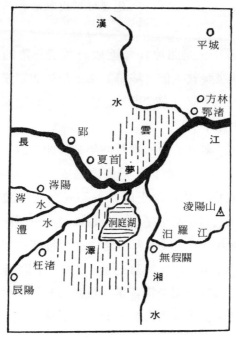

▲屈原流放漢北、江南示意圖

　　〈涉江〉之作殆與〈離騷〉相去不遠。屈原在長期竄逐中，南下湘沅流域應不止一次，余昔以〈涉江〉作於〈哀郢〉之後，今知其非是。

——郭沫若《屈原賦今譯》

　　〈涉江〉與〈離騷〉一樣，都是詩人對一生生活經歷的總結，是他晚年流放於湘沅一帶寫的。

——陶今雁《漫談屈原的〈涉江〉》

見《科學與教學》1957年2期

對於〈涉江〉是屈原晚年流放於湘沅一帶的作品的說法，我沒有什麼疑義；但〈離騷〉卻是作於放逐漢北之時，大約是楚懷王三十年（前299）之前不久，時屈原四十四歲左右，其理由如下：

第一，從〈離騷〉中所提及的年齡特徵來看。

郭沫若認為：「〈離騷〉是屈原最成熟的作品。著作的時期，司馬遷把它放在懷王時代很不妥當。〈離騷〉中有『老冉冉其將至』的話，古人七十始稱老，屈原必須至少五十歲以上才能說得出」③。郭沫若由此而推斷〈離騷〉是屈原晚年放逐於江南之作。其實這是不確的，因〈離騷〉中提及年齡特徵的共有三處：篇首是「日月忽其不淹兮，恐美人之遲暮」；篇中是「老冉冉其將至兮，恐修名之不立」；篇末是「及年歲之未晏兮，時亦其猶未央」。詩中的「恐美人之遲暮」，著重反映了詩人對歲月流逝的擔心，對遲暮之年到來而修名未立的憂慮。篇末的「及年歲之未晏兮」兩句說得更明白：當時的屈原尚未到晚年，就像太陽尚未落山一樣，詩人表示要趁年華尚未逝去，壯心尚未耗盡之時，抓緊做一番事業。也就是說，詩人當時正在由壯年向老年過渡，至於篇中的那個「老冉冉其將至」也是同樣的意思。將至，尚未至也，從全篇看，只能說明詩人對歲月流逝的擔心，對

③郭沫若《屈原賦今譯》，人民文學出版社1974年版。

事業未就的憂慮，並不能成為詩人至少已五十歲以上的證據。

第二，從《史記》等歷史文獻記載來看。

關於〈離騷〉的寫作背景，《史記‧屈原賈生列傳》曾有明確的記載：

> 上官大夫與之同列，爭寵而心害其能，懷王使屈原造為憲令。屈平屬草稿未定，上官大夫見而欲奪之，屈平不與，因讒之曰：「王使屈平為令，眾莫不知，每一令出，平伐其功，以為『非我莫能為』也。」王怒而疏平。
>
> 屈平疾王聽之不聰也，讒諂之蔽明也，邪曲之害公也，方正之不容也，故憂愁幽思而作〈離騷〉。

上段引文指出〈離騷〉寫作的原因是遭讒而憤懣不平的結果，時間是在上官大夫奪稿之後。《史記》距屈原生活的年代較近，司馬遷在寫作前曾作了大量的調查，寫作中又進行了認真的揚棄和選擇，如果沒有確切的證據，是沒有理由認為《史記》的記載有誤的。現在的問題是，〈離騷〉可不可能就寫在奪稿之後不久呢？我以為可能性不大。因《史記》上載明當時只是「疏平」，並沒有放逐，而「離騷」二字則意味著「離憂」、「別愁」，「言已放逐離別，中心愁思」④。詩的最後也說：「國之人莫我知焉，又何懷乎故都？」亦說明是寫於流放之後。那麼，寫於奪稿之後，「後」到什

麼時候呢？《史記・屈原賈生列傳》接下去的記載是：懷王十六年，張儀來楚說楚絕齊；懷王十七年，秦楚丹淅、藍田之戰；懷王三十年，懷王亡入秦，長子頃襄王立。在此之後，就是「屈平既嫉之，雖放流，睠顧楚國繫心懷王，不忘欲返，冀幸君之一悟，俗之一改也。其存君興國而欲反復之，一篇之中三致志焉，然終無可奈何，故不可以返，卒以此見懷王之終不悟也」。文中雖沒有提到「離騷」二字，但我認為這篇作品指的就是〈離騷〉。因上述的情節與〈離騷〉的內容是完全一致的。〈離騷〉詩中的「陟陞皇之赫戲兮，忽臨睨夫舊鄉。僕夫悲余馬懷兮，蜷局顧而不行」，不就是「睠顧楚國」嗎？〈離騷〉詩中的「豈余身憚殃兮，恐皇輿之敗績」、「余固知謇謇之為患兮，忍而不能舍也」，不就是「繫心懷王」嗎？同樣地，像「不撫壯而棄穢兮，何不改乎此度」，「忽奔走以先後兮，及前王之踵武」，「長太息以掩涕兮，哀民生之多艱」等「存君興國」之志，不是也在詩中多次出現嗎？如果這個推斷是正確的，那麼〈離騷〉的寫作時間應在懷王亡入秦之前，即懷王三十年之前不久，當時屈原約四十三、四歲。

劉向的《新序・節士》也從側面證實了這點：

> 屈原為楚東使於齊以結強黨。秦國患之，使張儀
> 之楚，貨楚貴臣上官大夫靳尚之屬，上官及令尹子

⑷王逸《楚辭章句》。

蘭、司馬子椒，內賂夫人鄭袖共譖屈原，屈原遂放於
外。

上段引文載明屈原被放是在屈原再次起用、東使於齊之後，
東使於齊約在懷王二十一年前後。所以屈原被放至少應在懷
王二十二年之後，懷王三十年懷王亡入秦之前，也就是說，
〈離騷〉係壯年時期而不是晚年時期的作品。

以上是從時間上論證的。那麼，又怎麼知道是寫於漢北
呢？屈原有篇叫作〈抽思〉的詩中有這麼一段：

> 有鳥自南兮，來集漢北……惟郢都之遼遠兮，魂
> 一夕而九逝。

顯然，這是自敘流放。明清時的注家如王夫之、林雲
銘、蔣驥、戴震等對此均無疑義。詩中點出放逐的地點是漢
北，可見屈原在被頃襄王放逐於江南之前，在懷王時曾被放
逐於漢北，屈原的〈離騷〉既然是寫於懷王時代，又在放逐
之中，那麼地點就應是漢北。

第三，從〈離騷〉本身的內容與創作規律來看。

細析〈離騷〉詩意，詩中對君王聽信讒言、朝廢夕替，
是有埋怨和責難的，但也還有希冀和期待，希望他能改其
度，繼前王之踵武；對年華漸逝流露出惋惜和懷喪，但也表
示要珍惜這大好時光，並沒有自棄和絕望；對自己受讒遭貶
懷著牢騷和不平，但對未來也還抱有希望和企求。這與後期

作品那種決絕的調子、灰暗的心緒、淒涼的色彩是有所不同的。在〈離騷〉中，我們看不到像〈涉江〉中「世溷濁而莫余知兮，余方高馳而不顧」，「哀南夷之莫吾知兮，且余濟乎江湘」那種對世事極度傷心的態度；我們也聽不到像〈悲回風〉中「吾怨往昔之所冀兮，憚來者之逖逖」、「驟諫君而不聽兮，任重石之何答」那種對君王、對前途完全絕望的淒絕心聲。相反地，它卻有著強烈的牢騷和不平。一個人只有在有希冀、有企求之時，才會有因實現不了這希冀、企求而產生的牢騷和不平，不然也就如老子所云「無可無不可」了。所以這牢騷和不平也正是有進取心的產物，如同白居易所云「三十氣太壯，胸中多是非」。另外〈離騷〉中還有強烈的改變現實的自信心，這更是一個對事業和前途並未絕望的人的心理特徵了。

▲汨羅市西北的屈原祠

再從創造的一般規律來看，這樣的宏篇巨製，詩中感情又如此洶湧澎湃，無疑是既需要一個較安定的創作環境，也需要旺盛的創作精力的。而晚年時期的屈原卻面臨著這樣的現狀：楚國已陷於極度的衰敗之中，甚至連國都也被攻陷，人民則因頻遭戰亂而流離失所，這當

然談不上什麼安定的創作環境了。至於接近垂暮之年的屈原
則終日「被髮行吟澤畔，形容憔悴」，這樣的精神和身體狀
態，要始終保持澎湃的詩情，完成如此長篇巨製，似乎也有
困難。因此無論從〈離騷〉的內容，還是從創作的一般規律
來看，似乎都不可能是晚年的作品。

　　總之，〈涉江〉與〈離騷〉是屈原不同時期、不同地點
的作品。〈涉江〉是詩人晚年寫於江南，〈離騷〉則是壯年
寫於漢北。這是它們的第一個不同之處。

不同的思想情調

　　〈涉江〉與〈離騷〉在思想內容上有著共通的地方，都
表現了詩人不同流合污的堅貞清白的品格，堅持真理至死不
屈的人生態度，對祖國和人民執著而深沈的愛。但如細加比
較，作為中期作品的〈離騷〉與晚年作品的〈涉江〉，在思
想情調上是有許多不同之處的。

第一，對君王的態度不同。

　　〈離騷〉中對懷王的態度是複雜而又微妙的：懷王受群
小包圍，國事日下，屈原對此焦急不安，他提醒楚王「惟草
木之零落兮，恐美人之遲暮。不撫壯而棄穢兮，何不改乎此
度？」懷王聽信讒言，疏遠貶斥屈原，屈原對此既傷心又埋
怨。他一方面痛斥群小、申述志向，指斥群小是「眾皆競進
以貪婪兮，憑不厭乎求索；羌內恕己以量人兮，各興心而嫉
妒」；表明自己的態度是「鷙鳥之不群兮，自前世而固然；
何方圓之能周兮，夫孰異道而相安」，「亦余心之所善兮，

雖九死其猶未悔」，「寧溘死以流亡兮，余不忍為此態也。」
另一方面又埋怨楚王「初既與余成言兮，後悔遁而由它」，
「怨靈修之浩蕩兮，終不察夫民心」。但在埋怨之中卻又寄託
著希望，在指責之中卻又包含著積極的建議：「不撫壯而棄
穢兮，何不改乎此度？乘騏驥以馳騁兮，來吾導夫先路！」
這是鼓勵懷王棄舊圖新，表明自己願為王前驅；「荃不察余
之中情兮，反信讒而齌怒。余固知謇謇之為患兮，忍而不能舍
也」，這是在埋怨指責之中透露出對懷王的關心和眷念。至
於舉堯舜、武丁、周王與桀、紂、羿、浞等歷史上正反兩方
面的事例，闡明作為君主只有嚴而祗敬才能保國保家的道
理，就更是在給懷王提供正反兩方面的經驗，希望懷王能改
過自新、奮發圖強。這之中的希求和期待更是顯而易見的
了。而在〈涉江〉中，屈原對顢頇昏聵的頃襄王完全喪失了
信心，不再有什麼希求和期待，也不再有什麼規勸和鼓勵：
「世溷濁而莫余知兮，吾方高馳而不顧」。世事溷濁當然包括
造成這種溷濁之世的最高統治者，詩人表示對此要「高馳而
不顧」了。同樣地，「哀南夷之莫吾知兮，且余濟乎江
湘」，也反映出這種灰心絕望的感情。在〈涉江〉中也聽不
到像〈離騷〉中「來吾導夫先路」、「忍而不能舍也」之
類，熱情鼓勵和眷念難捨的話語，而只有「忠不必用兮賢不
必以」、「伍子逢殃兮比干菹醢，與前世而皆然兮，吾又何
怨乎今之人」之類憤世嫉俗的反語，而這些反語正是屈原對
頃襄王已絕望到極點的表現。

屈原對懷王和頃襄王的不同態度，不但是由詩人前後期

思想上的差異所決定，而且也與屈原同他們的關係有關：懷王對屈原開始時是非常信任的，讓屈原擔任左徒「入則與王圖議國事，以出號令，出則接遇賓客，應對諸侯，王甚任之」。後來由於小人讒諂才遭放逐，而且在放逐中又被重新起用，擔任三閭大夫，出使齊國說其聯合抗秦。所以對屈原來說，還有個知遇之恩，幻想有朝一日還能「王甚任之」，為國為民做一番事業。這就是〈離騷〉中對懷王既有埋怨指責又有鼓勵希求的原因。屈原同頃襄王的關係就不是這樣的了。頃襄王一上台，就任命「楚人共咎」的子蘭作令尹，又把屈原放逐到更為蠻荒的江南沅湘一帶，而且不准屈原返回郢都，從〈哀郢〉中的「惟郢路之遼遠兮，江與夏之不可涉。忽若去不信兮，至今九年而不復」等詩句來看，屈原在放逐到江南後，連國門都不可企及，哪裡還談得上重新任用和有所作為呢？所以屈原對頃襄王的態度只能是悲憤的絕望，而不可能有所希求和留戀。

第二，對世事的態度不同。

在〈離騷〉中，對歲月的流逝，事業的未就，詩人是頗為焦慮的。他擔心「汩余若將不及兮，恐年歲之不吾與」，他憂愁「老冉冉其將至兮，恐修名之不立」；他幻想「吾令羲和弭節兮，望崦嵫而勿迫」。這種珍惜時光、成就修名的緊迫感，是立足於將要有所為的基點上，是事業心尚未泯沒的表現。而這種精神在〈涉江〉中是找不到的。〈涉江〉中詩人已給自己的一生下了一個結論：「哀吾生之無樂兮，幽獨處乎山中」，「余將董道而不豫兮，固將重昏而終身」。這

裡已看不到要珍惜時光、成就修名的那種緊迫感了。

在〈離騷〉中，詩人雖也表示要「伏清白以死直」，「願依彭咸之遺則」。但詩人對前途並未絕望，還想力挽狂瀾，棄舊圖新。我們從詩人對女須、巫咸的答辭中，就可以看出他在政治上的這種強烈的信念和執著的追求。「路漫漫其修遠兮，吾將上下而求索」，可以說是這種強烈信念的高度概括。即使在後半篇的神遊天界中，詩人求宓妃、追佚女，也都可以理解成對這種政治信念的探索和追求。但在〈涉江〉中，詩人對世事，對這種政治信念的實現卻絕望了。在〈離騷〉中他舉傅說、呂望、寧戚為例，說明道路雖曲折，但兩美必有所合，賢者終能起用，而在〈涉江〉中他卻舉比干、伍員為例，說明正直清白之士必遭悲慘下場；在〈離騷〉中一再表示要繼前王之踵武，依彭咸之遺則，而在〈涉江〉中卻表示要以與執政者堅決不合作的接輿與桑扈為榜樣；在〈離騷〉中，詩人對故國還有「忽臨睨夫舊鄉，僕夫悲余馬懷兮，蜷局顧而不行」的眷戀，但在〈涉江〉中這種似有所待的眷眷之情，卻以「世溷濁而莫余知兮，余方高馳而不顧」、「登崑崙兮食玉英，與天地兮齊壽，與日月兮齊光」的一種冷漠形式表現出來。當然這並不意味著詩人失去了對故土的熱愛，只是反映了他在一連串的打擊之後，雄心變得冷漠了，壯志變得灰涼了，更多地表現出一種深沈的激憤之情。因此與〈離騷〉相比，那種飽滿的熱切之情，從外表上看，無論如何是看不出來了。

第三，感情色彩不同。

　　由於兩者對君主對世事的態度不同，所以情感的調子也
不同。〈離騷〉中所抒發的是強烈的不平之氣。憤怒的譴
責、悲愴的訴說、激切的表白、不能自已的依戀，全交織在
一起，像火山的岩漿在字裡行間滾動。在這當中，失望與希
望、憤怒與哀憫、指責與依戀、追求與失敗，多種複雜的感
情匯成一曲五音繁會的樂章。

　　與〈離騷〉相比，〈涉江〉在感情上則單一得多。那秋
冬陰冷的緒風，高峻蔽日的山峰，幽晦多雨的深谷，一片茫
茫的無垠霰雪伴著容與難進的小舟，給全詩定下一個悲涼灰
暗的基調。我們讀著〈涉江〉，就像看到屈原在楚國政治舞
臺上演出的一齣無比壯麗的話劇已進入了尾聲，感情深得像
古淵的寒泉那樣純淨而又那樣凜冽，這與〈離騷〉那種一瀉
千里咆哮而去的氣勢迥然不同。

不同的藝術風格

　　從總的方面來說，〈涉江〉與〈離騷〉在藝術風格上是
有相同之處的：它們都著重於詩人主觀感情的抒發，都傾訴
了一種悲憤激昂的心聲，都有神奇浪漫的想像。但如細加分
析，兩者在藝術上也有著明顯的不同。

　　第一，在體裁上，〈涉江〉雖著重於主觀感情的抒發，
但基本上是敘事體。詩人以自己流放的路線為經，以沿途的
景色描寫為緯，來抒發自己悲憤抑鬱之情。全詩按放逐過程
可分為四個部分：第一部分是從出發到「且余濟乎江湘」，
著重訴說自己高尚理想和社會現實的矛盾，闡明這次渡江遠

走的緣由。第二部分是途中，流放的旅程可分兩方面，首先從鄂渚上岸，乘車達方林，再乘船從枉渚溯沅水西上達於辰陽。主要是通過沿途景色的描繪來襯托自己抑鬱悲傷的情懷。第三部分是到達，寫進入漵浦一帶峻高蔽日的萬山叢中的情景，主要抒發獨處深山時的心境和決心。第四部分是詠志，通過以上遭遇的描敘，結合歷史的回顧，申述自己至死不改操守的堅定志向。從以上情節來看，流放的整個過程寫得很完整，詩人感情的抒發主要是通過敘事來表現的。

〈離騷〉就不是這樣，它沒有過程的敘述，也沒有具體的情節，詩人是在反覆申述自己的志向，再三對現實發出詠嘆和感慨，是首典型的抒情樂章。古往今來不少專家學者都在探索這首詩的寫作背景，仁者見仁，智者見智。有人說這首詩是詩人辛酸和苦鬥的一生的總結，但詩中只在開頭敘了一下自己的家世，後面卻看不到輾轉一生的具體經歷和線索；也有人根據最後幾句想證實它寫於流放之中，但從詩中卻很難找出像〈涉江〉那樣清晰的流放路線。我想，之所以產生這些疑竇，恐怕與〈離騷〉是首抒情詩，沒有具體的情節、沒有事件過程的敘述有很大的關係吧！〈離騷〉雖不只一次痛斥群小，但我們所看到的只是詩人的憤怒和群小的醜惡，至於究竟有什麼劣跡，詩人卻沒有具體的敘述；詩中也不只一次提到懷王對自己的不公平待遇，但究竟是怎樣的不公正，具體原因又是什麼，詩人也並沒有細敘。這就引起後人的紛紛猜測。從詩篇中，我們只看到詩人憤怒的感情在燃燒，沈痛的思緒在奔湧，插上翅膀的神思在升天入地，所有

這些都是浪漫主義抒情詩篇的典型特徵，也是使〈離騷〉的體裁不同於〈涉江〉的原因所在。

第二，在結構上，〈涉江〉是先從浪漫的想像開始，然後再回到現實的敘述之中，最後是針對現實抒發感慨，表明志向，結構上是想像—現實。這種結構方式，是為了適應現實主義表現方法的需要：詩人從幼年時對美德的追求寫起，加上一段浪漫的想像，這段想像實際上是自己在青壯年時代瑰麗多彩的夢想破滅之後，精神上的寄託和希求，與後面描繪的陰森昏暗的天地，曲折多艱的旅程，分別從正反兩個方面，襯托出詩人灰暗悲涼的心境。

〈離騷〉則先從現實寫起，寫自己的家世，寫自己的少年壯志，寫自己受誣陷的憤懣和不平；然後再離開黑暗的大地昇華到充滿光明的天界，寫自己在天界的遊歷和追求；中間再插入靈氛吉占，使天上人間融為一體，在結構上是現實—想像。詩人複雜的感情，如對真理的追求與現實的受阻，對君王的埋怨與內心的眷念，要離開大地卻又眷戀故鄉，這一切都通過神話式的天界神遊、俯視故鄉等浪漫想像表現了出來。想像，在全篇的結構中占主導地位。如果說詩中有情節，也是想像中的情節；如果說有敘述，也是對天界遊程的描敘，都是建立在浪漫的想像之中，顯然，這與〈涉江〉在結構上是不同的。

第三，在表現手法上，〈涉江〉主要是敘述自己渡江而南、浮沅水西上、獨處溆浦的流放經過，雖有想像和誇張，但主要還是以敘述和描寫等手法為主。敘述時，按流放路線，把流放的季節、出發的時間、經過的地點、行走的方

式、沿途的景色都交代得清楚明白，使讀者讀過〈涉江〉之後，對詩人這次流放的始末、經過都有較清楚的了解。在描寫時，詩人主要抓住季節特徵和地理特徵，與當時的心情互相交融起來。如寫水是曲折的迴水，它造成了船的容與不進，也暗示了詩人人生歷程的曲折艱難；寫風，則是秋冬的緒風，它帶來了無垠的霰雪，也使深谷更加陰晦多雨，詩人把處境描繪得異常淒清苦寒，也更加襯托出心緒的淒冷和悲傷。

〈離騷〉則以浪漫主義手法為主，它調動了比喻、想像、誇張、擬人等多種手法來渲染環境，加濃氣氛，造成一種不可遏止的氣勢，傾瀉出詩人的憤懣和不平。詩人要表白志向，則是「指九天以為正兮」，「雖九死其猶未悔」，用誇張的數字來強調自己的清白和堅貞；詩人要證實荒嬉致禍，便舉出夏桀后羿一連串人物；要說明君臣之間兩美必有所合，又列舉了摯、咎等事例作證。這些鋪排像綿綿群峰、滔滔江水，形成一種奔放流暢的氣勢。特別是在詩中占主體的神遊天界等段，更是充分而集中地調動了浪漫主義的多種手法。神話中的宓妃、佚女成了他追求的對象，自然界的鳩鳥與傳說中的鳳凰成了他的媒人；望舒先驅，飛廉奔屬，羲和駕車，雲霓為御。神話中的人物為詩人組成了一支浩浩蕩蕩的大軍，使得在人間愁苦孤立的詩人此時也為之精神煥發，奮起向著自己理想的目標前進了。這裡有排比也有想像，有誇張也有擬人，詩人的感情也就在這一系列的浪漫主義的描寫中得到昇華，進入一種至善至美的境界。由此看來，它與〈涉江〉在表現手法上也是不同的。

〈阿房宮賦〉史實考

一

　　杜牧的〈阿房宮賦〉是篇「詩人之賦」①，「詩人之賦
麗以則」②，他通過想像，用一種誇飾的語言描繪了阿房宮
的富麗和靡費，並以此為據，指斥秦始皇的荒淫失德，虛耗
民力財力，導致二世而亡，從而表達作者「滅六國者，六國
也，非秦也；族秦者，秦也，非天下也」的思想傾向和政治
主張。但事實是，杜牧賦中的阿房宮並非歷史上真實的阿房
宮，秦始皇造阿房宮的目的，也並非僅為個人之淫樂。當
然，作為一篇「詩人之賦」，我們不可能也不應該要它等同
於歷史記錄，相反，我們倒是可以把歷史上的阿房宮與詩人
筆下的阿房宮作一比較，通過對其誇飾之處的考較，反過來
推測詩人作如此處理的原因，也可以使我們了解：作為「麗
以則」的「詩人之賦」是如何通過改造歷史來表達自己傾向

----

①臧克家〈詩人之賦〉，見《閱讀與欣賞》第 1 集，中國廣播出版社
　1980 年版。
②揚雄《法言》。

性的。

歷史上關於阿房宮的記載，主要有以下幾種史籍：

《史記‧秦始皇本紀》：「三十五年……乃營作朝宮渭南上林苑中，先作前殿阿房，東西五百步，南北五十丈，上可坐萬人，下可建五丈旗。周馳為閣道，自殿下直抵南山，表南山之巔以為闕。為複道，自阿房渡渭，屬之咸陽，以象天極閣道絕漢抵營室也。阿房宮未成。成，欲更擇令名名之。作宮阿房，故天下謂之阿房宮」；

《漢書‧賈山傳》：「阿房之殿，殿高數十仞，東西五里，南北千步，從車羅騎，四馬騖馳，旌旗不撓，為宮室之麗之於此」；

酈道元《水經注》「渭水」條：「阿房前殿，在長安西南二十里，殿東西千步，南北三百步，廷中受十萬人」；

《三輔舊事》云：「阿房東西三里，南北五百步，廷中受萬人，又鑄銅人十二於宮前」；

《三輔黃圖》云：「阿房宮可受十萬人，車行酒，騎行炙，千人唱，萬人和，銷鋒鏑以為金人十二，立於宮」；

宋敏求《長安志》云：「阿房宮，一名阿城，西北三面有牆，南面無牆。周五里一百四十步，崇八尺，上闊四尺五寸，下闊一丈五尺，今悉為民田」。

從以上記載來看，《三輔舊事》、《長安志》、《史記》的記載相近，《水經注》、《三輔黃圖》中阿房宮的規模幾乎擴大了十倍：東西五百步變成了千步，擴大了一倍；容納人數也由萬人擴大為十萬人。到了賈山的嘴裡，就變成了

「東西五里，南北千步」；殿高也由「下可建五丈旗」變成
了「殿高數十仞」。這大概就是歷史與文學的區別：《三輔
舊事》是史料筆記，《長安志》是方志，《史記》則是通
史，它們皆具有史學具體務實等特徵。《水經注》是帶有極
濃的文學意味的地理書，我們只要讀過其中的「三峽・江水」
篇，大概都會得出這個印象；《三輔黃圖》中「車行酒，騎
行炙，千人唱，萬人和」，也明顯是種文學的誇飾。至於賈
山，受業於祖父——魏王時博士弟子賈祛，為人博聞強
記，其散文有戰國策士縱橫之風。何況這段文字又是「借秦
為名」，向漢文帝「言治亂之道」③，為了打動人主，更帶
有誇飾的成分。所以相比之下，《史記》中關於阿房宮的記
載，可能較接近事物的原貌。這不僅因為《史記》是本史
書，司馬遷又恪守「其文質、其事核」、「不虛美、不隱惡」
的史德；也不僅因為《史記》成書的時間距阿房宮被焚的時
間最近（司馬遷在武帝太初元年著手寫《史記》，距阿房宮
被焚僅一一四年），容易接觸第一手材料。更讓人徵信的
是：《史記》中關於阿房宮的有關記載，也陸續被近年來的
考古新發現所證實。據西安考古所提供的資料④，阿房宮原
址在今西安和咸陽市之間三橋鎮南地鄗塢嶺。該嶺的北、
西、東三面皆是兩、三丈高的夯土臺，南面為緩坡狀，遠遠

---

③《漢書・賈山傳》，上海古籍出版社《前漢書》卷51，219 頁。
④以下有關資料綜合取自《考古》1983 年，王丕忠〈阿房宮與阿房
　宮賦〉。

▲今西安市東郎塢嶺一帶阿房宮遺址

望去猶如城堡，秦代的阿房宮就建在這個夯土臺上。這個遺址，東起巨家莊、趙家堡，西至古城村，東西長一千三百公尺，南北寬五百公尺，臺基面積約六十萬平方公尺左右。這與《史記》中記載的「東西五百步，南北五十丈」的建築框架基本相符，在這樣的臺基上建築的宮殿，也確可容納萬人左右。另外，臺基地南面為緩坡，也符合《史記》中「為閣道，自殿下直抵南山，表南山之巔以為闕」的記載。既然在咸陽以西，這樣「為複道，自阿房渡渭，屬之咸陽」也就很有可能。另外，據上述考古資料，夯土臺上還發掘出殘存的磚、板瓦、瓦當、筒瓦、柱窩、柱礎等建築遺物。一瓦筒上有「右宮」二字，另一瓦筒上有「右二五」三字。磚瓦和柱礎皆有火燒過的痕跡，再加上遺址內的紅燒土、燒塊，說明這座建築確實毀於大火。這也證實了《史記》中關於阿房宮

的記載是較符合歷史本來面貌的。

二

如果說《史記》中關於阿房宮的記載是比較真實可信的話，再回過頭來比較一下杜牧的〈阿房宮賦〉，可以看出在以下幾個方面與史實有著明顯的不同：

第一， 宮殿的規模與格局。

〈阿房宮賦〉說阿房宮的建築面積是「覆壓三百餘里，隔離天日」；地理位置是將渭水和樊川都包納在內：「二川溶溶，流入宮牆」；宮內建築物更是「五步一樓，十步一閣」，「盤盤焉，囷囷焉，蜂房水渦，矗不知乎幾千萬落」，這顯然是一種誇張。至於其中關於該建築的宏麗龐大的鋪排和描繪，諸如「長橋臥波，未雲何龍？複道行空，不霽何虹？高低冥迷，不知西東」；「歌臺暖響，春光融融；舞殿冷袖，風雨淒淒。一日之內，一宮之間，而氣候不齊」；「明星熒熒，開妝鏡也；綠雲擾擾，梳曉鬟也；渭流漲膩，棄脂水也；煙斜霧橫，焚椒蘭也」，更是一種文學上的浪漫想像。因為作為秦代的一座「朝宮」，其面積根本不可能「覆壓三百餘里」，況且，阿房宮從西元前212年開始營建，到西元前206年項羽兵進咸陽付之一炬前，阿房宮並未建成，建成的只是該殿的「前殿」，因此連個「令名」也未來得及命名，只是口語式的稱之為「阿房」，就像「阿杏」、「阿華」一樣。另據宋人程大昌考證，阿房宮的宮牆當時也未來得及建就被焚毀⑤，因此也就談不上「二川溶溶，流入

宮牆」。

第二，宮內生活的描敘。

杜牧的〈阿房宮賦〉中，描述華麗宏大的阿房宮內充斥著無數從六國擄來的嬪妃媵嬙，她們遠離故國，閉鎖深宮，在無人欣賞的梳洗打扮和毫無希望的爭寵望幸中，度過自己的青春年華；與之相伴的還有六國的王子皇孫，他們也失去了往日的尊貴，淪落為秦宮人，所謂：「妃嬪媵嬙、王子皇孫，辭樓下殿，輦來於秦。朝歌夜弦，為秦宮人。明星熒熒，開妝鏡也；綠雲擾擾，梳曉鬟也；渭流漲膩，棄脂水也；煙斜霧橫，焚椒蘭也……一肌一容，盡態極妍。縵立遠視，而望幸焉。有不得見者，三十六年」。

不可否認，這段關於秦宮人的描述並非全然虛構，是有一定歷史依據的。據《史記·秦始皇本紀》：「秦每破諸侯，寫放其宮室，作之咸陽北阪上，南臨渭，自雍門以東至涇渭，殿屋複道樓閣相屬，所得諸侯美人鐘鼓以充入之」。這即是〈阿房宮賦〉中「輦來於秦」、「為秦宮人」的歷史依據。但是，杜牧在此偷換了一個概念：這些輦來於秦的六國妃嬪媵嬙、王子皇孫，連同鐘鼓文物是被安置在「自雍門以東至涇渭」，按六國舊宮仿造的一系列宮室之中，並非作為「朝宮」的阿房宮。唐張守節的《史記正義》可為此論提供兩條佐證。其一是《正義》引〈廟記〉云：「北至九嵕、甘泉，南至長楊、五柞，東至河，西至汧渭之交，東西八百

---

5 程大昌《雍錄》。

里，離宮別館相望屬也。木衣綈繡，土被朱紫，宮人不徙，窮年忘歸，猶不能遍也」⑥。明確指出這些宮人散落在「東西八百里，離宮別館」之中。另一條是《正義》引《三輔舊事》：「始皇表河為秦東門，表汧以為秦西門，表中外殿觀百四十五，後列宮女萬人，氣上沖於天」⑦。也指出這萬餘名宮女散布於一四五座宮殿之中，而不專屬阿房。至於在這座尚未完工的阿房宮內是否有妃嬪媵嬙，前面提到的那位程大昌首先提出懷疑：「然考首末，則始皇之世，（阿房宮）尚未竟功也，安得有脂水可棄，而漲渭以膩也」⑧。程大昌說的也過於絕對，因為從阿房宮出土的「高奴銅石權」來看，阿房宮的前殿至少在秦二世時已開始使用，其間有宮女也未嘗沒有可能，但在以下幾點恐怕有違於史實：一是阿房宮當時還在興建之中，恐怕不會出現〈阿房宮賦〉中所描述的那種妃嬪媵嬙，充塞其間；縵立遠視，而望幸焉的情景；二是阿房宮始建於秦始皇三十五年，三十七年秦始皇即崩於沙丘，因此秦始皇幾乎不可能在阿房宮生活過；即使在阿房宮住過，也不可能出現〈阿房宮賦〉中所說的妃嬪媵嬙中「有不得見者，三十六年」的情形。三是還沒有資料足以證實秦始皇這個刻薄寡恩的暴君在後宮縱情聲色，像〈阿房宮

⑥〈秦始皇本紀〉張守節注，《史記》三家注本卷6，中華書局1982出版。

⑦同註①。

⑧同註⑤。

賦〉所描繪的那樣在「朝歌夜弦」中消磨歲月，歷史上倒是有這樣的記載：秦始皇踐位後即忙於巡行天下，先後五次出巡，歷經十三郡，他也就是在巡幸中得暴病死於途中的。平時每天規定要看奏章之類文件 120 斤（竹簡），他親政後，放逐了權臣呂不韋，大權集於一身。在他執政的一生中，外戚未染指過政權，世人不知秦始皇的皇后、嬪妃姓名，這都是史實。從考古發掘來看，現在臨潼驪山下高聳的是這個獨裁者的高大陵墓，四周一、二、三號陪葬坑發掘出的，皆是威武雄壯的武士俑和戰車，即舉世聞名的「兵馬俑」和「銅馬車」，而不是「綠雲擾擾」的後宮佳麗。由此看來，〈阿房宮賦〉中關於秦始皇在阿房宮內後宮生活的描繪，基本上純屬想像和虛構。

第三，修建阿房宮的目的。

杜牧認為秦始皇修建阿房宮是「愛紛奢」，把從六國剽掠來的財物「用之如泥沙」。今人也有人認為：「秦始皇徵發數十萬人長期修建阿房宮，是專供個人生前享樂的」⑨。無可諱言，秦始皇是中華歷史上少見到極為狠毒又極為自私的暴君，他興建阿房宮的目的，當然不排斥個人享樂這個因素，但還有著更為重要的政治動因和實際需要。從政治動因來看，秦是中國歷史上第一個封建集權制國家，他第一次用郡縣制取代了貴族的分封制。為了加強這種天下統一於秦的集權觀念，他不僅要統一文字、統一度量衡，而且還要人們

---

⑨ 武伯倫《西安歷史述略》，陝西人民出版社1983 年版。

在心理上認可是秦統一了天下，咸陽是全國的中心。所以秦的小篆成了規範性文字，秦的外圓內方銅錢成了國幣，而且把十二萬戶豪富遷入咸陽，從咸陽修築通往天下的驛道和直道，使咸陽由一個地處偏僻的諸侯國國都成為全國的政治、經濟、文化中心。也正是出於這種政治上的考量，他才「每破諸侯，（便）寫放其宮室，作之咸陽北阪上，南臨渭，自雍門以東至涇渭，殿屋複道樓閣相屬，所得諸侯美人鐘鼓以充入之」⑩。從某種意義上來說，這是一種展覽，是一種國威的炫耀；對六國舊貴族來說，也是一種震懾，一種提醒。這與後來蕭何營造未央宮的想法有相似之處。據《漢書·高祖紀》載：「蕭何治未央宮，上見其壯麗，甚怒，謂曰：『天下洶洶，勞苦數歲，成敗未可知，是何治宮室過度！』何曰；『天下方未定，故可因以治宮室。且夫天子以四海為家，非令壯麗亡以重威，且亡令後世有以加也』。上悅」。漢承秦制，尚且如此；秦是中國歷史上第一個封建集權制國家，興建宮室，更應當包含「非令壯麗亡以重威」這個政治動因。其次也由現實的考慮：如上所述，咸陽從一個地處偏僻的諸侯國國都成為全國的政治、經濟、文化中心，隨著通往全國的驛道、直道的開通，中央機構的設立，十二萬戶富豪的遷入，六國貴族和宮人的入京，咸陽要擴建，更要修建一批離宮別館來容納上述人等，秦始皇感到「咸陽人多，先王之宮廷小」，於是「乃營作朝宮於渭南上林苑中」⑪。秦

---

⑩《史記·秦始皇本紀》。

歷代的宮觀皆在渭北，此時為何要移往渭南呢？這固然是由於渭南地勢平坦，便於營建大批宮觀，其中也未嘗不有加強對關東地區的控制，鞏固統一成果之目的。八十年代對秦始皇兵馬俑的發掘，發現所有的武士俑都是手執武器面朝東方，有的學者認為這是警惕六國舊貴族進犯，以昭警戒之義，這與秦始皇將宮觀建於渭南，在某種意義上是相同的。

三

從以上的史料和分析可知，歷史上的阿房宮與杜牧筆下的阿房宮有著很大的差距，秦始皇修建阿房宮的目的及其在宮內的生活，與杜牧的描述也有很大的不同。另一方面，杜牧的知識面又很廣博，他又是曾著過二百卷《通典》的杜佑的孫子，精通歷史典章是他家的傳統：「舊第開朱門，長安城中央。第中無一物，萬卷書滿堂。家集二百編，上下馳皇王」⑿。他本人也曾任過史館修撰，因此，他絕不是不知道上述的史實，而是別有懷抱。我以為，詩人作如此改造甚至虛構，是由他的創作動機所決定的，具體說來有以下兩個方面：

第一，是為了總結秦失天下的教訓，也為了表達作者反暴政、惜民力的民本思想。

⑾同⑴。

⑿〈冬至日寄小侄阿宜詩〉，《樊川詩集注》卷1，上海古籍出版社1978年版。

秦的得天下與失天下都顯得異常獨特和典型：偏於一隅，被姬姓諸國小視的嬴秦，偏偏打敗了軍事上、經濟上都比它強大得多的六國聯軍；但這個「以六合為家，以崤函為宮，據億丈之高，臨不測之淵以為固」的強秦，又突然在十二年後崩塌，成了中國歷史上最短命的王朝；秦始皇剛統一六國時，「天下之士斐然鄉風」，「元元之民莫不虛心而仰上」，十二年後則斬木為兵，揭竿而起，「山東豪俊遂並起而亡秦族」，人心為什麼會在短短十二年內發生如此相反的變化呢？這個問題引起過歷代關心治亂的政治家或學者的思考，諸如賈誼、晁錯等都有專論，例如賈誼就把其中的原因歸結為「仁義不施，攻守之勢異也」[13]。杜牧作為一個「有才而不能盡用」的政治家，一個注意「治亂興亡之跡，財賦兵甲之事」[14]的學者，對此當然會有自己的思考。他認為秦亡的主要原因是他在取得天下後，「獨夫之心，日益驕固」，「愛紛奢」而「不愛其民」的結果，這是對賈誼等人所說的「仁義不施」的具體化。正是從這一歷史思考出發，他選擇了秦始皇修建阿房宮這一歷史事件，而把它集中化和典型化。杜牧筆下的阿房宮，已不是一座單獨的朝宮前殿，而是靡費大量民力、財力的秦朝宮廷建築的象徵，乃至整個秦帝國虛耗民力以滿足其帝王驕奢之心的象徵。詩人對阿房宮龐大規模的描繪和宮中驚人浪費的鋪排，則是對整個秦始

---

[13] 〈過秦論〉上篇，見丁福保《上古全漢三國兩晉南北朝文》。
[14] 〈上周相公啟〉，《樊川文集》卷16，上海古籍出版社1978年版。

皇政權不惜民力、暴戾驕固的批判，之中既有對秦二世而亡歷史原因的思考，也表露出作者的民本思想。這裡要指出的是：作者筆下的阿房宮如作為一座宮殿，與歷史上阿房宮之間有很大的差距，就像我在前面所指出的那樣；但如作為秦始皇不惜民力所修建的建築群，乃至秦朝歷代宮觀的代稱或典型化，那還是有深厚歷史依據的。據考古資料：自今天咸陽市東的塔兒坡到五陵原東，是秦「北陵營殿」的原址，在這綿延百里的崗巒中，散落著秦代的三百多座宮觀。它們的修建年代，從秦孝公十二年（前350）「築冀闕」，經秦惠王初都咸陽的「新作宮室」，直到秦始皇三十五年「令咸陽之旁二百里內，宮觀二百七十，複道甬道相通」。經過一百二十八年的不斷經營，方在渭水沿岸廣袤綿長的丘巒中，落成了這一座座宏偉的離宮別館。杜牧在〈阿房宮賦〉中描繪阿房「覆壓三百餘里，隔離天日」的連綿之狀，「驪山北構而西折，直走咸陽」的建築走勢，以及「五步一樓、十步一閣」，各抱地勢、複道行空的情狀，正是以這段史實作為誇張和想像依據的起點的。

第二，是為了借古諷今，針砭唐敬宗時代的政治現實。

關於這個創作動機，作者曾明確地表白過：「**寶曆大起宮室，廣聲色，故作〈阿房宮賦〉**」⑮。長慶四年正月，穆宗李恆服藥暴斃，太子李湛即位，改元寶曆。這是個貪好聲

---

⑮〈上知己文章啟〉，《樊川文集》卷16，上海古籍出版社1978年版。

色、喜歡雜耍又異常暴虐的頑童，一即位，便「大起宮室，
廣聲色」。鎮日「遊戲無度，狎暱群小，善擊球，好手搏」，
「令左右軍、教坊、內園為擊球、手搏、雜戲，有斷臂、碎
首者，夜漏數刻來罷」，而且有許多怪癖，如喜歡鬥驢，公
然在大殿上「觀驢鞠角觝」；又喜歡深夜捕狐狸。性格又很
暴虐，「性復褊急，力士或持恩不遜，輒配流、籍沒。宦官
小過，動遭捶撻，皆怨且懼」⑯。此時杜牧約二十三歲左
右，正在博讀經史，準備參加進士試。作為一個宰相家弟
子、又有著「平生五色線，願補舜衣裳」抱負的青年政治
家，當然不滿敬宗在寶曆年間的胡作非為，也為唐帝國的命
運深深擔憂，我們從他後來感嘆的「商女不知亡國恨，隔江
猶唱後庭花」，就可以深切地體察到這一點。但他當時又無
法向皇上直接進諫，這不僅由於他的白衣身分，而且更由於
唐敬宗鎮日嬉遊，荒怠政事，「視朝月不再三，大臣罕得進
見」，大臣相見一面都難，何況一介書生？更何況唐敬宗又
是個無法向其進諫的褊狹人物。據史載：有次他要到驪山溫
泉去遊玩，「左僕射李絳、諫議大夫張仲方等屢諫不聽，拾
遺張權輿伏紫宸殿下，叩頭諫曰：『昔周幽王幸驪山，為犬
戎所殺；秦始皇葬驪山，國亡；玄宗宮驪山而祿山亂；先帝
幸驪山而享年不長』。上曰：『驪山若此之凶邪？我宜一往
以驗彼言』。十一月，庚寅，幸溫湯，即日還宮，謂左右
曰：『彼叩頭者之言，安足信哉！』」敬宗當時畢竟是位只

---

⑯《資治通鑑》唐紀卷59。

▲咸陽驪山秦始皇皇陵

有十六歲的小青年，這正是個具有極強烈叛逆性的年齡階
段，況且他又是長於深宮的皇位接班人，稟性又很剛暴：你
愈是說不能去，他偏要去，無論你「屢諫」也好，「叩頭諫」
也好，他要用實際結果來證明「彼叩頭者之言，安足信哉！」
從上面兩個因素來看，杜牧只能採取這種借古諷今的辦法。
只不過這種辦法只是表白了作者的憂國之心和引起後人的多
種感慨，對這位好鬥狠、驕奢又任性的小皇帝來說，絲毫不
起作用。兩年後，他深夜獵狐狸還，即被他平日虐待不堪忍
受的左右宦官殺於室內，時年十八歲，在位不到三年。這時
我們再讀一讀〈阿房宮賦〉的結尾：「嗚呼！滅六國者，六
國也，非秦也；族秦者，秦也，非天下也。嗟乎！使六國各
愛其人，則足以拒秦。使秦復愛六國之人，則遞三世可至萬

世而為君,誰得而族滅也?秦人不暇自哀,而後人哀之;後人哀之,而不鑑之,亦使後人而復哀後人也」。讀了這段感慨式的結論,不得不佩服作者結論的精闢和歷史眼光的深邃,儘管他當時只有24歲!

後記

古人用「如梭」來形容歲月的飛逝，真是再恰當不過的了：發願要對中國古典文學從「鑑賞」、「比較」、「實考」三個方面進行較為系統的研究，當時還是個剛跨入「而立」不久的鄉間傖父，到今天這最後一本《中國古典詩文·現地考論》出版，時間的積雪已堆滿雙鬢——二十多年倏忽而過，青山已老、盛年不再了。回首這二十多年，國事、家庭、己身，真有隔世之感：發願之時，還剛剛在傳說要廢止「布票」——「今後買布可以隨便買，聽說馬上買糧食也不要糧票了」，現在街談巷議的已是國產轎車的降價幅度、電腦的升級換代；當時妻子急匆匆地騎車送孩子上幼兒園、再趕去上班，今天則是陪著兒媳婦在住宅小區轉來轉去看房子；當時剛接到生平第一本書《中學古詩文考析》的稿酬，激動之下，一家人下館子大吃了一頓，現在對加工資、給補貼之類已麻木遲鈍、波瀾不驚了。「焉知二十載，重上君子堂。昔別君未婚，兒女忽成行」，「了卻君王天下事，贏得生前身後名，可憐白髮生」——今天再讀這類詩句，儘管是個與這些「一代風流」差距遠遠的小人物，也會頓生貝多芬式的感慨和「悲愴」。

後　記

　　記得在臺北的日子，每逢雙休日，常和師友們一道去登山。先是臺北附近的，諸如政治大學後面的指南山，華梵大學東面的皇帝殿以及石門水庫附近的層巒。然後漸行漸遠，直至花蓮、南投、屏東一帶三千公尺以上諸峰。每每在長達五、六個小時的登山途中，疲乏、困頓、氣喘噓噓乃至步履維艱，但想到山頂風光和目的所在，雖踉踉蹌蹌仍不願停步。但是，在到達山頂一覽眾山之後，往往又會產生一種「不過如此」的空虛和幻滅，泄氣之餘，往往會更加疲乏和困頓。我每以此感受詢諸同好，多有同感但又無悔無怨。據說，登山之樂不在於極頂而在於過程，按今日的所謂奧林匹克精神來說是「重在參與」。由此我常常聯想到為學，不也與登山相類嗎？當年作為一個中學語文教師，就是從課本中的幾篇古文開始探索，逐漸波及開來，而且開頭就是鑑賞、品味，發現問題和疑難後才漸進漸深、漸行漸遠，涉及比較和現地考論的。當這一切都已結束，當初設定的目標變成這眼前三本書、變成歷史後，卻也潛發了「不過如此」的空虛和幻滅，至於它是否真的有益於世人，有助於古典文學的學習和研究，已不想關注和深究；因為即使有點助益，也無法抹去我心中孳生的那種地老天荒般的悲涼。這也許就是第二個與登山相類之處吧。也還有第三點，這也是在臺灣登山與大陸的不同之處。大陸的登山道皆經過人工的架設和整修：砍去荊棘和草莽，再鋪上整齊的條石，險峻處又加上扶手和護欄，還有「注意！危險」「看景不走路，走路不看景」之類提示牌，有的還架設了不止一條高空索道。而且愈是風景

名區，這類設施愈多，稍有不周，就會被投訴，指為管理不力。臺灣的高山則有意保持一種原始和洪荒，政治大學一帶山間多廟，考慮朝聖進香的老弱婦孺，登山道還用水泥砌了一些石級，花蓮、屏東一帶風景區的「登山步道」，則就是土築便道，有時連砂石也未鋪墊，險峻處，兩棵樹間拉一道繩子保護一下，就「夠意思」的了。記得有次登皇帝殿，陡峭的石壁上垂下一根繩子，讓遊客拉著向上攀援，石壁上也不鑿臼坑，攀援時腳下連個著力點都沒有。好不容易被友人連拖帶推爬上去，顛峰處則是寬不到兩尺的石脊，兩邊不僅沒有護欄，連個扶手也沒有。山風呼呼，吹人亂晃，稍不留神，就會來個倒栽蔥。當時想：這叫什麼「皇帝殿」，乾脆叫「捨身崖」好了——在這裏自殺真太方便了。在這裏，我才體會到徐霞客在〈遊黃山記〉中所說的「以手據地，磨磝以下」是個什麼姿式和心態。也唯有如此，登此山之情形乃牢牢存留於記憶之中並形諸夢寐，久久難以抹去。特別是行走於太魯閣、福壽山一帶的山間步道上，不斷撥開伸在道前的枝柯和草莽，跨過乃至爬過橫斷在道上的古木，嗅著熱帶雨林特有的潮濕、清新又略帶點腐殖味的氣息，聽著林木深處淙淙的流泉和啁啾的鳥鳴，特別是腳踩在積滿落葉的沙土路上那種鬆軟感和吱吱聲，那種情韻和感覺，真是「妙處難於君說」。當然，登山還有另一種比附意：所謂「世上無難事，只要肯登攀」，但那是偉人們勸世的格言，是放之四海皆準的真理。我所說的只是一孔之見，屬「登山說」中的另類。

　　小著系列中的第二種《中國古典詩文・比較篇》前有篇
「代序」，題為「應當重視中國古典詩文的比較研究」，其中
談到比較在教學和研究中的意義，也談了比較研究的範圍和
方法。九十年代初，我將它寄給了國內一家比較研究的雜
誌，但很快就被退了回來，編輯還很負責任地寫了封信，其
中談到退稿的主要原因就是：你所說的不屬於比較研究範
疇。我想這位編輯大概是位研究西方比較文學理論的學者，
才會得出如此結論。因為在西方比較文學理論中，要不就是
法國的「影響研究」，要不就是美國的「平行研究」，像這種
將中國古典文學與中國古典文學進行比較，算哪門子學問？
其實，人們對一個問題的認識也是不斷發展的，在傳統的法
國比較學者眼中，美國人的「平行研究」又何嘗能算得上比
較？西元1999年秋，我在臺灣中央研究院做客座時，《中
國古典詩文・比較篇》正交付萬卷樓公司出版，《國文天地》
的主編、臺灣師範大學的劉渼教授告訴我：屏東師範學院
（？）有位老師也在進行古典詩文的比較研究和教學，他看
過你刊在《國文天地》上的文章，想同你聯繫。當時因正忙
於中研院文哲所的課題，沒有來得及同這位先生聯繫和磋
商。後來在中央研究院文哲所的《中國文哲研究集刊》上，
讀到中山大學（高雄）簡錦松教授的對〈登鸛雀樓〉一詩的
實地考辨，緊接著在西元2000年春，在中國唐代學會第十
屆年會上，又讀到簡教授的一篇關於杜甫夔州詩作的實地考
論，並介紹了這種對古人及其詩文今地考辨的意義和方法，
並把這種方法取名為「現地考論」。西元2001年秋，我再次

來臺任臺灣大學客座時，簡氏的《杜甫夔州詩現地考論》已由學生書局出版，幾首夔州詩竟考成煌煌四十多萬言的鉅著，在嘆服之餘，也產生「吾道不孤」的慶幸：這種對古典詩文進行比較、實地考論的想法和做法，也並非我一人在暗路上踽踽獨行。

下面活剝劉禹錫的〈陋室銘〉以作結：

> 山不在高，能登就行；水不在深，能游就成。斯是陋文，惟吾自省。僭父作奇想，愚公著陋文。楊朱嘲此舉，莊周畏斧斤。無「傳世」之非分想，無「填空白」之自矜。子曰：何陋之有？

陳　友　冰
西元 2002 年 3 月 15 日於合肥無遮攔居

國家圖書館出版品預行編目資料

中國古典詩文(三)・現地考論 ／ 陳友冰著.—
初版. --臺北市：萬卷樓, 2002〔民91〕
　　面；　　　公分

ISBN 957－739－417－5 (平裝)

1.中國文學－評論

820.7　　　　　　　　　　　　　91020065

中國古典詩文（三）・現地考論

著　　　者：陳友冰
發　行　人：楊愛民
出　版　者：萬卷樓圖書股份有限公司
　　　　　　臺北市羅斯福路二段 41 號 6 樓之 3
　　　　　　電話(02)23216565・23952992
　　　　　　傳真(02)23944113
　　　　　　劃撥帳號 15624015
出版登記證：新聞局局版臺業字第 5655 號
網　　　址：http://www.wanjuan.com.tw
E-mail　　：wanjuan@tpts5.seed.net.tw
經 銷 代 理：紅螞蟻圖書有限公司
　　　　　　臺北市內湖區舊宗路二段 121 巷 28 號 4F
　　　　　　電話(02)27953656(代表號)　傳真(02)27954100
E-mail　　：　red0511@ms51.hinet.net
承 印 廠 商：晟齊實業有限公司
定　　　價：320 元
出 版 日 期：2002 年 11 月初版